逆女

杜修蘭

自序

迷宮的出口

有那麼一段時間，我很喜歡偷偷觀察四周的人，尤其那些誇張突出的人物，看為什麼有的人總笑得特別大聲？真的比別人開心嗎？還是想掩飾隱藏些什麼？為什麼有的人孤孤冷冷地總不愛搭理人？又為什麼有人換男、女朋友像換鞋那麼勤快……偷偷觀察完了我就愛找人家聊天，問問人家父母做什麼的？感情融不融洽等等，問不到我就去找人家親朋好友旁敲側擊，這樣的「扒糞」惡行，是為了想印證一件事：一個人某些獨特的言行是其幼時父母、家庭狀況的反映。

童年，年少過往因為永不再回，總存在著殘缺的美感，聽著聽著忽讓人有種想寫書的衝動，好想好想寫個故事釋放心中那股莫名的淡淡哀傷，但是囿於文采有限，總覺得說得不夠盡興，文筆鑿鑿的刻痕減弱了小說的衝擊性，有些地方自己看了都覺得廢話太多啦，忘了作者是不能跳進小說裡替書中人物大聲疾呼的。

如果說要寫作經驗生疏的我找出自己入圍作品較滿意的地方的話，我想書中主要人物的名字，我都是花了心思去想的，讀者不妨注意一下，每個書中人的名字都正好象徵著該人物的反諷，除了「母親」這個人物以外，因為她主導了主角的生命，「媽媽」就是最好的名字。

夏蟲不能語冰，與其說這是本跟隨文學流行步伐的同性戀作品，我倒寧願認為：選擇同性戀，是為藉其被價值權利核心壓抑的背景來凸顯主角矛盾衝突的多面性格（希望不致誤導讀者認為女同性戀是源自於破碎家庭的戀母情結），因為既孤獨又渴望人群，時堅強時脆弱，將謊言城堡築於忠誠的地基的複雜不健全人格，源於一個在感情上遺棄她的家庭。

孩子們對於身體的凌虐和精神上的痛苦，有種近似牲畜的天真和無知，很多孩子就像被主人鞭笞的牲口般，對於父母有心或無心的精神、肉體上的傷害選擇默默忍受，悲哀地甚至不明白自己是痛苦的；有的孩子則變得乖巧安靜，你似乎看不出他的悲傷，但悲傷已成了他的存在狀態。無論哪一種孩子，長大後，他們都要花很大的努力來撫平兒時的傷口，有人更甚者終其生無法找到由幼時重重傷害構築成的迷宮的出口，而在迷宮中反覆經歷周而復始的創傷。

身為同性戀與處在破碎家庭的雙重壓力，致丁天使的性格中帶有自棄的毀滅性；同性戀是沒有選擇餘地的，家庭的關係卻是我們可以努力的方向……說到這兒覺得自己怎麼說教起來了，就此打住吧！

商海沉浮二十載，以為沒人會記得，
因為連我也忘了，
忘了二十五年前那個曾經憧憬書寫的年輕的自己，
感謝皇冠讓曾經的熱情又燃燒了一次……

前言

我識字得很早，在差不多能不查字典讀完整張報紙的那一年，我在副刊上看到一篇翻譯小說，作者用以下兩行字做前言：

悲劇，是會遺傳的疾病，

當胚胎發育初期，就已是無法擺脫的宿命。

小說內容隱約記得大概是說一個與丈夫關係不親密的歐洲貴婦，遂將自己兒子當小情人般倚賴對待，我被家庭中能有這樣的關係震得呆掉，覺得好齷齪好齷齪……

我忘了結局，而那種弔詭的齷齪感卻一直左右著我的人生，奇蹟似地跟了我一輩子。

1

盛夏的夕陽，血紅地沉淪在凝如鏡面的海緣，霞光染映天涯也揮灑海角，像一缽凝固的火紅染劑落入海天交會的那片，越近中央顏色越濃豔，至出海口這邊顏色只暈染為橙紅橙紅的，在粼粼河面的反射下，倒果真有金波萬頃的氣象。

我瞇眼覷著落日的餘暉，聽說，這落日是臺北的幾大景色之一呢；也許久入芝蘭之室而不知其香吧？我壓根看不出它有什麼動人之處，每每以好奇懷疑的眼光，看那些不知從哪兒湧來的，一對對開著車或騎機車……寒傖點的也有騎協力腳踏車的，趕來看落日的情侶，不知他們是沉迷於炫目的壯麗，還是迷醉於彼此繾綣的情意。

沿河彎延繞過村外的那條撞死過好幾個小孩、被大人告誡禁止靠近的大馬路，好多年後長大，我才知道原來它還有個名字叫什麼「淡金公路」。

那條終年飄著異味的似黃河又似黑龍江的河，倒是從小就知道它叫淡水河，在夕陽的籠罩下，河面上像躍動著千萬點的金光，上面浮著鼓脹著肚子露著森森白牙好像死不瞑目的死豬死狗，遭這金點一灑，竟似有了笑容般地活靈活現，聞著好像也不那麼臭了。

頂著少了股潑辣勁的落日餘暉，我逆著光，一身金閃閃地從小碼頭縱身一躍，躍下河岸邊那一大片由垃圾壓成的平原，這是我和鄰舍小孩常來撿寶貝的好地方，小弟還曾在裡面翻到一盒半新不舊的奇異筆；我們這些土豆都是用慣了兄姊留下的參差短缺的舊蠟筆的……那種蠟筆每支都是黃的沾著了黑，粉紅的黏著黃的蠟屑……塗在潔白的圖畫紙上，總像我們沾了鼻涕墨汁的花臉，老是不乾不淨地，奇異筆光鮮的色澤燃起彩亮的希望，受到莫大鼓舞的孩子們，更努力地去翻攪那片終年冒著白煙的焦臭垃圾，帶著尋寶的興奮與期待，甚至不用摀著鼻子。

翻完垃圾，趁著暮色未黯，還有一處樂園，就是河與馬路之間那一整大片的紅樹林，要找這種適合它們生長的鹹淡河口交流處不是太容易，因此株株像卯足了勁兒似的伸枝展臂地茂盛繁殖，以免辜負這難得的福地。樹叢裡棲息著一隻隻的白鷺鷥，遠遠看去像豔碧碧的水筆仔開著一朵朵的白花，人一接近要沒心理準備，乍見那白花驀然騰空，準會被那美驚得目瞪口呆，當然，那時候的我們是不懂得要欣賞這些東西的啦，只是三吆五喝地提了舊茶壺和筷子，蹲在紅樹林下，夾那躲在千瘡百孔的爛泥地裡的小螃蟹，聽到異聲的小螃蟹像變魔術般，在眨眼間化整為零地散去，你簡直要懷疑剛剛遠遠瞧見的是眼花了的幻覺，但是，只要靜止三分鐘不動加上好眼力的話，準能看見那像成千上萬隻小小探照燈的螃蟹眼從洞口探出，偵察敵情的奇景，我們全都默契地立正屏息，享受齊集所有焦點的偶像魅力，靜靜地等待……孩子們有的是富裕的時間盡情揮霍，等待失去戒心的小螃蟹不知死活地鑽出洞外，滿地橫行的小東西每每撩起我渾身的雞皮疙瘩，那不到指頭大小的螃蟹，看不到鉗子，黑黑的滿地鑽動，像剛從卵裡孵出的一窩窩令人頭皮發麻的小蜘蛛，抓這種螃蟹有什麼用？噢！我們天真地想用牠們來釣白鷺鷥，那一次還竟然幾乎要成功過，但是在手臂被牠尖尖的長喙劃了一道好長的血痕後放手而功虧一簣，受了傷的白鷺鷥還是重獲自由，因為那一腳踩下去便直陷膝頭的爛泥遲緩了我們矯健機靈的行動，失去利用價值的小螃蟹，在回家時被順手撒在公路邊，被飛馳而過的車子輾扁，痛快地得個好死，或絕望痛苦地吐著白泡泡，一點一滴地乾涸而死。

我們從沒想過殘忍或是保育動物這種問題，因為牠太多，太多，太輕易獲取的東西我們總不懂得珍惜，所以從來沒想過許多年後的有一天，會有人妄想去漂清被垃圾長期污染的黑水，劃這一帶為水鳥保育區，然後很多人千里迢迢地攜老扶幼，帶著望遠鏡，看那些苟延殘喘下來的幾隻鳥在岸邊踱步，為難得一見的展翅騰空的野鳥發出讚嘆，可是，太遲囉！一切都太遲了！最美好的，在還沒開始學會珍愛時就已結束。

我牽著小弟的手和幾個同樣黏著一身腥腐污泥的臭小子回家，等著我們的永遠是一支支會刷得我們滿地亂跳的竹棍，握在媽的手上；我總是多挨好幾下，因為媽最氣的是：從沒見過這樣野的囡仔！簡直，簡直不像個查某囝仔！

老爸下工回來，咕咕噥噥地叨念著：「算啦！小孩子都是這樣的。」沒什麼作用，家裡的事，媽說了才算。

大哥乾乾淨淨地從老師家剛補習回來，捏著鼻子叫著：「又去河邊野啦！噢！臭死人了！好髒！」

媽更使勁兒地揮動竹枝，「聽見沒有？每個人都嫌妳髒！髒！髒……啊！」

我倔強得抿緊嘴猛跳腳，風馳電掣地乍然冒出一絲絲想回手的火光，即便只在瞬間熄滅，也夠我自責內疚的了，我汗涔涔地覺得自己不但外表髒，內心更骯髒，老師說，每個人都該孝順自己的父母才對。

小弟一逕張大嘴討饒：「不敢啦！下次不敢啦！」眼淚與鼻涕隨著嗚咽，咕噥地吞嚥進喉嚨，因為我學不會這套，所以還要再多挨幾下。就這樣，悄悄掩上來的夜紗總是伴著一聲聲的哀號與詈罵，在燠熱的晚風中像一首含著怒意的黑色輓歌。

其實沒有真的窮到要去撿垃圾的地步，習慣黑白電視的孩子，只是希冀能拾到一個個驚嘆號，一點點不同的色彩，綴飾一下黯淡的童年時光，垃圾堆真的具有這樣的神秘吸引力，那冒著的苗火白煙，像是焚著的鴉片，帶著癮頭般教人直想靠近，而因為不知道翻挖出來的將是廢物還是寶物，所以我總不斷摳著攪著像探索僭越不可知的未來般精神亢奮。

而在垃圾裡久了，真的，真的會不知道它有多髒！有多臭！

2

一九七〇年七月，我小學二年級，就在這淡金公路的另一邊，介於淡水與關渡間的一個叫竹竿里的小地方，前不連鎮後不接鄉的一個閉塞村鎮，開張了間天厚雜貨店——我家。

那天老媽興奮地像個採買妝奩的待嫁女，忙進忙出地笑得小眼睛瞇成了縫兒，夾腳式拖鞋躂躂地從裡響到外，像奏著輕快進行曲，我從來沒見過母親笑得那麼美，眼睛裡的灼灼精光，經熱辣辣日頭一照煥發出彩色的溫柔光輝，我在光芒裡看到了我家美麗光明的未來。

我領著小弟，看機動三輪車載來一捆捆的竹掃把堆在門口，心裡打著主意：嘿！這學期的勞作要交掃把，我已有著落了，而更教人驚喜的還在後頭，一輛小貨車載來了各式瓶瓶罐罐，裡面有花花綠綠的糖果蜜餞、餅乾零嘴，新簇簇的玻璃身像擦得會反光的刺刀，閱兵似的抬頭挺胸，整齊排列在新訂的嶄亮玻璃櫃上，鄰家的鼻涕小子看得張大了嘴，鼻涕倏地猛吸進洞羨慕又嫉妒地叨念：「真好……你們以後吃糖果不用花錢了。」

原本乏善可陳的冰箱，塞得幾乎關不上門，冰庫是百吉棒棒冰和枝仔冰，下層滿滿的黑松汽水沙士和華年達的橘子和葡萄汽水，綠的黃的紫的褐的，色彩美得教人捨不得關上冰箱門，真想一道塞進裡頭和瓶子關在一塊，在裡頭喝得脹死冰死為止。

補貨行動持續了近一個月，每天一有人來買什麼店裡沒有的，媽馬上進貨，蘿蔔乾鹹菜，生字簿墊板，保險絲電線……各類貨品獨特的氣味和在一起，變成一種新鮮奇異的味道，撩撥著我們的嗅覺，當貨從一樓樓梯口直堆進二樓我們的房間，老媽的心漸漸被這些雜貨滿滿占據後，帶小弟和家事慢慢一擔擔地落在我肩上，我也開始不太愛這家雜貨店了，可是偏偏我的記性犯賤似的奇佳，每種貨，我看一次便記住了價錢，媽懶得查價目表，因為不太認識字，有時候她就隨便畫個符號代表，那一大堆○×三角形奇怪的圖案，她根本過幾天就忘了自己記的是什麼東西，遂整天逮住我問：「太白粉一斤多少錢啊？這種罐頭多少錢啊？……」有時候我想溜出去野，走不出五十步，媽便扯起嗓子喊道：「妹仔，這種鬆緊帶一尺多少錢哪？」我聽了根本放不下心來溜出去，媽需要我，我得幫她，而且這樣還滿有成就感的，小弟告訴我說，有一次我睡覺做夢都在高喊著：「一斤八塊半啦！」我朦朧地意識到，我可能一輩子都逃不開雜貨店了。

雜貨店開張一年後，媽差不多背熟了所有的價目不再需要問我時，我也已經對店厭倦透頂，當初打的吃糖不用錢的腦筋，根本不可行，我和小弟趁著老媽轉身就偷偷去旋玻璃罐的蓋子，媽像背後長了雙眼陡地連身子都不用轉就喝道：「還吃！不用本錢啊？吃不垮的啊？」若我們還膽敢將手伸進去撈，一頓排頭吃是少不了的，很奇怪地大哥好像天生就沒小孩子這些貪吃啦骯髒啦四處野啦的壞習慣，一比較下來我就好像特別壞得無可救藥。

而我卻寧可相信讓我無可救藥的是雜貨店，那間該死的爛店。

雜貨店，改變了一切，自從小弟一年級新生註冊，念四年級的我牽著他夾在大人堆裡在學校報到，一個和氣的女老師拍拍我的頭說：「爸媽沒空來啊？好能幹的小姊姊啊！」我沒來由地好想哭時，我就已經知道，雜貨店會改變所有的一切，真的，我知道，我有預感，不祥的預感。

開雜貨店是世界上最殘酷的行業，尤其當我家生意逐漸興隆以後，村莊裡最熱絡的地方已不是區公所，不是里長家也不是僅有兩人職員的小郵局，而是我家——天厚商店，如果有人問我，以後長大要做什麼，我沒什麼概念，但是打死我我也不會去開雜貨店——它終結了我在河岸邊捉螃蟹撿垃圾的自由日子，而且世界上再沒有一種行業像傳統式雜貨店那樣，讓人深深體驗賺錢的艱難，光想到錢是要這樣一分五毛地賺進來，就讓人洩氣腿軟，而且它終年累月地沒有假日，沒有休息時間可言，我常想老媽日益狂烈的火爆，頻率逐增的歇斯底里，一定和開店有關，因為沒有人能忍受這種長久不能喘息的日子，如果要為我黯淡的童年找出元兇，那就是中國人的開店哲學：不休假，時間長，還有店老是和住家混在一起，導致雜貨店就是我家，我家就是雜貨店，我們的房間就是貨倉，我們家的小孩都是店員，老媽是店主，而老爸？他是——？讓我想想，對了！他是媽雇請的任勞任怨的搬運工。

所以一定是雜貨店改變我原本可以幸福無邊的家！改變了我的命運，一定是！

雖然有專家說過：同性戀者是先天性生物因子決定其閾值，而後天社會心理因素的推波助瀾，才促使一個人跨越此閾值表現出同性戀行為，我於是自己斷定除了遺傳基因和神經生物因素外，我是同性戀一定和老媽與雜貨店絕脫不了關係。

我從小就恨透了那群一頭酸汗滿山亂鑽的臭男生，尤其是其中一個叫瘦皮猴的混球——他的窮極無聊，從他沒事就用條紮緊豬皮的繩子綁在竹棍上釣狗，便可看出來，他是我同學，也是我鄰居，也是讓我乏善可陳的童年生活更抹上一層陰影的頑童，我奇怪著當年我恨他恨得牙癢癢，巴不得他被卡車壓扁或在溪裡滅頂，現在卻想不起來他叫什麼名字，有時候，想起他模仿別人的絕技還忍不住莞爾，大概這就是歲月最大的本事——磨鈍所有尖銳的記憶，當然，小時候，我並不知道我是個，喜歡女人的女人。

老爸是個無一技之長的退伍老兵，長沙那一仗，有顆砲彈在他耳邊爆炸，不過他當時沒事，卻是在好多年後的一天，由他自己對我們宣布：他的耳朵因為那一仗而聾了，我好奇的是他的重聽很奇怪，有時候在他耳邊大吼他聽不見，有時候電視的音量不大，他卻可以跟著裡面的平劇嗯嗯啊啊，我常懷疑爸不是真的聾了，只是想藉此逃避，逃避什麼我不知道，也許是很多他不想接觸的事情。

爸尤其在雜貨店開張後耳背得更厲害，他永遠記不清醬油一瓶多少錢，米一斤幾塊，因此他沒有看店的資格，只能做更低下的工作，捆瓶子和搬雜貨，有一次人家來買鰻魚罐頭，媽在廚房，我正好在廁所蹲大號，我在馬桶上聽到爸跟人家說一罐十塊錢，馬上大喊不對！不對！但爸聽不見，我屎也顧不得屙了，擦了屁股就趕出去，不過太慢了，媽已一個箭步竄出去，開口就喝：「廢物！畚圾！一罐十二啊！你還在講前年的價錢！你要氣死我是不是？」

客人看了媽的氣勢乖乖地掏出兩塊錢來，媽的臉像國劇變臉術般一下換了個笑臉：「歹謝！那老芋頭什麼都不懂。」

顧客走遠了，媽還餘怒未息，跳著腳罵道：「你的魂是不是都飛在大陸？啊？老不死的笨東西！」

媽頓了半晌，我以為罵完了，沒想到媽又開了口：「沒用就是沒用，外面也沒用，家裡頭也沒用……床上也沒用……」

最後那句媽罵得特別小聲，幾乎像抱怨一樣，我當時覺得好奇怪，床上有什麼東西好用的？爸低著頭，好像啥事沒有地去理那亂成團的繩子，以便來捆瓶子，媽又啐了一口才進廚房，我不太忍心去看爸的表情，又踅回馬桶上去蹲，只是再屙不出什麼來了。

這就是老爸老媽相處的模式，但是我記得還沒開店以前，吵歸吵，媽是還給老爸留幾分薄面的，開店後就不同了，她老罵爸是老廢物、老不死、不要臉，各種粗話髒話隨興便能脫口而出，她還老愛提那些八百年前的舊事，說什麼爸騙得她好慘，原來爸在大陸還有老婆和一個女兒，她跟著他吃苦受罪，到頭來反攻大陸她什麼也得不到，不過吵歸吵鬧歸鬧，讓人想不透的是他們照樣生了三個，依舊共同生活在同一個屋簷這麼多年，誰也沒有想離開的意思，就像對門的郤家爸爸聽說勾搭了隔壁楊家的媽媽好幾年，楊媽媽的小兒子全村的人都在背後說長得像郤爸爸，而郤媽卻有辦法和楊媽媽在我家狀似融洽地共同議論別家的長短，而郤爸和楊爸也能相安無事地在同一個工廠共事，比起同性戀來，不知是異性戀實在是荒誕不經得讓人莫名所以？還是人迫於現實而妥協的耐力其實到了匪夷所思的地步？

「我的家庭真可愛，整潔美滿又安康，兄弟姊妹很和氣，父母都慈祥……」當雜貨店開張沒多久，我就知道這樣的家庭，對我來說只能在書上電視裡遙不可及地瞻仰而已，自從媽那間該死的雜貨舖開張之後，收入遠超過老爸，原本早占優勢的聲勢更是暴漲起來，以致我們全家都要仰望她的鼻息過日子，媽常用她所知道的那句最高級的成語「飲水思源」來告誡我們要孝順她，可是她自己似乎忘了，她開店的本錢是從老爸三十年戎馬的退休金來的。

我也從來不明白一個男人，能有那麼好的耐性，我童年記憶的老爸，老是在下了工後佝僂著身子蹲在雜貨舖裡捆一打又一打髒兮兮的米酒瓶子、醬油瓶子、汽水瓶……爸大媽將近二十歲，在媽還四十不到的時候，爸因為長期的勞累，已像個六十好幾的老頭子了，他長時間蹲在門口捆那些該殺的爛瓶子後，常常搖搖晃晃地站不起身來，而得找個支柱撐著直不起腰的身子，有好幾次他還沒來得及站直身子又一屁股跌坐下去，媽像看見個笑話似的對著沒事愛來店裡閒嗑牙的三姑六婆哼道：

「該死的不死！我從早到晚累得半死，也不會裝模作樣到這個樣子，給誰看呀？好像我虐待他，要不是我，光靠他呀，哼哼！三個小孩早餓死了。」

我瞧見那些長舌女人全都諂媚地笑了——她們不敢得罪老媽的，因為平常買東西沒錢的時候，都賒帳的，等老公發薪水再來結帳，因為這樣，媽在某些鄰居的眼中還有著高人一等的地位；我不敢去扶老爸，媽會嘲弄我說：「看不出來妳這雷公仔點心還知道孝順，我每天做牛做馬累得要死，妳怎麼不來扶我？啊？破格囝仔！」

在我們家，尤其在雜貨店開張以後，親近老爸是一種罪過，因為，我們都是「媽媽的」小孩，是媽賺的錢把我們養大的。

我痛恨死我的父親成為人家的笑柄，即使他真像老媽所說的是個沒用的老廢物，我不知道爸到底是真的重聽還是一句臺語都聽不懂，他來到臺灣好歹這麼多年啦！一句罵人的話都聽不懂嗎？我不相信，除非他真的聾了，每當媽當著眾人笑老爹時，我總會莫名其妙地發好幾天脾氣，給來店裡買東西的客人臉色看，找錢給他們時總用丟的，這當然是自己討打，老媽邊修理我時邊叫囂著：「雷公仔點心啊！妳這破格查某囝仔！這家不是我，不靠這間店，就憑那老頭子賺的錢，連給天厚繳學費都不夠！」

天厚，是我的大哥，大我四歲，正如他的名字，在我家是得天獨厚，光看媽的命根子雜貨店用他的名字命名就知道他有多重要了，他不但得了媽全部的愛，也繼承了爸端正的長相以及老媽的個性，我從小就用敬畏的眼光看他，沒錯，是敬畏，連鄰近那些鼻涕一進一出的幾個小毛頭也是，他那高貴的烏絲邊眼鏡，象徵著他與眾不同的地位，而他也心安理得地支使著我和小弟替他跑腿辦事，事情要辦得好，獎賞是沒有，只要他笑笑地點點頭，我們倆就像得到犒賞般輕飄飄地，要是辦不好，他毫不留情的：「廢物！笨蛋！」就出了口，像媽罵老爸那樣理所當然，而我們也像老爸一樣，犯賤似的聽了一點也不覺得刺耳。

後來他上了私立五專住了校，他那筆挺的大學服不但讓我們看他的眼光更帶著敬羨，連老媽看著看著都忍不住笑瞇了眼。

除了媽以外，我們是不太配合他談話的，他的吉他英文歌帶子和手提收音機更是我們不配碰的東西，我常常偷偷觀察他的背影——他連背影也是那麼高傲得直挺挺的，真的覺得他是我們這群垃圾堆小孩的王子；我想，我是沒資格去嫉妒一個王子的，但很奇怪地，當我看見媽和天厚一副母慈子孝的天倫樂時，就有種莫名所以的不安和害怕，一絲絲我不願去多想不敢去深究的齷齪感。

我呢？媽給我取名叫天使，但我老覺得天堂離我好遠，媽罵我的聲量穿梭在擁擠髒亂的雜貨舖中，老兜著我的頭轉得我發暈冒火，什麼天使？簡直是天屎，我像從天而降的大糞般，人人嫌髒，個個嫌臭，因為我皮膚過敏，又愛翻垃圾，腳上老一個個大瘡，流膿淌血地惹人厭。骯髒，是我對自己所有的感想。

我猜，如果我真的是天使的話，一定是為了天明而替我取的，對天明來說，從小到大我一直扮演他守護天使的角色，因為雜貨店幾乎是媽傾注了所有精神的命脈，每天一大清早起床，她第一件事就是拉開雜貨店的鐵門，直到晚上近十二點拉下鐵門時，還不時東張西望，看看早已杳無人跡的馬路上，有沒有哪個人正朝著店走進來買點東西，我想即使哪天我考了最後一名，也不會比媽發現跑了哪個長期客戶來得讓她震怒，這個鎮上，除了老爸外，最讓媽詛咒的就是開在隔壁巷子裡的另一家雜貨店的老駝子了，媽即使生病也不願意關上門歇一天，就是怕那駝子搶了她的客戶，在這種情況下，看顧天明和洗衣燒飯的責任就全落在我的身上，也是因為洗一家大小的衣褲，我才看清了天厚不是王子的事實，他的襪子跟天明一樣好臭，白汗衫雖然不像老爸一樣舊得黃了還有破洞，但一樣冒著刺鼻的酸汗味，他的襯衫前襟有時還沾了吃東西滴下的淺黃油漬或淡綠的菜汁，噢！他不是王子，王子不會平凡如此，我重重地將他那條浸了肥皂水的變得好沉的喇叭褲摔在洗衣板上：「他還真當自己是個王子啊！這樣頤指氣使的。」

我常想，我之所以和老媽不對盤，除了從小和老爸較親外，天明對我的依賴而危及到她當母親的一種成就感，也是她對我產生潛意識敵意的誘因，不過這一切純粹都是我自己的猜測，因為老媽一直口口聲聲地說：她疼我不入心是因為我太不孝了，她最常向左鄰右舍舉的例子就是發生在我六歲的那次牛肉乾事件，事情是這樣的：有一次老爸帶我們三個小鬼去一個老長官家裡，曾伯伯給了我們每人一小塊牛肉乾，二十多年前的鄉下，不要說吃過，就連看也沒有看過那樣美味稀奇的東西，天明當場三口兩口便吞了，我則捨不得一下子吃掉，一路上像蠶一樣一小口一小口小心翼翼地咬著，唯恐太大口一下子便糟蹋了這樣的珍饈美味，回到家的時候，天厚高興地將特意留下的一小半牛肉乾給媽嘗：

「媽！妳吃吃看！妳吃吃看！這叫牛肉乾，好吃吧？」天厚滿心歡喜地看媽將小肉乾放進嘴裡咀嚼：「好吃對不對？好吃吧！」他睜大眼睛專注地直盯著媽瞧，彷彿看媽好吃的表情，比吃在他嘴裡更讓他高興。

媽滿臉欣慰的笑容，滿足地問天明：「你有沒有留一點給媽？」

老弟張開十指仔細反覆地看著，似乎要巡看指縫間可有不小心殘留的肉屑，我猜如果有的話，他會立刻放入口中吸吮。

「沒了，我在曾伯伯家就一下子吃完了。」

媽銳利的眼光又掃向我：「妳呢？妳的呢？」我的手上還有一小塊，我低著頭望著肉乾做天人激烈交戰，半晌心一橫，一抬手塞進嘴裡：「沒了！我也吃完了！」

老媽當時沒說什麼，六歲的我也不覺得有什麼不妥，沒想到這件事卻在往後的十幾年一直不斷地被老媽拿來說嘴，我不知道她判定一個人孝與不孝的標準在哪裡，我也必須老實承認天厚被老媽特別厚愛事出有因，但沒必要在一個孩子還懵懵懂懂的時候就判她死刑吧?!

「我哪裡是要吃他們的東西，不過是試探一下他們的心罷了！天明那時還小還沒話說，天使就……哼哼……」媽媽撇撇嘴角：「所以我說呀！小孩的個性呀！從這些小地方就可以看出來。」老媽對鄰居如是說，我不予置評，倔強地挑挑眉，對媽的推論表示十足的愚蠢與不屑，不過，也許我心裡卻很在意，所以老是毫無怨言地安分地做著家事，帶天明上學，幫媽看店，希望有一天她會對鄰居說：這個女兒其實也滿不錯的。

雖然童年的生活稱不上無憂，不過雖不滿意但大抵上還能勉強接受，直到小學六年級那年，左鄰右舍漸漸地將黑白電視換成彩色，我的生活卻從原本已不鮮豔的模糊色彩，落入灰白，不是灰白，是黑暗，永無寧日不見光亮的黑暗。

那年也正好是大哥天厚考上五專住校的那一年，媽無意中從老爸的朋友得知：爸透過香港的朋友與大陸上的親戚聯絡上了，並且向曾伯伯借了點錢寄回去，媽當天便將雜貨舖關了幾個小時，到曾家證實這件事，家裡雜貨店絕不輕言關門，即便舅舅的喪禮，老媽也捨不得關上一天——她要我跟學校請假兩天在家看店，然後就這麼兩天趕回南部奔喪再趕回來，我記得很清楚，媽那次一踏進家門，滿臉的疲憊，第一句話就是問我：「這兩天生意好不好？」至於舅舅壯年的早逝，媽好像沒什麼特別的感慨與悲傷，媽去曾家的那天下午，我和弟放學回來，還沒進門就察覺家裡氣氛詭異，進門時果然一大堆三姑六婆圍著，媽一把眼淚一把鼻涕地哭訴著：「那個狠心的老猴不顧家庭，狼心狗肺，放著家裡吃飯的三張嘴不管，去管那三千里外不相關的人——擤——」

「……我這辛辛苦苦為的是誰？啊？你們說！你們大家說啊！這樣沒心肝的人，以後你們看到那臭耳人，都可以在他頭上吐嘴涎，外省豬仔來臺灣占我們的地還這樣凌遲人！」

我不知道媽為什麼這樣生氣，課本上說大陸上的人民都是生活在水深火熱中，幫我們上社會課的老外省女老師，說到大陸同胞刨草根吃樹皮的時候，每每涕泗縱橫，那寄點錢過去讓他們過活算什麼？更何況他們還都是爸在大陸的親戚呢，我在在沒有想到在我發表這些我自認為有建設性的觀感後，媽會這樣震怒，不！不是震怒，簡直是瘋了！她衝出人群，抄起一支掃帚便沒頭沒臉地往我身上頭上亂打，嘴上尖叫著：

「我打死妳這不孝的破××！臭××！妳這不孝死囡仔啊！講這種狼心狗肺的話！早知妳這樣不孝！出生就該將妳捏死，妳這不孝死囡仔！」

天明還小，在一旁嚇得大哭，我則驚得忘了要哭，我甚至不明白，我不孝的罪名從何而來？

雖然邰媽和李媽拉住媽的胳臂叫著：「囡仔人不懂事啦！打她沒路用啦！」但我老覺得，她們故意不使點力兒，讓老媽能夠好幾次掙脫掉而多打我幾下。

在鄰人若有似無，不怎麼賣力阻攔媽的亂棒下，我還是逃離了現場躲到二樓去，然而真正精采好戲還沒有上場，好多歐巴桑甚至不捨得回去煮晚餐，不得不回去的也依依不捨地交代留置現場的太太須得全程轉述，大夥兒窩在媽的雜貨舖裡靜待悲劇的男主角──老爸下工回來，為開幕儀式剪綵，讓鬧劇趕快開鑼。

我在二樓心裡忐忐忑忑地擔心老爸的下場，皮肉上一陣陣地抽痛讓我一點一點地痛恨起來，左思右想下，我硬起心腸作了個決定：「天明，我出去一下，媽問的話就說我在睡覺，知不知道？」

天明點點頭跟著我到陽臺，傻裡傻氣地問：「姊，幹麼要從陽臺下去？」

「噓──！小聲點！」我像猴子一樣攀著排水管而下，安全著地，我扯扯衣服覺得自己的決定好聰明。

我溜到老爸下工的路上等著通風報信──我不願意我的父母親成為眾人的笑柄，媽要罵要打爸，可以，但要關起門在自家裡吵，不要在鄰人面前揚家醜，多讓幾個人知道這件事情，又不會對事件本身有什麼幫助。

我一個人孤零零地在小路直等到星星月亮都出來了，還沒盼到爸的影子，路旁的茅草花在夜風中招搖著，彷彿魑魅張牙舞爪要懲罰我背叛媽的逆行，草叢中窸窸窣窣的，好像隨時會鑽出妖魔鬼怪來攫住我飽食一頓，我駭怕得不停四下張望，唯恐停下一秒沒望到哪個方向，那地方就會冒出個白衣長髮的討命鬼，漫長焦急又孤獨恐懼的灼待下，路的那頭終於有個晃動的模糊人影，我高興得往前衝去：「啊！爸！爸——？」我跑沒幾步便遲疑地停了，爸應該沒那麼胖，我不死心地死盯著人影慢慢接近，來人著件碎花衣褲，雖然臃臃腫腫的，行動倒挺俐落。

「在這兒等妳爸啊？」是我家斜對面的阿柑嬸，露出金牙的笑容令人感到有些邪惡。

「唔……」我含糊地應著，一方面希望她快點走開，一方面又害怕她越走越遠，我就又剩孤單一人了。

沒有手錶，不知道到底等了多久，我回家功課都還沒做呢，月亮慢慢升上我的頭頂，時間不早了，爸的工廠我去過一次，大概在哪裡我還有印象，不過那中間有段路是沒路燈的，我不敢走，更何況這麼晚了老爸還會在工廠嗎？我決定數到一千，再沒有的話，我就回去……九八〇……九九一……九九二……越到後面我數得越慢，一千！我失望了，又是洩氣又是不甘心地往回走，沿路上還邊回頭望，越接近雜貨舖我的心情就越沉重。

遠遠的我就瞧見雜貨舖透出的暈黃晾在路口，它已是這小鎮的重要指標，也是商業機能中心，它的獨特功能甚至強過公布欄，誰家的蜚短流長，都要透過這裡，廣播至各個角落，誰家有房子要出租啦，誰家要請人幫忙帶孩子啦，總之它所具有的功能就像它裡面所賣的貨品，從金紙銀紙到柴米油鹽，菸酒罐頭到火種文具無所不包，而它本身最吸引人的地方，就在於老媽將本身家醜當雜貨一樣廉價拋售，吸引一些專門愛打聽人家長短的三姑六婆在來聽流言時，順便買斤糖啦麵粉什麼的回去，當然她們本身也自備些小道消息來交換，所以上我家雜貨店簡直比看場歌仔戲還過癮，這是我家生意興隆的主因，相對地，在這個鎮上，我們這一家子是沒有隱私可言的。

我踅著遲疑的步伐慢慢靠近，亮晃晃的燈光裡並沒有晃動的人影，我再趨前幾步看個清楚，確定沒什麼閒雜人等在裡面閒嗑牙，緊繃的心便一下子鬆弛了下來，哈！太好了！等太久了，沒耐性全回去了吧？老爸真是太聰明了，平常都這麼準時，卻挑了今天晚歸而逃過一劫，我輕快地小跑進去，一進門就被一種奇特強烈的氣壓震得倒抽一口寒氣：媽癱坐在收銀機後的小躺椅上，一臉疲憊地彷彿剛經過一場大戰，她沒問我為什麼從外面回來，只用一種冷冽又怨毒的眼光，一波波地掃得我頭皮發麻。

我心虛地怯生生地喊她：「媽……媽……」

老媽不應我，只眼睛不留餘地地對我發射寒光，那表情嚴厲又冷淡，我手足無措地呆站了好一會兒，才想到逃竄上樓。

二樓只開了盞五燭小燈泡，在我的瞳孔剛適應幽暗的光線時，我便忍不住驚呼出來：「爸！爸？怎麼你先回家了？那我……你？啊？怎麼會這樣？」

老爸佝僂著身子蹣跚地從房間拿出他裝便當的破袋子，袋子下半部因為長期被便當裡滲出來的油漬浸著，污黑了一大塊外還透著股難聞的怪味，爸從袋子裡掏出個水壺：「哪，妳要賠給人家的水壺，拿去吧！我繞好遠的路去別的鎮上買，才有這種透明的，我從鎮後那條路回來的。」

「……」

我雙手接過水壺，在學校不小心弄壞了同學的水壺，其實不算是不小心，應該說是故意——我真嫉妒她有那麼一個漂亮的透明水壺，而我不但穿的是大哥的舊制服，老媽跟鄰居要來的舊藍裙子，連書包也是綠的，我的書包破了，老媽要我用天厚留下來的那個，別的女生都是背紅書包的，為了這件事，那些臭男生老笑我心理變態，連雨鞋都穿黑的；林淑芬向老師報告我的劣行後，導師裁定我要賠她一個新的，我回家跟媽要二十元，媽大罵我：「什麼水壺一個要二十塊？是鍍金的還是鑲銀的？妳去跟老師說，把水壺拿回來，我幫她修理，二十塊？妳知道我要賣多少罐頭才能賺二十塊？一斤蛋才賺不到五毛咧。」

我哪裡敢跟老師這麼說，小學生眼裡的老師，比法官還有威嚴，怎麼可以對他的公信力討價還價？我只好央求老爸囉，爸每個月微薄的薪水都交給媽，再由老媽給他幾塊錢零用，我知道他也沒錢，但我的要求他很少拒絕。

小小的新水壺在手裡，裡面沒裝水，怎麼我覺得它跟我的心一樣沉甸甸的？我注意到老爸的背更駝了，頭髮亂糟糟地灰白黑相參，穿著泛黃邋邋遢遢的破汗衫，下襬也不紮進褲頭裡，香港腳的霉臭味從沾了黃泥的黑膠鞋裡一絲絲竄上來和著汗酸味兒著實薰人，模糊的鄉音像他日漸失去稜角的五官，這就是鄰居口中的老芋仔，媽口中的死外省豬仔——我的老爸，我沒來由地一股酸辣從喉頭直竄上鼻腔，然後又熱呼呼地向上直漫至眼眶裡打著轉兒，我努力瞪圓了眼睛，希望眼球與眼皮間能空出個縫兒讓它再倒流回去，長期壓抑對父親的愛，甚至說悲憐，讓我覺得這赫然湧現的滾滾澎湃親情，似帶著罪惡、羞恥、恐懼和種莫名其妙的尷尬，我不忍心問他，剛才如何受老媽的責罵，也不想知道我的家庭又如何再一次成為左鄰右舍的笑柄，只安靜地低頭退回我和天明共用一室的小房間，做我明天該交的作業。

課本上有幅母慈子孝的溫馨畫面，我呆望著想著我的家有沒有這麼一天？我的未來會不會有這麼一天？躺在上舖的天明還沒睡，他爬下來拉著我的手：「姊！」

「幹嘛？這麼晚了還不睡？洗過澡沒？」

「阿柑嬸告訴媽了，說妳在路上等爸爸。」

「什麼？」我幾乎從椅子上跳起來，終於明白了媽為什麼用那種眼光看我，這該死的長舌鬼，死了下地獄該教閻羅王割舌頭，世界上為什麼有這麼多唯恐天下不亂的人？該死啊該死！為什麼老天不讓我們一村子的人都得瘟疫，全都死光？

一晚上我做的都是老媽指著我的鼻子大罵破××！臭××！雷公仔點心的噩夢！一大早我就醒來再也睡不著，我坐起身子來，發現爸在我們的房間打地舖，我第一次有機會這麼從容仔細地看他衰老的蒼顏，原本還算挺俊的鼻子，因為雙頰塌陷了下去，加上日曬風蝕地烘得黑黑的，整張臉乾癟縮水似的小了兩號，看上去一張臉好像就剩個大鼻子，雙眼皮也因為眼皮鬆弛，眼角垂了下去，加上幾根白了的壽眉無力下彎著，看起來更倒楣，嘴巴半張著露出黃的金的黑的亂糟糟的牙齒，打著呼嚕——咕，呼嚕——咕的鼾聲，額上皺紋倒因睡著而放鬆，不再那麼縱橫深刻，爸連睡著了都是這麼佝縮著身子，像粒脫水蝦米般蜷縮著，到底他有沒有抬頭挺胸做人的一天？房間太小了，又堆了亂糟糟的貨物，地板上躺著個人把僅剩的空間都占滿，我躡手躡腳地閃躲還是不得不從爸的腳部越過，我用雙腳併跳過去，外婆說過：男人要被女人跨過的話，是會倒楣的，爸夠衰的了，我不希望他還會更糟。

我下樓去，媽已經起床，在廚房裡弄早餐，看見我寒著臉不理我，僵硬的線條冷得好像能結層霜，媽從小就愛用這套款待我，一年裡大概有一百天都不願和我說話，好像我是條長滿了癩痢的野狗一樣惹她嫌，我遲疑了好久，才鼓足勇氣拉下臉來厚著臉皮湊過去想幫忙，老媽一把將我推開：「免假好心，破××！」

我覺得自己真像一條不知自己髒臭的棄犬，還敢去人家腳邊磨蹭，當然被一腳無情地踢開，胸口和喉頭好像被什麼塞住似的，直想哭出來才痛快，不過，我不能在媽面前哭，我也說不上為什麼，總之在她面前示弱在我覺得是最最丟臉的事，我背起書包就想往學校走，打算在清晨無人的路上讓淚流個夠，然後在到校前擦乾，天明卻在這時也起床下樓，看見我背著書包，慌不迭地叫道：「姊！等我！」我不得不放下書包等他，小弟習慣每天都要拽著我的書包一塊兒走的，店門已經拉上，我就坐在店裡幫忙看一會兒店吧，沒想到第一個來光顧的就是林阿柑。

「妹仔，拿一罐花瓜給我，卡緊啦！我頭家趕著要出門。」

她越催我，我越是慢吞吞地拖拉，待開完罐頭她已急得跳腳，匆匆忙忙地丟下句話：「錢我再跟妳母仔算就好！」便想走人。

我報復的機會來了。

「喂！妳沒錢，東西不能拿走！妳要當強盜啊？」

「我攏嘛是月底才跟妳阿母算的，妳母仔知道啊！」

「小本生意恕不賒欠！」這句我是用國語說的，她聽不懂，張大了嘴露著金牙，樣子看起來更蠢。

我正洋洋得意地想把它翻譯成臺語時，老媽氣急敗壞地趕出來，「啪！」我的臉麻辣辣地浮出清楚五個指印。

「妳做什麼！妳跟妳那沒用的死人老爸聯手來對付我是不是？不靠這間店，妳以為光靠那老廢物！畚圾！妳有辦法背書包上學？啊？破格女！臭××！」

阿柑突然不趕時間了，她要留下來看我的笑話，一大清早就有這麼一齣好戲看，真好！

淚水在眼眶裡打轉，我倔強地緊抿著嘴，不讓它流下來。

「我怎麼生養妳這種——」媽盛怒的眼光陡然從我身上移開，爸下來得真不巧，媽的怒火一下子全衝到老爸頭上去了：「是你這老不死的教小孩子這樣是不是？你挑撥離間好準備全帶回大陸去是不是？你們父女聯合起來欺凌我這無依無靠的臺灣人是不是？」媽兩穴青筋突起聲嘶力竭地大叫，唯恐老爸沒聽清楚，我低下頭，不忍看老爸挨罵的表情。

對於老媽的指責，我和爸向來從不分辯，沒人能跟她分辯什麼，別人永遠是錯，她永遠是對，受欺負的永遠是她，打人喊救命向來是媽的拿手把戲。

發枝伯騎腳踏車從門口經過，不出我所料地，他一會兒又轉回來停下車，觀望今天的家庭連續劇，我惡狠狠地回瞪他，這該死的糟老頭，難道沒別的事做了嗎？該死！該死！該死！全村的人都該死！雜貨店更該死！永遠敞著大門像露天銀幕般，長期為大家免費播映好戲，媽赫然跳過來狠狠地捏我手臂，箝住肉的兩指還左轉右轉地扭了兩下，她簡直氣得快瘋了，因為她該死的不孝女連半點懺悔的表情也沒有，我甚至連受傷痛苦的樣子都不做，雖然手臂上的青紫凸凸地脹著，痛得好像肉一次次要從皮下衝出來，媽最痛恨我這一副神色木然的德行，她說我是學老爸的。

我的臉上手臂都是一陣陣發熱，一肚子的火沒處發，剛好瞧見天明還站在那兒發呆，便斥道：「你還不快吃早餐在幹什麼！」

媽猛一個回頭，兩眼兇光又掃向我：

「怎麼？妳以為有靠山就了不起啦？這個家輪妳來管啦？妳靠的是山嗎？妳要不要也來管我看看，來呀！妳試試看！來打我啊！破格女！」

我對媽完全失去了耐性，背起書包一路狂奔到校，一直到進了教室，我的心才安定下來喘口氣，然而，我今天的厄運還沒走完，甚至才剛開始而已，第一節下課，瘦皮猴便迫不及待地跳上講臺——他模仿的最佳舞臺，他像主持人一樣向大家鞠個躬，然後狡黠地向我擠擠眉，清了清嗓子便大聲喊道：「各位同學，今天為你們表演的是……丁天使的媽媽爸爸！哈哈……」

我的腦袋像被重轟了一下，幾近無法思考，兩頰也火辣辣地灼燒起來，彷彿清早挨的那一個巴掌現在才真正展顯它的威力，原本喧譁的教室安靜下來，眾人的眼光都傾注在講臺：瘦皮猴又叫又跳地將老媽罵人的髒話一字不漏地搬出，他一人分飾兩角，一會兒學老媽一手扠腰一手指天劃地亂吼，一會兒又抽身出來學爸蹲在地上低頭捆瓶子挨罵的神態，一下子他又學媽誇張的哭號，一下子他又學老爸「啊？啊？」重聽的鈍樣。

沒人站出來替我說句公道話，我沒什麼朋友，因為我太愛說謊，我家雜貨店在村子那麼有名，班上大半同學都是鄰居，我卻老愛吹牛說老爸是校長，老媽是老師，其實我老覺得也不是故意說謊，只是那種想法好像一直以來就充塞在我腦袋，我一張口它就掉進我嘴巴，然後自然而然地滾出去，毫不遲疑地；同學給我取個綽號叫臭彈仙，沒人愛理我，除了導師以外，因為我功課好又兇，當風紀股長管得住人，有次班上最皮最壞的陳政德午自習偷吃又講話，害我們班整潔秩序得第三名，我們學校一個年級只有甲乙丙三個班，也就是最後一名的意思，下課後我從講臺拿了導師的棍子將他從教室前追打到教室後，導師知道了以後只是笑笑道：「這女孩這麼兇啊？」竟有幾分讚賞的意思，我看著她袒護寵愛我的笑容，真的好希望她就是我媽。

同學們個個笑得東倒西歪，連別班同學也趴在窗口看話劇，而我，羞得連上臺去揍人的勇氣都沒有，只能坐在位子上氣得發抖，老天為什麼不來個大地震，將地殼震裂個大縫，把學校都吞噬進深不見底的黑洞？或是來場大洪水，把全世界都沖走吧！剩個光禿禿的地球算了！要不，讓我也被撞死在淡金公路上，讓所有認識我的人，懊惱他們曾經這樣狠心地待我。

可是，什麼也不曾發生，我依然天天上學日日回家，只是從那天開始爸就和媽分了床，而且媽不准爸睡天厚的空房間，她說天厚星期天回家要住，爸只好到我們房間打地舖，我實在看不過去，就和天明擠在上舖，讓老爸睡在下舖，這樣做，當然又犯了老媽的忌諱，媽說每個人都是人生父母養的，只有我是有父無母的不肖女！大三八！然後她整整跟我冷戰了將近一年，以往的冷戰從來沒這麼久過，我徹底地覺得我的身體和精神都被完全遺棄，那種被放逐的孤獨與憤怒，終年地就在靈魂的幽黯陰霉處偷偷孕育滋生，我覺得自己的心裡已全教痛苦與羞恥滿滿占據，但是我發誓絕不在媽的面前顯示脆弱與需要被關注，既然她放棄我，那她就要付出放棄的代價！

這件事我在長大後經歷許多事才明白，媽其實沒多久就想讓爸回房，她要爸低三下四地去求她的寬恕，但她不明說，只整天吵吵鬧鬧地說老爸有了大陸親人的消息，就想甩掉她，媽想要什麼從來不說明白，她要我們自己去猜，但我和老爸卻是那個永遠猜不著的人，注定了這輩子得當她的仇人。

還好，媽還有個寶貝兒子，很能體會她的「苦心」，每兩三個禮拜大哥從學校回來，媽就笑逐顏開地準備我們平常吃不到的好菜，雖然哥每次回來我都要洗他堆積了好多天的臭襪子，臭衣服，但看在美食和媽不會在大哥面前亂罵老爸和我的份上，我還是很高興大哥回來，天厚真的是上帝賜給媽最好的禮物，他們有共同的觀感：爸是最沒用的老東西，共同的話題：媽說什麼他都聽得進去，不像我，老覺得媽說的話刺耳又難堪。

慢慢地家裡形成了兩黨兩派，媽和天厚是一黨——強勢的執政黨，我和老爸是在野的弱勢團體，老被無情地杯葛，天明則是無黨無派，不明顯靠攏哪一邊，也許正因如此，他覺得跟媽不親，老爸也不疼他，我老覺得他越大越駝著背低著頭，好像要把自己藏起來似的低調。

也許因為年紀還小吧！有很多荒誕的事情，並不覺得那麼難以忍受，但上了國中以後，所有的事情所有的人，一切都變了？還是我變了？還是長期的隱忍，超過了心靈所能負荷？以往我總把在家受到的壓抑和積鬱存到學校來發洩，班上那些跳蚤般亂鑽的臭男生全是我出氣的對象，打架、罵人既狠又準從沒落過下風，尤其是瘦皮猴，記得有一次，他又犯了我的忌諱，我一火大用鉛筆在他手臂上狠狠戳了一下，血一下子冒了出來，他剛開始只是愣愣盯著手背，之後好幾秒似大夢初醒般意識到那紅紅的汁液是鮮血，然後回了魂般抽抽噎噎地叫道：「流血了……丁天使殺我……我流血了。」

我被叫到導師辦公室罰站了兩節課，也被撤掉了風紀股長的頭銜，不過我一點也不後悔，只懊惱我沒把利刃，刺死那可惡的排骨精，好讓他不再能把我家的醜事廣播出去。

在中學是不可能像這樣目無法紀的，同學都大了不是能任人欺侮不吭聲的，更何況學校採取男女分班，也分升學班和普通班，我不太敢動女孩們，她們動不動就開閘的淚水讓我心慌，老媽就最會利用眼淚驅動群眾的輿論來壓迫我屈從的，女人的眼淚簡直是致命武器，教人又恨又怕，我是被分在升學班裡的A段班，全校頂尖的女孩都在這個班級裡，不過所謂的頂尖並不是資質頂尖而是成績頂尖，這兩樣並不能劃成一個等號，因為我們之所以功課好並不來自我們的智商，而是來自我們忍受比別人更多的苦難折磨。

每天早自習是我們小考的時間，數學英文或是物理化學不定，但是每天都有考試，慣常的第一、二節一定是數學，因為學校說早上頭腦比較清醒，下課時間我們不能休息，只去上廁所，上完要再回教室繼續上課，數學老師我們取的綽號叫方程式，方程式邊上課還要邊點名叫人起來回答問題，答不出來的就站著上完她的數學課，方程式每次都是上到第三節英文課的英文老師來了還不放過我們，臨走前總又丟下一疊數學考卷，叫我們利用下課時間寫，放學最後一節，班長收回來，降完旗她會過來幫我們訂正，所謂的訂正就是她講解完，沒考上八十分的差幾分打幾下，沒上六十分的還要再留下來補考，一直考到及格了才能回家，常有數學差的同學考到晚上九點多。

英文老師是個老處女，正因為孤家寡人所以有一大堆消化不了的精力花在我們身上，她的課老排在三、四堂，我相信學校這樣安排是方便她占用我們吃便當和午休的時間，她最常利用我們吃便當的時候要我們互改考卷，比方程式更厲害的是她沒有得分的標準，每訂正一題她冷冷的尖嗓門就蹦出冰一樣的聲音：「這一題錯的人，出來！」然後緊抿著薄薄的嘴唇，用厚鏡片裡的小眼睛惡狠狠地盯住應聲而出的倒楣鬼，教人不寒而慄，望之卻步，每個人從座位到講臺那幾步路，都舉步艱難得似欲赴刑場，膽大的女孩一副慷慨就義的凜然，快步走向講臺，頭一撇，不去看那根刑杖，打完握緊拳頭，呼的一聲閃回座去搓揉手心；膽小的雙足顫抖，一步一回首地泫然欲泣，挨到講臺邊，那支高舉過頂的棍子還沒揮落呢，那緊閉的雙眼與痙攣起來的痛苦臉孔，就像極刑已然上身，我不知道，英文老師目睹這一幕，為何還能使勁揮擊，就像打一條狗一樣，不！不是狗！狗也會嘶鳴反擊呢，該說就像打一具具無感無痛的行屍；大概，真的是恨鐵不成鋼吧?!

沒有驚人的耐力，你沒辦法過那種吃不到兩口飯就要丟下湯匙匆匆出去挨打的日子，有時候被打的同學嘴巴裡還嚼著來不及吞下去的飯菜，有時候還來不及坐回座位吃口飯，就又被叫出去挨錯下一題的打，老處女利用壞了的掃帚柄打手心，因為她要不了多久就會報銷一支，學校裡別的沒有，爛掃把最多，就地取材比用藤條方便得多。有一年冬天，我被揍得甚至沒辦法彎下手指，拉開綁飯盒的繩子吃飯，我們的午餐時間就是這麼在忙著吃便當、改考卷和排隊挨打中度過，功課表上也有美術、家政和體育或音樂什麼的，但我們很少上，通常它們都被別的老師借去上英文數學或物理化學，而且借了從來不用還。

我常常懷疑教務處那些老頭子歐巴桑是二次大戰留下來的納粹，用對付集中營戰俘的方式對待我們這些學校A段班的少數猶太民族，而且世人並不知我們的疾苦，還誤以為我們是特權分子，不用掃廁所，有校工幫我們抬便當，他們常用妒忌的眼神，仰望學校將我們安排在最高那層樓裡，象徵我們的高高在上——學校的升學率全靠我們撐著呢，可笑的是：我們也像籠裡的杜鵑，在樊籠裡癡癡欽羨麻雀在操場自由飛翔，注定了要為飼主泣血而亡。

我的初經，就是在挨打中毫無預警地就來了，當老處女的竹棍一斬落，我咬緊牙根稍一用力，忽然感到褲底一陣溫熱，剛剛下課來不及上廁所，難道……尿褲子嗎？我站在原地發呆，忘卻手上的刺痛，英文老師手按長棍瞪著我，冷冷地問：「還想再被打一次嗎？」

我傻愣愣地看著她，半晌才想起自己還站在講臺前，幾個同學發出低低的笑聲，我紅著臉低頭小心翼翼地夾緊腿回座，兩股間濕黏的感覺讓我坐立難安，挨揍不再重要了，只擔心在這燠熱窒悶的天氣下，尿騷味會很快彌漫教室；等了好久好久，才聽到老師的大赦：「要上廁所的快去！」

我衝到廁所脫下褲子才發現是一種深褐色的凝結體，不像是能從人體流出來的，這就是女孩蛻變成女人的過程？多醜陋的儀式啊！我草草地用幾張衛生紙疊疊來應付，髒了的內褲，回到家順手就在臉盆搓洗掉，不告訴任何人這件事，像守著個可恥骯髒的秘密，但是逐漸突出的胸部卻不斷伺機宣洩出這個隱私，我便在大熱天裡穿上小而緊的天明的小汗衫，意圖抹去令人厭惡的事實，裹遮住難堪的隱疾。

奇怪的是，同學們聳起的胸部卻讓我的眼光駐足，尤其奔跑跳躍時從白制服呼之欲出的抖動，使我的心也隨著麻酥酥地狂顫，連胸罩背後那條細細的帶子都能引起我的綺念遐思，我無法抗拒自己的思緒，所能做的只能謹慎地避開她們，但是小小教室擠著五十個人摩肩擦踵的，不斷蠱惑蕩漾我的心神，我越癡迷這樣的狎念，越痛恨自己的無恥，我絕望地對自己所有的一切，都覺得齷齪、骯髒、骯髒、齷齪、骯髒……

就這樣，我在家受老媽言語的鞭笞，在學校受升學壓力的煎熬，還有我隱隱約約感受到自己性別喜好的盲點，我活得既矛盾衝突又痛苦煩悶，終日不休地有股怨怒在體內奔竄，無處宣洩，人到底活著有什麼意義呢？尤其像我這樣的人生在這樣的家庭，如果有一天，我死了，有沒有人在意？會不會改變什麼？每天，坐在教室裡都想著蹺課，躺在床上希望能一睡不醒，睜眼醒來，發現自己還好端端地沒病沒痛地活著，就沮喪得要命，偏又沒勇氣自殺，不是怕死，而是怕生到死之間，那種緩慢掙扎的痛苦過程。

3

求生不能求死不得的阿鼻地獄，終於開了道善門，讓我嗅到一絲絲人間的氣味。

國二下學期的時候，班上從中段班轉來一個女生，那次可以說是我的初戀，也或許應該說是單戀。

她長得白白淨淨的、溫溫柔柔的，連說話都是那麼輕聲細語，頭髮像黑瀑布一樣直直垂在耳際，紅唇柔軟得像花瓣，黑簾幕下的眼睛，散發出我一看就知道是那種生活在美滿家庭裡的幸福孩子的安詳柔和光芒，名字跟她的人一樣美，叫——喬夢翎，不像老媽給我取的，叫什麼天使，既土又不切實際。

喬的制服漿得筆挺，是外面訂做、上面有熨痕的那種，漂亮的皮鞋，雖然也是黑的，但就是和我們的大頭皮鞋顯得不同，是鞋尖略呈尖尖的款式，喬夢翎在普通班表現優異才被插了進來，但是由於她們以往考的是B卷，我們考的是A卷，一下子很難跟得上升學班的程度，就免不了天天挨打，她原本在普通班的時候考第一名，現在來這兒考最後一名。又沒親近的朋友，孤寂落寞在所難免，我常常偷看她挨打完後的神情，沒人能像她哭得那樣美，班上有個漂亮寶貝林佳敏，老在挨打完後齜牙咧嘴地握住雙手像猩猩似半跳著回座，那感覺像個氣質高雅的美女當眾放屁挖鼻孔般令人倒盡胃口，喬夢翎從來不在挨打完顯露出痛的表情，她總微皺著眉像個強制壓抑情緒的矜持著哀怨的淑女，待老師走後她才用細細的牙咬住下唇，稍稍顫抖地抑制著別發出啜泣的聲音，讓淚無聲無息地流下，然後悄悄從書包裡抽出繡著小花的漂亮手絹，輕輕地將淚珠兒沾起，那手絹，也不是像我的一樣，是在路邊攤上買來三條十元印著土不啦嘰的花色那種，她的有的還有蕾絲邊哪！而我帶了手帕也從來不用——我只是帶來給老師檢查而已，一個月大概沒替換過三次吧？

我想在我喜歡上她之前，是先愛上她那淒極美絕的哭法，簡直像秋天裡在寒風中瑟縮的花朵，讓人忍不住要挺身護住它孱孱的身形似的。

在我們這種班級裡，很少有什麼同學情誼，老師們總利用我們彼此競爭的心態，讓我們互改考卷，有的女孩子為了分數六親不認將答案改得又苛又嚴，有好幾個女孩子都是碰面視而不見的死對頭，好幾次我拿到喬那排的考卷時，就搶先挑出喬的考卷，偷偷地幫她訂正答案，然後偷偷覷她拿到考卷時驚喜又莫名其妙的表情，這個送神秘禮物的遊戲，我一直玩了兩個月才找到機會對她表白。

那是個月考完第二天，難得我們午餐時間沒有節目的輕鬆時段，去講臺拿便當的時候，我叫住了她：「喬夢翎！」

她回過頭來，甜甜地笑著：「丁……丁……」

喔！真可愛。

「丁天使。」我乾脆地答道，同時想著該怎麼跟她攀談：「月考考得好不好？」

她臉上神采一下子暗了下來，垂頭喪氣地搖了搖頭。

我靠近她的身旁在她耳際輕輕地說道：「妳下次考卷不會寫的時候，就空下來好了，這樣我幫妳訂正方便一些。」

她的大眼睛透露著驚奇與感激：「啊！原來是妳？噢！我一直在猜……」

我得意地笑著，用眼神神秘兮兮地示意她別大聲張揚，她會意地點點頭，壓低了聲音：「妳怎麼敢這樣？我拿到考卷的時候，都好害怕哦！」

「我用藍筆偷改的時候，都套上紅筆的筆蓋子。」我得意洋洋地說。

「如果被別人發現怎麼辦？老師說作弊要算零分，還要送訓導處耶。」

「被抓到的話，也是我的事，跟妳沒關係。」我豪氣干雲地說，好像保護小情人是男士應盡的義務般。

「那……那下次我拿到妳的考卷是不是也……也要這樣？」

喜歡一個人是不求回報的，我在心裡這樣想，嘴上卻冠冕堂皇地說：「不用啦！一般考試我大部分都能過關的。」

她吁了口氣：「真要叫我做的話，其實我也不太敢耶。」

我諒解地點點頭，我是不會讓這樣柔順乖巧的小女生為我冒險的。那次以後，我們成了如影隨形的好朋友，兩個人無話不談，不過所謂的無話不談，並不包括我的家庭，少了瘦皮猴這長舌公同班，我家的笑話沒人清楚，我就可以安心地編織我美滿家庭的謊言，想像裡老爸是個安分的公務人員，老媽是個賢慧的家庭主婦，一家子雖不富裕但和樂融融。沒人質疑我的謊話，因為它是那麼地平凡，平凡到沒人覺得有必要將這樣平常的事，撒個謊來欺瞞。

喬夢翎約我到她家去做功課，她家不是很富麗堂皇，但算是中上家庭，還有架鋼琴——遙不可及的奢侈品，我們村子裡還沒聽過誰家有這種豪華配備的，幾百塊一把的吉他就算是很了不起的東西了，瘦皮猴大哥就有把破吉他，聽倒沒聽他彈過，只見他有事沒事拿進拿出，有時提有時扛有時背地現著，炫耀的成分大過實質。

不過讓我羨慕的不是她家整潔高雅的擺設，而是那種祥樂的氣氛，讓人不自覺地感到安心舒適，喬的媽媽把我當個成人般款待，拿出一臺小巧精緻的磨咖啡豆機——我還是第一次看到這種新奇的東西，竟土得以為那是臺造型新穎的削鉛筆機——為我們磨咖啡豆，泡一杯又香又濃的咖啡，我這輩子還是第一次受這樣的禮遇尊重，當場受寵若驚到恨不能銜環結草以為報答，小學時我也帶過一兩次同學回家，正巧碰上老媽心情不佳，連累同學也被罵得狗血淋頭，隔天同學間耳語紛紛：「丁天使的媽媽好兇噢！還會罵髒話！」之後，我就再也沒帶過同學回家了。

喬的爸爸也很客氣，直留我在他家吃飯，喬也一直慫恿我留下來：「打個電話跟妳媽講一聲嘛，好啦！好啦！在我家吃飯啦！」

我是真的很想留下來，享受別人家的家庭溫暖，但我聽出他們的口氣意思是說，要留晚點兒，得打電話跟家裡說一聲，免得家裡頭擔心，我家根本沒電話，媽覺得電話是一種奢侈品，就算有的話，我也能想像媽的回話：自己家沒飯吃啊？要吃別人家的。

「不用啦！謝謝！我爸媽一定在家等我一塊兒吃飯呢。」我盡量讓自己相信所說的不是謊言，但這無疑又是另一次欺騙，不過謊話說得還挺順口的，說久了，臉不紅心不跳地神色自若，我真為自己感到羞恥，其實我是要回家煮飯的。

回到家的時候，媽已經等不及，隨便下了一鍋麵條當晚餐，天明叫著：「姊！妳今天又留下來補考了？沒人煮飯，媽煮的麵條超級難吃，她把昨天吃剩的吳郭魚倒進去了，麵裡一股怪魚腥味，還有好多魚刺耶！」

我看也沒看鍋子一眼，光聽就飽了。

「媽呢？」

「送米去郤媽媽家。」

「天明，你偷兩包泡麵到樓上，我來燒開水，等下我想辦法端到樓上去。」

「好哇！我要吃牛肉麵！」天明興奮地叫著，拽了好幾包在懷裡。
「你拿那麼多，等下媽會不會發現？拿兩包就好。」
「多拿一點下一次還可以吃。」
水還沒燒開呢，我就聽到吱吱嘎嘎的哀鳴，媽牽了那輛又小又舊的腳踏車回來了，那是天厚小學騎的，現在成了店裡的貨車，超齡又超載，偏它又不報廢，只好發出各種聲音來抗議負荷過重，村子裡的人一聽到吱嘎鏗哐的聲音都知道是天厚雜貨店送貨來了。
媽將破車隨意往柱子一靠：「鍋裡有麵，去吃吧！」
「我在同學家吃過了。」
「哼！別人家東西比較香嗎？非親非故的好意思在人家家吃東西，跟妳那死人老爸一樣，自己家待不下去，專愛往人家家跑。」
我環顧一下擠得又髒又亂的雜貨舖，亂糟糟的貨品從地上直堆到天花板，貨架與貨架之間僅能容一人通過，貨架下塞滿了回收的空瓶子，有汽水的，有果汁的……散發出一種變質了的酸氣味兒和那些蘿蔔乾蔭豆豉等醃漬物的氣味攪和在一起，說不出什麼滋味兒，只覺得把空氣的密度都攪得好濃密，又濕黏黏的連走路都能感覺到它的阻力，一種莫名的壓迫感突襲而至，讓人既煩且悶，尤其在去過喬夢翎家後，看見了家原來可以是這樣的美好，有了比較後就更覺得自己家的差勁而無法忍受，我突然冒出一股無名火：「別人家的東西是比較香，我去同學家，人家媽媽還泡咖啡請我喝！」

「人家媽媽有沒有我這麼辛苦？人家爸爸有哪個像妳那死豬仔老爸那麼沒用？妳那麼愛慕虛榮，去當有錢人家的女兒好了，還回來幹什麼？」

我們家要真的是窮也就罷了，偏偏還不是，我滿心都膨脹著憤憤不平的怨怒，於是大起膽子來頂嘴：

「妳也不是沒錢，只不過存起來捨不得用罷了，村子裡的人都說，妳是這裡的首富，可是我們過的生活比我們班上那個甲級貧戶的日子還不如。」

媽小小深深的眼睛登時燃起熊熊怒焰罵道：

「妳這不肖的破××啊！妳跟那死外省豬仔一樣沒良心，這麼多年來，他買過一件衫給我沒有？他給過我什麼沒有？啊？妳有書可以念，有制服可以穿，全都是我沒日沒夜地守著這店一分一角省起來的，妳這狼心狗肺的還敢嫌我？」

我嘟起嘴來，對媽的話不以為然。

媽一個箭步跨過來伸手就掐我的手臂，她現在都改用這一招來伺候我，因為我已經長得比她高半個頭，她打不動了，我站在貨架之間來不及後避，閃都沒地方閃，痛得我齜牙咧嘴，我揉著那塊霎時由通紅轉成的青紫，不服氣地叫著：

「爸賺的錢都交給妳了，哪還有什麼餘錢買什麼給妳？而且，爸穿得破破爛爛的，妳也沒買過什麼給他啊，我們家真這麼窮的話，天厚怎麼有錢念私立的五專，一學期要好幾萬哩！」

老媽的眼光兕光暴露，射得我膽顫心寒，我今天一定是昏頭了，在前仇未了時又招惹新恨。

媽捲起袖子雙手扠腰，顯然打算全心投入戰事，果真她跨前一步，揚起下巴厲聲問：「是誰教妳說這些話的？是哪個狼心狗肺的教妳挑撥離間的？」

我慘了！我！不但自己遭殃還要連累老爸，我把心一橫繼續頂嘴：「我長這麼大了，說什麼還要別人教？」

媽大吼道：「不是那個沒心沒肺的教妳的？啊？妳敢當我面撒謊？我辛辛苦苦養妳這該死不死的東西有什麼用？」

撒謊？老媽不知道我在學校裡說的謊才多呢，我忽然冒出一個新鮮的想法，面前這個對我又吼又跳的，不是我親生的母親，她是灰姑娘的繼母，後娘虐待養女是天經地義的事，我這樣一想，竟能對媽的怒意釋懷，但該死的是，我不該在這節骨眼兒不經意在嘴角露出一絲笑意。

「啪！」的一聲，我臉上火辣辣地挨了一下，將我從幻想中打醒，「嗚……我是造了什麼孽？生養出這樣一個不肖××，我快被妳凌遲死，妳還笑得出來？」

老媽又哭了，在大門口，在眾目睽睽之下，是，是被我這不肖女氣哭的，天明站在樓梯口驚疑地張望，手上還提了壺冒著白煙的開水，天啊！我們不過是要偷包泡麵吃，又惹出這樣的事故來。

媽兩手扠腰瞪圓了深深的噴火小眼睛，站在騎樓上哽咽著喝問：

「妳給我說！妳今天要是不說是誰教妳的，我今天就死給妳看，嗚……我這樣勞苦為了這個家，你們這樣聯合起來對付我！說！我今天一定要妳親口說出來是誰教妳的，讓大家來評評理。」

我盯著像蒼蠅嗅著糞便般的鄰人漸漸圍攏靠來，論斷別人的是非，是他們最愛的嗜好，彷彿觀看別人的悲苦，他們就能從原罪中得到救贖，還是人天性中就隱藏著這種殘忍的幽默感，像圍觀車禍血淋淋的殘屍般，興興然為自己能站著看死亡而感到生之喜悅，再蹙眉叫聲：「好慘！」作為掩飾，真希望手上有把槍，送他們一人一發，讓大家知道愛看熱鬧的好下場。

「說呀！說給大家聽啊！」老媽大叫著。

我深深地吸了口氣，大家的眼神也隨著我吸氣的動作煥發出興奮的光彩，期盼我宣讀出一個如願以償的答案，這樣晚餐後的娛樂又有著落了。

我絕不讓他們如願！

「是老師教我的。」我大聲回答，人群中發出一股哄笑聲。

「什麼？」媽大概沒聽清楚還是不相信她聽到的答案。

「是學校老師教我說的。」我再大聲重複一次。

老媽氣得發抖：「好——很好——妳那死人老爸真好命，有這樣維護他的女兒，好！算妳厲害！我倒要看看氣死我，妳有什麼好日子過。」

我正想趁媽罵個段落，溜到樓上時，人群主動側身讓什麼人穿過，噢！我的天！我的上帝！難怪老爹這樣倒楣！他從沒選對一個時機出現過。

媽的眼光，眾人的焦點，全投在佝著背的老爸身上，他也注意到老媽的眼神，簡直像鹽酸，澆到人身上會冒煙痛得皮開肉綻似的，老爸低著頭，背著那個破包包，顫巍巍地拖著步子進來，倒好像犯眾怒的是他。有股正義感自心中冒出，我不躲了，今天的這個樓子是我捅出來的，至少我得站出來承擔一點責任。

「我問你！」老媽的聲音震得人耳膜發疼：「你整天教小孩子挑撥離間是什麼意思？你早點兒氣死我，好把全部家當都款回大陸去是不是？」

「什麼？啊？」老爸重聽的老毛病又犯了，奇怪，重聽也有時好有時壞的。

「你這好死不死的老頭子——啊！」媽氣得尖叫：「統統滾！統統給我死出我的面頭前，嗚……嗚，我有夠歹命……」

郃媽、楊媽和阿柑嬸都過來好言安慰老媽，我瞥見她們矯飾同情的表情下眼角那抹遮掩不住的嘲訕，感到自己母親被人輕視，滋味並不好受，而媽卻毫不知覺。同情？這個社會形態裡，只有地位情勢完全占優勢的人也許才知什麼叫同情，那些老來賒欠的長舌鬼，不過是礙於情勢而偽裝出來的裝模作樣罷了，而更可怕的是，我發覺自己也不由自主地湧起輕視自己母親的情緒。

混亂中，我摸了三個雞蛋上樓，天明還站在樓梯口發愣，手上竟還提著那壺開水，我推了他一把：「吃飯了，還看啊！」兩個人興沖沖地上樓，我發覺不知從什麼時候開始，我們兩個漸漸對媽的眼淚免疫。爸隨後也上樓，我們三個吃了三碗泡麵沖蛋，好像剛剛那一場跟我們全沒關係。

「妳幹嘛一天到晚惹妳媽生氣？她雖然脾氣不好，不過我們這個家全靠她了。」老爸喝下最後一口湯，齜牙咧嘴地剔牙，我看老爸飽飯後的滿足德行，心裡也有氣，氣他能對那麼多不合理的事忍氣吞聲，我不吭聲，將泡麵袋子塞到垃圾桶最底層，毀屍滅跡，省得老媽發現我們偷東西吃，又有頓好罵。

「天明，吃快點兒！我把碗洗好了，還要偷偷放回去。」

「好啦！燙嘛！」老弟唏哩呼嚕吃得滿頭大汗。

倒楣的事，總是不會那麼容易就善了，老媽登登上樓來，偏天明那碗沒吃完的麵往哪兒藏都不對。

媽進了房間看了我們三個，果然臉色大變，當場作案的現行犯遇武裝警察只能垂首就逮，我低頭準備好引頸就戮，沒想到媽的反應不是破口大罵，只是用悲切的聲調問道：「你們一定要逼死我才甘心嗎？我辛辛苦苦煮的東西，你們一個一個就故意不去吃嗎？」

媽淒切凝重的眼光掃下來，壓得我們都抬不起頭。

天明囁囁嚅嚅地說道：「那麵……不太好吃，有好多魚刺。」

媽傷心得淚流滿面：「你們兩個不是吃我做的東西長大的？現在……聽了誰的撥弄會嫌難吃了？當然難吃，我下了毒的，你們誰敢吃？」

我低著頭不回話，事實上也沒什麼話好回的，而且不管我回什麼話都沒用，只不過更讓她生氣而已，如果天厚在就好了，他知道怎樣好言安慰媽，他在的時候，媽情緒也不太容易激動。

老爸也識相地閉口，他開口說話的下場通常比我更慘，我看著老媽傷心欲絕地下樓，好像我們全做了什麼讓她揪心疾首痛不欲生的壞事。

「這就是我們的週末，丁家典型的一天。」我故作輕鬆地說。

沒人欣賞我的幽默，氣氛太凝窒，不是一兩句不好的笑話就能攪得開的。

晚上我下樓去幫媽顧店，媽寒著臉根本不理我，我只好自顧自地篩乾淨一袋米才上樓念書，迷迷糊糊地念累了趴在桌上盹著與喬嬉戲的美夢，我們在操場上奔馳，她發育未全的乳房繃在白制服下像兩顆粉紅的草莓，另有一種雛形粗具的朦朧美感，我愛戀地張開雙臂想緊擁入懷，她笑著推拒，讓我的頭結結實實地撞上樹幹……不對！不是夢，我的腦袋真的狠狠挨了一記，我張開眼就看見天厚怒氣沖沖地站在我身邊。

「我不在家的時候，妳做的好事媽都告訴我了。」老哥惡狠狠地說。

「好事？什麼好事？」我揉著惺忪睡眼迷迷糊糊地問。

「妳還有臉問啊？」天厚大吼，伸出他的大拳頭：「妳知不知道自己是誰養大的？妳這樣糟蹋生妳養妳的人？妳搞清楚是誰一手撐起這個家的，媽的！妳真搞不清楚狀況妳。」

我整個人清醒起來，回話也鋒利起來，對於丁天厚，他充其量不過是我的大哥，而且，從小到大，老媽對他溺愛的程度，讓他忘了什麼叫兄友弟恭，甚至老爸他都沒放在眼裡，好像他真是個王子似的，從來不知道當人家大哥，也是要盡義務的。

「搞不清楚狀況的是你，你住校老不在家，放假盡交女朋友，也難得回來，家裡什麼狀況，你知道個屁！」

「妳他媽的！還敢頂嘴！妳聯合老頭當著眾人的面，欺負自己的母親，她忍氣吞聲地忍耐，妳還給她臉色看，妳他媽趁我不在，興風作浪，妳不怕我回家修理妳？」

「你放屁！」我放棄申辯機會，發覺天厚的個性真像老媽，不講理又自以為是。我的火也冒出來，說的話就欠考慮：「我要作怪，還得趁你不在？你以為你是誰？你罵什麼東西？我媽不就是你媽，你……」

我話還沒說完，身上就挨了天厚一拳，我痛得蹲在地上站不起來。

「怎麼？妳不是很行嗎？原來只敢欺負自己好脾氣的母親？起來！起來！起來動我試試看！」天厚又補了我一腳，我整個人跌坐在桌子下，頭上撞著桌子，痛得眼冒金星，我緊咬住牙忍住不哭，天明被吵起來，看見這一幕，嚇得坐在床上不敢出聲。

我坐在地上，正好望見那有十年歷史的老大同電扇在桌底下，我來不及思索，兩手抓過電扇便站起身來，在使盡全力揮出去的剎那，我終於明白小學那些臭男生為什麼叫我「恰北北」，那一擊真的不輕，倉卒中，天厚來不及舉手來擋，正擊在他額頭上，他彎腰慘叫一聲，鮮血沿著指縫冒出來，滴在綠塑膠地板上像開了一朵朵紅花，我愣了好幾秒才發覺，天厚的眼睛簡直要噴出火來，我下意識地後退一步，桌子阻斷我的退路，天厚直起身握緊雙拳逼上前來，我真的駭怕那兩隻大拳頭，會像雨點般落在我身上，我剛剛已經嘗過了，真的好痛，在他舉起手來還沒捶下的千鈞一髮間，我一慌動作比他更快一步，抓起桌上的檯燈、筆筒、字典……亂丟，能信手抓到的，我都作為防禦武器，當我快要丟光桌上東西而技窮的時候，老爸聞聲過來了。

「幹什麼！要造反啊？」老爸把天厚拉開，天厚把手一甩，推開老爸。

媽也上樓來，一進房間便像看見失火似的尖聲大叫：「啊！幹什麼？怎麼了？頭上流這麼多血？」

媽跺著腳對爸嘶吼：「有人這樣打兒子的嗎？他不聽你的挑撥，你就這樣打他？你……」

「是我打的！」我大叫，以殉教的神氣。

「妳?!」媽忽然號啕起來，好像挨打的是她：「天啊！天厚不過是孝順我罷了！孝順自己的母親也有錯？你們父女倆為什麼這麼惡毒啊——？」

我癱在椅子上望著媽扶天厚下樓擦藥，老爸走過來，對我輕聲講了句我一輩子也無法忘掉的話：「原來妳的個性也像妳媽一樣壞。」

這句話比天厚的拳頭更狠，像猛踹在我胸口的一腳，痛得我站不起身來，震得人忍不住打起冷顫來。

我像老媽？從小到大挨的罵不計其數，從沒一句話像這句這樣撼動我的靈魂深處，震得我啞口無言無法深思，我像媽？也許吧，我們一定是同極的磁石，不然怎麼會如此相斥，但我又為何如此煩厭媽的言行舉止？我真的太不孝了吧？還是我老了，就會變得像媽一樣歇斯底里？這個念頭嚇得我幾乎哆嗦起來，不會吧？我就是我，我既不要像媽也不要像爸，像他們兩個人都沒什麼好處，肋骨一陣陣抽痛，我掀起衣服來，發現紫了好大一塊，天明畢竟還是個孩子，又趴床上睡著了，我扶著桌子也躺到床上去，淚沿著眼角緩緩穿過鬢角流進耳朵裡，汩汩不斷地像潺潺的溪，淚能不能鑽進耳膜，沖刷掉腦中的記憶？淚怎不將身體的水分都流盡，帶走生命？我拉起毯子將整個頭蒙住，不喜歡讓任何人看見我的眼淚，任它在黑夜氾濫濕透枕邊，只是胸口的那份鬱悶，一點兒也宣洩不掉，到底做人有什麼意思？人活著為了什麼？我所做的一切是為了誰？為了什麼？我在濕答答沾著鼻涕和眼淚的枕頭上睡著，夢裡一會兒爆發第三次世界大戰，我被炮火轟得無處可逃，一會兒我又在教室裡考試，鈴聲響起，收卷時我卻只寫了一題，整個晚上因心悸而驚醒數次。

一早醒來，閃進我腦海的第一個念頭就是：哎！又放假了，學校課業的壓力雖大，但至少我還可以看見喬，挨打的時候也有那麼多同學作伴，雖然導師也偶爾因為我們的成績不理想而氣得在講臺上流淚，但這是全班五十個人共同分攤的責任，不像家裡，媽的眼淚媽的傷悲，全是我一個人招惹出來的，討厭的是最後的結論是我的惡行都是老爸主使的。

今天起得晚了，我下樓的時候店門已完全拉開，老媽看到我像見了有血海深仇的人似的，小小深深的眼睛用忿怒為竿撐得圓圓的，射出一支支叫恨的飛鏢，我中了好幾記，傷得既疼痛又悲哀且無奈，卻裝作什麼也沒發生什麼也沒看到，假裝悠悠哉哉地在店裡晃一圈後又逛進後面平臺，將天厚從學校帶回來的一大袋臭衣服酸褲子倒出來洗；老爸也起床下樓來了，他一定也看到他老婆的臉色，安安分分地蹲在架子下，伸手下去撈撿各式各樣的髒瓶子，將同種類的湊一打捆一起；老媽到後頭弄早餐的時候，我就晃到前面去掃地，避免和她同處一室，天明下樓的時候，也嗅出氣氛不對，戰戰兢兢地拿塊破抹布東擦西抹，人人自危地唯恐一不小心引爆了藏在暗處的詭雷，就是這樣子，我們每天都在看老媽的臉色行事，就像農夫看著老天的垂憐而決定插秧播種的農事，而現在農業技術進步，天地不再是唯一的主宰，我們卻還停留在農業時代，沒得跟老天商量的餘地。

媽弄好了早餐喊天厚起床吃，大家都在開始吃了卻沒人喊我，我猶豫一下也厚著臉皮上桌，沒人願意開口和我講話，好像我是個隱形人，一種肉眼看不見的病毒，誰沾了都要遭殃。

「頭還痛不痛？」媽心疼地問天厚，我抬眼迅速瞄了一眼他頭上的ＯＫ繃，再低下頭拚命把稀飯扒進嘴裡，有件專注的事做可以防止眼淚不爭氣地掉下來，其實我的腹部和背後也很痛的。

「還好。」天厚回答時，我感覺他的眼角像鞭子刷了我一下。

「唉！我真歹命喔！就生那一個女兒，卻這樣不肖，早知道坐月子時候就讓她哭死，省得現在天天來忤逆我，連自己親生的大哥，她也下得了手。」

媽不像平常指著鼻子痛罵，說話時也沒瞪著我，但我依舊覺得渾身不痛快，媽的話像慢性毒藥，正一點一滴地殺死我，我越是難過，越是擺著張臭臉來惹人討厭，道歉陪笑臉的事，我好像從來都沒能學會。

我扒完了稀飯，便溜到前面去看店，透過貨架的空隙，我看見他們一家四口漸漸鬆弛了劍拔弩張的氣氛，開始有點笑語傳出，我根本不屬於這個家，連個外人也不如，我強烈地懷念起喬家裡的溫馨，但是我不敢去，平常去的時候，都是利用放學順便繞過去的，但是星期天裡，我可不能還穿著制服去，那多奇怪！但是我除了制服外，實在沒有一件像樣的外出服，若是穿得邋裡邋遢的，無疑地就是褻瀆了我心中的神聖殿堂。

那天以後，老媽又開始和我冷戰，在面對面時她臭張臉瞧都不瞧我一眼，背過身去，我就覺得媽的眼睛，像躲在陰溝裡的老鼠發出綠光，冷冷地上上下下窺伺著我，我猜她的心理戰術是在測試我對她的懲戒產生的傷心程度，我裝出一臉的安適不在意，但是手腳總是做不出自然的表情，僵硬得不曉得該擺在哪裡，這真是一種奇特的折磨，讓人明明覺得痛，卻又不曉得到底傷在哪裡。

喬的家成了我精神唯一的寄託，在那裡我可以得到作為一個人該受的尊重，維持最起碼的自尊，其實華屋美食對我來說不是那麼重要，那只是我挑剔家庭缺少溫情包容的一個藉口，不過在喬家內心還是不能完全地解脫，因為我得時時說著謊，裝出有禮的矜持，怕一不小心的放縱，宣洩了我是來自那種家庭的孩子，我真怕他們會嫌棄我，或是用一種同情的心對待我，我光想到如果情況演變成這樣，心就慌亂得像快碎了，我不要憐憫施捨，我要的是他們對我真心的喜愛。

喬和我越來越親，同學們都說我們感情好得像姊妹，喬媽媽也說我好像她另一個女兒，喬很高興這樣的關係，我心裡卻總有一絲罪惡感隱隱約約地浮現牽動著我的情緒起伏，喬跟哪個女同學多說了幾句話，都會讓我妒忌得要命，我越來越體會我對她的感情，不是那麼單純的同窗之誼，我就越像沉進深不見底的流沙中，煩悶、窒息、無助、恐懼隨著細沙從嘴巴、耳朵……任何身上有洞的地方滲進來，越掙扎陷得越深，我一方面很想單獨占有她，一方面又怕哪個眼尖心細的女孩看出什麼端倪，而在班上傳出什麼不堪入耳的謠言；有時候我故意掩飾自己澎湃激盪的愛戀，對喬裝出若即若離的態勢，卻在她還沒驚覺我的反常時，我就按捺不住地又和她膩在一塊兒了，不過還好這樣的關係對我的課業並沒太大的影響，我反而花更多的時間在課本上，因為喬的成績不佳，我像雄孔雀開展絢麗的尾屏吸引雌孔雀的目光般，利用更高的分數讓喬對我傾心敬羨。

大概十五、六歲還太年輕，不明白這就是慾念，我一直還以為慾念只會發生在男女異性間呢，至於像同性戀這種污穢不堪的字眼，我是想都不願意去想的。

又是個煩悶的夏天，熱得全身黏答答的，熱氣冒到頭頂上總好像積鬱不散，每個人都像身上抹了火藥，一碰火氣就會引爆頭上的熱瓦斯，我們已經升上國三，在考了一上午的試後，沒有人臉上有些許笑意的，喬利用中午時間過來找我，神秘兮兮地拉著我的手往走廊上走，我得很努力克制，才能不讓自己情不自禁地去捏她嫩嫩的手心。

「什麼事這麼神秘啊？」我問，由於被她興奮的情緒感染，我也忍不住微笑起來。

「噓！別讓人看到。」喬左右張望了一下：「連我媽都不知道喔！」

「真的？什麼事啊？」我的心似被蜜糖裹住了，甜沁沁的，我正在和喬分享著連喬媽也不知的私密呢。

「給妳看。」喬又左顧右盼地張望，彷彿真的是什麼不可告人的大事，確定四下無人才從口袋裡掏出個對摺的淡藍信封，散著淡淡的幽香。

我接過來，上面印著一個小小風車，綠草如茵的原野上有對嬉戲的男女童，還有方方正正的字跡，應該是男孩子的字，我顫著雙手抽出信紙，雙眼盯著卻什麼內容也看不清，只滿紙讓我傷妒交加的喬的甜蜜幸福表情。

「怎麼樣？他是十二班的，是男生班的好班，我放學常常碰見他，他長得高高的，看起來很斯文，昨天他突然走過來拿這封信給我，我緊張得心都要跳到嘴巴裡來了，哇！我注意他好久了，其實……我晚上做夢也夢過他，不能告訴別人喔，我真的沒想到他會寫情書給我耶……」

喬一直喋喋不休地笑著談論他，一點也沒發現，我的笑容是多麼勉力擠壓出來的僵硬。

「我回信該寫些什麼？妳幫我想想好不好？」

「妳要回信？」我光看她的表情就該明白了，卻還不死心地多此一問。

「當然呀！難道不回嗎？」喬睜大眼睛望著我。

「隨便妳！」我丟還情書，聳聳肩進教室去了，喬一定覺得我莫名其妙，但這已經是我盡全力所能做出的最佳風度了。

一整個下午，我都無心聽課，那個寫情書給喬的男孩子長什麼樣子？喬跟他要好起來怎麼辦……

「丁天使！丁天使！」

國文老師叫了我兩次我才聽見。

「上課不專心在幹什麼？不到五十天就要聯考了，妳還有心情跟周公約會？我剛剛講到哪裡？」

一整堂課我都沒聽，我怎麼知道講到哪裡？我低下頭避開導師虎視眈眈的眼神。

「既然答不出來，老規矩，罰站吧！」老師白了我一眼，氣定神閒——她認為那只是個小小懲戒。

國文老師是我們的導師，她說她要用愛的教育，所以她不打我們，她用罰站的，但是像我這種死要面子的人，她的處罰比誰都要毒辣——她的處罰是要站在桌上，雙腿打開——以便後面的人能看得到黑板，我遲疑著要不要站上桌子去，我還是第一次接受這樣的懲罰，夏天穿裙子站那麼高還要雙腿分開，多難看啊！

「趕快站啊！拖拖拉拉的幹什麼！浪費大家時間！妳一個人浪費一分鐘，全班五十個人就浪費將近一小時，一個小時可以讀多少書妳知道嗎？」

怎麼辦呢？喬也在看著呢，我偷偷望了喬一眼，發覺她低著頭不忍心我受這樣的羞辱，我死瞪著桌面，好像它會顯現出我要不要站上去的答案。

「快呀！動作快點！妳是烏龜呀！妳！妳！」國文老師用課本敲著講桌叫著。

不曉得突然從哪兒冒出來的勇氣，我彎下身去收拾了書包，甩在身上便從教室後門出去，同學們被我的舉動驚得愣住了，導師也先是呆了一下，然後才追出來氣急敗壞地大叫：「妳敢！妳敢走出這間教室，妳就永遠不要回來上課，丁天使！妳聽見沒有？」

我聽見了，但我腳步沒停，腦子裡一片空白，只想趕快走出這間教室，走出這棟大樓，走出這座校園，走出這個一直有什麼東西逼迫著我，緊緊抓住我不放的世界，直到校門口，才發現大門關著，警衛走過來看了看我的學號，知道我是三年一班的，臉上線條便緩和起來。

「怎麼？身體不舒服要先回家嗎？」

我搖搖頭就走開了，他也沒再追問我什麼，我們學校就是這樣，是好班的，他們就認定不會是學壞的好學生，都有特別優待的，就連頭髮不合格，也是用「好言規勸」，不像後段班的，男生逮到就在頭上剃個飛機跑道，女生則在耳上大刀一剪。我走到垃圾場，那邊的圍牆比較低，我可以翻牆出去。

離開學校，稍稍覺得呼吸到自由的空氣，但心裡像是壓著塊石頭般，總覺得氣不太順，我身上沒錢，老媽從來不給我零用錢，沒地方好去，我東晃西逛的，結果還是回家，不免得自己既遜又蠢，連蹺課都沒地方去，除了念書我好像什麼都不會。

我躡手躡腳進雜貨店，老媽在躺椅上睡著了，我站著俯看媽微張著嘴打著呼，穿著夾腳拖鞋的腳丫髒髒的，因為長期不穿鞋的緣故，腳趾像扇子般張展著，中間躲著一條黑黑細蚯蚓般的污垢，路邊攤的便宜褲裙有幾點洗不掉的黃斑，媽連睡覺眉頭都是皺著的，夢裡她也正在詛咒著她大逆不道的不孝女吧?!其實，我也知道老媽辛苦，我也儘可能地幫忙家事，但就是不能得她的歡心，是不是因為我曾與她骨血相連，我一生下來她就預知了我與眾不同的性別喜好，而厭惡我呢？媽真的厭惡我嗎？還是厭惡我的不孝？她一天到晚說我傷她的心，惹她生氣，但她明不明白我也是個人，有感覺有人格也有自尊，她對我所做的也會令我傷心，也會讓我發怒呢？孩子也是個獨立個體，有自己的思想，不是任大人任意擺布的木偶呀！

我頹喪地上樓，將自己摔上床去，真的好累好累，我生命中的唯一一絲光亮——認識喬的喜悅，慢慢地暗了下去，人也徐徐再次沉落阿鼻地獄，整個地殼、世界、外太空的重量都好像壓到我身上來，這就是失戀嗎？如果是的話，那我真的是——是同性戀嗎？還是這種現象會隨著年紀漸增而改善？會不會以後我碰上了英俊的白馬王子，我就不再對女孩子感興趣？如果我真的是同性戀的話，那別人知道了要怎麼辦？同學看到我不就嚇得沒地方躲？喬呢？喬會怎樣？我不敢往下想，為什麼我會這樣？媽老說氣自己生我，我現在更氣老媽，把我生成這樣，天啊！好煩！上帝救救我吧！

傍晚我下樓的時候，媽忙著招呼生意，也沒注意我從哪兒冒出來，我到後頭去洗米煮飯，天明趴在飯桌上做功課，我突然發現家裡沒電話的好處，蹺課的訊息不會那麼快傳回家，我的心緒紛擾纏亂，煮湯都忘了放鹽，被老媽白了好幾眼：「一點小事都做不好，跟那老廢物一樣沒用，魂都飛到大陸上去了。」

老爸好像什麼也沒聽見，大口大口地扒飯菜，吃得嘖嘖作響，爸最厲害的本事是什麼難吃的東西，只要有辣椒配，他樣樣吃得津津有味兒：

「打日本鬼子的時候，馬肉，死人肉都吃過，連皮帶皮鞋都放在嘴裡嚼。」爸這樣說。

媽氣得摔碗，她最痛恨爸提起有關大陸的任何事，她怕我們被爸乘機洗腦，以後和爸一起反攻大陸去，再也不回來了。有時，想想也不禁覺得媽真矛盾，她怕我們走，為什麼不對我們好一點兒？只每天疑神疑鬼地吵鬧，把我們的心逼得更遠，老總統都死了好幾年，只有她還在擔心反攻大陸的事。

隔天我一樣一大早就出門，腳上直往學校方向走，大腦卻一直慫恿著腳：別去了吧！還上學做什麼？導師不是叫妳以後都別進教室了？我幾度想要折返，理智又一再告誡我：國中沒畢業怎麼考聯考？犯不著和個老女人嘔氣，自毀前程，我知道有人升上國三便休學，到補習班裡接受更不人道的教育方式，然後再以同等學歷考高中，但是那要花很多錢，老媽怎麼可能讓我這樣，我念不念書，她又不在意，到現在連我念幾年幾班她都不清楚，更別說什麼好班壞班，她一點兒概念都沒有，奇怪的是誰家多久沒來買米，多久沒來買蛋，她倒記得明白。

我進了教室，同學全用奇特的眼光望著我，好像我剃了個光頭進來，隔壁江麗玲偷偷告訴我，昨天導師邊哭邊上課，足足哭了一節課。

「老師哭什麼？」我問。

江麗玲眼睛瞪得好大，好像我問的是句驚天動地的廢話般：

「妳竟然問我導師哭什麼？當然是因為妳呀！噢！丁天使，妳膽子真的好大，敢這樣對老師。」

我還沒來得及問她，我是怎麼對老師大逆不道的？就被廣播叫到訓導處。

一定是為了昨天的事要受罰，腳好像有千斤重般難以舉步，好不容易拖拉到了訓導處門口，我還是在外面遲疑了好一會兒，才鼓足勇氣進去，好班的學生很難得來這裡的，我也是第一次來，有一次我經過這裡的時候，看見訓育組長阿美族，狠狠地打後段班的一個女生一巴掌，女生跌坐地上，阿美族用腳將她勾起來，沒等她站穩又猛戳了她額頭一記，邢女生整個人仰馬翻地仰跌下去，同學都說阿美族是跆拳道三段，學校請來專門對付後段班的流氓太妹學生，我的心噗通噗通地跳，還沒挨揍呢，就覺得身上東一塊西一塊火辣辣地疼起來。

我慢慢踅到低頭看資料的組長桌前，一直不敢出聲，等了好久，阿美族不經意地抬眼看到我，粗嘎的嗓音問了聲：「幹嘛？」嚇我一大跳。

「我……三年一班的……」

阿美族看了我一眼：「坐到這兒來！」

我怯生生地靠過去，平常都是遠遠地看他在司令臺訓話，今天終於有機會近觀，才明白同學給他取阿美族的原因，組長皮膚黑眼睛大而深，果真長得像原住民。

「坐啊！」我想阿美族一定盡力讓他的聲音聽起來很和氣了，可是那口氣裡還是有種難以抗拒的威嚴，我慎重地在他桌旁的椅子緩緩坐下，一面眼睛保持盯著他，慎防我會毫無心理準備就被揍一拳。

「妳叫丁天使？是吧？」阿美族微笑地對我上下打量，然後略微點點頭，好像是說：看起來是個老實學生。

我點點頭。

「妳的事陳老師跟我說了，她說只要妳今天還是按時來上課，又願意寫悔過書的話，她願意接受妳的道歉，讓妳上她的課。」阿美族也沒問我願不願意寫悔過書，就從抽屜裡抽出一張來遞在我面前，他沒必要問我，沒有學生會拒絕寫悔過書的不是嗎？學生尤其是做錯事的學生，學校不懲罰就不錯了，哪裡還可以有分辯的餘地。

我不要寫！又沒做錯什麼，我幹嘛寫，對誰悔過啊？我心裡一面這樣想，一面拿起筆來在紙上寫：三年一班學生，丁天使，對陳老師上課不尊敬……下不為例，違者願接受校規嚴厲處罰。

「妳第一次寫悔過書啊？不錯嘛！一班學生就不一樣，文筆通暢多了，八班有個女同學，我教她重寫了五、六次還寫得狗屁不通。」

陳母豬妳去死好了，我一邊心裡詛咒，一邊在悔過書上簽名，恭恭敬敬地交給阿美族，臉灼燒起來為背叛自己的媚俗言行感到氣懣與可恥。

「好啦！沒事啦！妳們一班的學生，壓力難免大啦，當妳們老師也很辛苦的，以後不要跟老師嘔氣，知不知道？要好好念書，學校的升學率全靠妳們啦！」

「謝謝組長！」謝你媽個頭！覺得又背叛自己一次，我點點頭轉身出去，這件事就這樣收尾，老師同學都當作什麼都沒發生過，但她們看我的眼神，就好像陳老師曾多麼仁慈地對待無禮的我，我不認為自己有什麼錯，只覺得陳老師越來越討厭，所有的同學——喬以外，每個人看起來都好像站在陳老師那邊似的遺棄排拒我，我在心裡詛咒著這些人最好都沒考上聯考，陳母豬也因升學率不佳而引咎辭職。

事情落幕，又運轉到苦不堪言的軌道上，既然沒勇氣掙脫，也只有跟著轉了，母豬說我們要接受千錘百鍊才能嘗到成功的甜美果實，我想付出這麼大代價考上聯考算是甜美果實的話，那還不如吃一顆蘋果算了。

聯考越來越近，天氣也越來越熱，我的右腳腳板底，冒出了好多又小又癢的水泡，我抓破了皮，沒多久它就化膿紅腫，一個個像火山似的張著嘛起的洞口汩汩地流著岩漿般的膿血，痛得人沒辦法穿鞋，一連好幾個禮拜我都穿著拖鞋一瘸一扭地像個跛子般拐到學校，媽也沒問過我一聲，爸拿紫藥水給我塗拭，可是好像沒什麼用，只整個腳丫子紅的紫的黃的，色彩斑斕地更嚇人，我坐在悶熱的座椅上，老覺得它散發著腥臭腐敗的氣味和著汗酸彌漫教室，有同學拿著墊板搧涼，我就自卑難堪地覺得她是在驅散這令人反胃作嘔的氣味。

喬盯著我的腳皺著眉道：「噢！很痛吧？好可憐喔！」

不知道為什麼，一股兒辣勁從喉頭直酸到鼻腔，連淚都差點跟著衝出來，我強忍著笑笑說：「還好啦！」

「怎麼這麼久都不好？妳媽沒帶妳去打消炎針嗎？打消炎針一定很快就好。」

一隻綠頭蒼蠅嗡地飛進教室，在我腳上盤旋著伺機進攻美食——我腳上的爛瘡，我揮手將牠驅走，無意間看見喬皺著眉，嫩蔥般的手在鼻口搧了搧，我的心被無情地重擊一下，恥辱與羞慚將我壓得抬不起頭來，連目光都無法再揚起面對喬的神態，一整個下午我都把腳縮進桌子下，無顏再邁出來。

晚上一回家，我就故意扭扭跛跛地誇張一點地拐到正在看歌仔戲的媽面前，蹺起腳丫子，讓她看清楚我的腳已爛到什麼程度，媽盤膝躺椅上端坐如舊，面無表情地掃了一眼，冷冷地說：「這就是妳不孝的報應！」說著目光又移回螢光幕上，裡頭楊麗花與許秀年的愛恨正纏綿，一臉濃妝的苦旦扯著哭調唱道：「……妳安怎狠心來將我放啊——」拖著長長抖抖的尾音直像媽如劍目光颼冷地延伸過來，一招招將我罩在劍影裡，然後意圖趁我不能動彈時刺穿我的心臟。

我拐拐跳跳地逃奔上樓，砰地甩上房門，靠在門板上喘著氣，看著又臭又爛的腳真恨不得一刀將它剁下來，我燃起一根白蠟燭，將縫衣針燒得燙紅，刺穿那一個個膿包，嗤嗤地一聲聲，像它們洩氣的嘶鳴，再用力地去擠那些爛瘡，擠至血水迸射而出，一處處紅腫投降似都陣陣抽痛起來，但那一聲聲「不孝的報應」敲在我心臟上要更痛得多。

經我這一折騰，腳爛得更厲害了，連股溝內的淋巴結都突鼓出來隱隱作痛，腳上爛處牽起一條條紅紅的腫痕，天明說那是俗話說的牽紅線，要走到心臟人就沒救，我看著逐日像小蛇般在皮下鑽的紅痕，巴不得它馬上走到我的心臟，即刻毒氣攻心而死，反正不孝的報應嘛！

倒是陳母豬看不過去了，帶著我到保健室擦藥打針，我對她的厭惡頓時煙消霧散，看著她殷殷叮嚀我記得按時吃消炎片時，我突然異想天開地覺得，陳老師要當我媽媽的話，也不錯。

腳終於是治好了，爛腳那一段時間，我好一陣子不主動去找喬說話，我怕她會嫌棄我骯髒，直到腳痊癒了我才敢靠近她。

喬好像根本沒知覺我的疏遠，而且卻越來越開心了，每天下課就趕著上圖書館約會，我漸漸地幾乎沒機會同她一塊兒放學，去她家享受片刻的家庭溫暖，就連在學校的交談，話題也離不開她的新戀情打轉，我耐著性子假裝有興致地聽，自虐地讓她幸福的表情撕裂我的心，再用那癡傻的戀語酸苦地浸漬著，眼睜睜看著眼前神采飛揚的喬離我越來越遠。妒忌越積越深，潛伏在刻意掩飾下的笑容澎湃奔竄，讓我忍不住想採取什麼行動來制止喬對我的凌虐，但老媽從小對我的刺激，訓練我有極強的理智和演技來壓抑我行將爆發的愛妒；喬真的太沉醉在幸福裡了，對我眼中噴火似的情焰竟茫然不覺，她難道看不出來僵在臉上的笑容有多假嗎？更慘的是，我一面期待喬了解我的心意，一面對她一旦知曉我的情感後的反應，怕得不敢想像。

喬的功課也更爛，我開始不再偷改她的考卷，讓她去挨打吧！我想，既然她無視我的情衷，雖然我掩藏得當，但她該了解的，那麼一個清靈靈的女孩。

一個難得的不用對考卷的中午，喬走過來問我：「妳最近怎麼了？」

她終於發現了我的反常了嗎？是的，一定是的，喬！我的喬！我裝作若無其事地答著：「什麼怎麼了？」

喬吞吞吐吐地：「妳最近……好像……我的考卷……都沒……」

「這樣不行的，喬，」我感到洩氣，從山巔猛墜谷壑，卻還不忘找一個冠冕堂皇的理由：「快聯考了，我這樣做只會害了妳。」

喬低頭不語，她太習慣在我的寵愛護航下悠游，忘了我所冒的風險，忽略了我所做的這一切不是毫無理由的應盡義務，我需要回饋的。

「我沒辦法，我念不來……」

「妳不是念不來，是把精神都花在戀愛上了，現在談這些根本太早，我們才十六歲啊！」我說得有點心虛：「這樣吧！今天放學我到妳家幫妳複習功課……」

「他今天在圖書館等我！」喬打斷我的話。

我再一次受到傷害：「隨妳吧！我不可能一直幫妳偷改考卷，妳小考都能過關，月考卻考那麼爛，老師早晚都會疑心的。」

喬還是決定去赴約，我激動得怒不可遏，背叛與被離棄的感覺，像針一樣不斷刺痛我的心臟，提醒我：喬撇下我，自顧自地去約會，整個下午我的愛妒與羞怒像巨浪般在心內翻攪不休，放學時我沒回家，直接去了喬家。

喬媽媽應門時，看見我一臉的驚訝：「夢翎呢？妳們不是一塊兒去圖書館念書嗎？」

我吸一口氣像報復般大聲說：

「喬媽媽，喬從沒跟我一塊上過圖書館，她認識了一個男孩，放學常跟他在一起。」

喬媽媽一下子慌了手腳，眼淚幾乎要奪眶而出，我羨慕得要命，老媽也常流淚，但都是為了她自己而流，我常想，即使我殺人放火也及不上我應她句不孝的話語來得令她痛心，如果我很孝順她，卻在外面為娼為妓，老媽也不會多難過，因為女兒孝順她嘛！其他的都不是那麼重要啦！因為中國人說的：百善孝為先嘛！

「怎麼會這樣？才多大的孩子？怪不得月考考這麼糟，天使，妳知不知道她現在在哪裡？」

「應該在學校旁邊公園那家圖書館吧！喬媽媽，我先回去了，再見！」

喬媽媽急得忘了說再見，到處找皮包要出去找喬，喬和那個男孩後來怎麼樣了，有沒有挨罵我不知道，因為隔天來學校，喬只問了我一句：

「妳是不是嫉妒我？」之後，便再也沒和我說過話。

我們絕交了，我再次沉入了地獄。

她最後一句話無論白天黑夜都似巨爪整個攫住我，我是嫉妒她？還是她的男朋友？也許都有吧！我自己也不清楚，但對性別喜好的輪廓卻逐漸清晰，我懵懵懂懂地意識到它會跟著我一輩子，心驚地擔心我的愛情生活注定了要在黑暗中躲躲藏藏。

4

聯考過後放榜那天，當我在榜上千萬個名字尋到自己的時候，第一個念頭是想到：喬也看到了嗎？她替我高興嗎？還是為我惋惜沒能考上更好的學校？我接著心焦地找喬的名字，沒有，我替她難過地嘆息著，又不免燃起一絲絲期望：喬沒考上，會被她的男朋友看不起而甩掉吧？那也許，她會回頭來找我。

整個暑假，我靠著這點幻想，支撐住我和老媽在雜貨店裡終日相對，度著漫漫溽暑。

我已十六，大熱天的薄衣即使加上天明的白汗衫，終究掩遮不了胸前難堪的事實，遂整天駝背拱肩，冀望能讓它看來不那麼顯眼；腋下和下體也像發芽似的冒出一根根捲曲的黑毛，像一條條扭曲的黑蛆在腐肉上翻鑽競食，我用刀片刮下令人作嘔的髒蛆，沒幾天，毛細孔又似夏天悶在床下的綠豆，一夜之間頭角崢嶸地突出一條條不規則扭動的細芽，像剷不盡的野草，清不淨的穢物，我痛惡地想將骯髒的身體與靈魂剝離，但靈魂與身體無法撕裂的痛苦，只讓我眼睜睜無助地看著身體被我不知道的什麼占據，擺布，變成我無法想像的怪物，

媽的眼光不經意地在我胸前飄過——驀然又飄回來停駐，我下意識地將雙手交叉胸前

隨意地問了句：「蛋最近漲了不少錢哪！」意圖轉移媽的注意力。

媽將眼光收回，低頭揀著米裡的小石子，裝作淡淡地卻又能聽出話裡的忌諱與尷尬：「妳那個，來好久了吧？」

「啊？什麼？」我不知該回些什麼，只能裝傻，低著頭，像做壞事被當場逮著般，無地自容。

媽依舊沒正眼瞧我，手在篩米的網中撥過來推過去，好像剛剛她問的只是句可有可無的無心話，有沒有答案都沒關係，我偷偷細望，又覺得媽表面看似無事可又好像在算計著些什麼，我試探地挨過去將篩落的碎米攏起來拿出去餵雞，媽仍然未再多語。

我在院子裡看著雞隻一下下啄食，鬆了好大一口氣，奇怪著自己老認為媽不注意關心我，但她對我稍露關懷，我又不自在地想逃得遠遠的。

翌晨我在店裡擦擦抹抹，媽從菜市場回來遞給我一包東西，還特地用報紙包好：「我以前買的，太小了不能穿給妳穿。」

我打開來看是兩件胸罩一件生理褲，我抬眼看媽隆聳的胸肥鈍的臀，屈踞在門口撿菜葉，猛然意識到媽和我都是女人的事實，在此之前她只是母親我只是子女；她上次說什麼「在床上也沒用」這句話，突然燙滾滾從腦海裡冒出來烙得我兩頰刷地紅了起來，我好替媽難堪，覺得一個母親不該講那種不三不四的話。

和媽共同保有如此一個不算秘密的秘密，並沒能拉近彼此的距離，甚至出現一種冷淡的客套，因為我感到害怕，怕自己也怕母親，怕我們同為女人的事實會成就同一種宿命。

暑假裡一個熱得萬物都快要鼎沸蒸發的下午，阿媽頂著大日頭，提著兩掛她自己種的絲瓜曬成的菜瓜布來看我們，媽不太跟親戚往來，所以我們家小孩跟阿媽姨媽舅舅都不親，但我還滿喜歡阿媽的，因為她老張著癟嘴露出沒兩顆牙的笑容說我：「阿妹，大眼薄唇細長腿，水噹噹，但是薄福的長相，呵！我要替妳多念佛添歲壽。」我從來都不覺得自己漂亮，因為媽不喜歡我的長相，她說我眼大薄情尖鼻寡義，腳像白鷺鷥家裡待不住。

我沒事就靠著阿媽身邊坐，聽她對我的讚美：「阿妹真水真水，生得鼻靈眼清的。」

媽一旁聽了，鄙夷道：「不孝！生多水都沒路用！」

阿媽住沒幾天就回南部，媽冷冷淡淡地也不留她。

我不捨地說：「怎麼這麼快就回去了？那麼大老遠一趟，多住久一點才好。」

媽哼道：「妳看誰都好，就看我不順眼，她還不是來替妳舅舅借錢的，我有錢也不借她，當年沒半分嫁妝給我，我只好嫁給妳那窮老頭，現在倒好意思來借錢，妳喲！還真當自己漂亮？阿媽要借錢才講好聽的來討好妳的啦！」

我不以為然地噘著嘴，覺得真正薄情寡義的是她才對。

媽瞪著我那張臭臉，又罵了開來：「妳還真以為是個美人喲？多美？沒有我哪有妳啊！」我的臉拉得更臭了，覺得媽好煩好煩，怎麼有人連自己的女兒也在跟她計較美醜的。阿媽離開後，日子又難捱起來，只她留下「阿妹水噹噹」這句話，稍稍涼潤一下我火熱焦躁的心，我漂亮嗎？為什麼喬總看不見，不在意我的美呢？我的外觀真的對她一點吸引力都沒有嗎？

暑假過去，喬從未和我聯絡過，於是死心明白，我完全失去了這個朋友，也或許，我從來都沒真正成為她的朋友。

帶著落寞的心踏進高中的生活，我孤僻依舊，家裡的情形卻漸漸起了變化——越變越莫名其妙。

老爸在大陸上的孫女來信要他寄錢回去給她念大學，信被媽搜了出來，媽日吵夜鬧地只要醒著都張著嘴在罵人，老爸可以裝聾作啞，我和天明卻無路可逃，連我考上聯考也是項挨罵的藉口。

「妳可別以為妳有高中念就了不起喲，妳也別以為妳是獨生女喲，妳那死人老猴，在大陸上有個好大女兒，現在還要供孫女上大學呢，妳以為怎麼著？只有妳有本事念書是吧？哼哼！那老頭根本沒把妳放在眼裡，妳還跩什麼跩！」

老媽一再地叨念著，有時候念著念著淚流了一臉，見我面無表情便破口大罵：「破××！臭××！狼心狗肺的雷公仔點心！」

我還是面無表情無動於衷，髒話我從小聽她罵得多了，至於爸大陸上的女兒，關我屁事！

也許我真的如媽所認為的是鐵石心腸，沒心沒肺，還是我已經完全麻木？對於她那麼多惡毒的挖苦，憤恨的眼淚，既不寄予同情又不覺得難過，天明就不行了，他一升上國中便被分到後段班，心中的懊喪已夠多，還要整天聽老媽哭訴：

「媽沒把你生好，從小長得醜成績又不好，才會讓你爸看不起你！你死人老爸早認定了你沒出息，把錢統統弄到大陸上去了，給他那些寶貝親戚上大學，他就是看不起你，認定你一定考不上。」

我望著天明：不吭聲低著頭，黑瘦的背整個駝了下去，臉上的表情複雜著痛苦與不耐，灰心與不屑，媽給弟取名為天明，然而我懷疑他到底有沒有天清氣明的一天？就算媽痛苦委屈吧！為什麼她要把她的十字架加倍地負在我們身上？這個時代的悲劇，無奈的不僅是她啊！

天厚就好命多了，他現在交了固定的女朋友，連學校放假也不太常回來，他回來的時候也通常是他缺錢的時候，媽看見老哥才有笑容，老哥回來幫她送次米給客人，媽笑逐顏開地罵我們：

「天厚一回來就幫我做事，你們兩個！哼！做點事就整天臭張臉！」

天明和我私底下不平地嘮叨：「笑話！他一個月送一次，我們一天送好幾次，怎麼比啊！」

媽流著淚加油添醋竭盡能事地對天厚抹黑老爸與大陸通訊的惡行，天厚氣得要命：「這種不負責任的老爸！媽的！我不認他！」

老媽欣慰地嘆息著：「呵——！苦了一輩子，總算還有個兒子對得起我，算沒白疼他的了！這後半輩子都有依靠了，天厚……」

我聽得雞皮疙瘩都冒起來，還有一種揮之不去的模模糊糊的齷齪感。

大概就是因為老媽的關係，我特別怕強悍的女孩子，尤其像媽兇悍而愛哭——多奇怪的組合啊！讓我光想到都要敬而遠之；念了高中後，我越成熟越明白肯定我對同性別的偏好——特別喜愛嬌弱溫馴的可人兒，然而越肯定越痛苦，加上家庭的陰影，遂使我說謊的習慣並沒有因為成長而收斂，任由其隨著馳騁的想像揮灑自如，將一個個謊言鑄成的磚，堆砌出虛構的城堡，把現實的痛苦與無奈絕緣於堅牆之外，期望另一個我能在其內安逸逍遙，反正高中，同學來自各個地方，大家不清楚彼此家庭背景，我的父母搖身一變，又成了生活小康的白領階級，隨我喜愛，像個沒預算的導演，我愛怎麼編就怎麼排，很多很多，真真假假，虛虛實實。

謊言，終於融為生活的一部分，貫串我的生命，我幾乎要相信我就是城裡那個幸福人兒，但內心深處總是會出其不意地竄出隱約的恐慌，彷彿有什麼東西緊緊地抓住我不放，一直如影隨形地逼迫著我。

高中全校都是女生，那麼多的女孩子齊聚一堂，卻沒一個我想要的、能要的，我只能悄悄蟄伏著，像狩獵的豹，安靜地搜尋，期待獵物出現，我現在已經明白：愛情是一種互動的關係，沒有回應式的單戀，結局只能是悲劇，所以我小心翼翼地和同學保持適當的距離，怕表錯了情會將我的秘密宣洩，我幻想跟我一樣的女孩會發出跟我一樣的電波，我們能彼此吸引，在凡塵萬眾中，找到自己的同類，然而一學期過去，夢想與現實間的隧道，長得沒有走到的一天，徒讓人更看清了現實的無奈與難堪，只好無能地一頭往虛幻的城堡裡鑽，越陷越深，無法自拔。

高一下學期的運動會，我參加了好幾項比賽，由於我從小幫著老媽送一箱箱的汽水啤酒，二、三十斤的米我也能扛上三樓，一般溫室裡的花兒怎堪與做慣粗活的我比擬，同學們一望而知我的矯健，各種體育競賽非我莫屬，運動會裡，我一個人既要跑接力，也要跑四百，還參加跳遠，難得出風頭的我，在場上聽著同學們賣力地叫著我的名字，猛吼著加油的時候，有點暈陶陶地，不過代價是累得像條狗一樣，跑完四百，只能趴在場邊張大了嘴累呼呼地大口喘著氣。我沒得到什麼名次，同學們都失望地離場，大概後悔選錯人了，沒人來給我聲安慰鼓勵，我將頭垂在雙腿間喘息，咒罵著這些現實的女孩，好歹我沒有功勞也有苦勞啊！正當我努力地調勻呼吸之際，好像有什麼牽引著我，呼喚我回頭，我不知不覺地轉過身去，果真有個女孩不知何時悄悄站在我身後，瘦瘦的皮膚很白，長年沒曬太陽的那種蒼白法，頭髮卻很黑，黑而柔順，在豔陽下像能吸光似的更濃更密，眼睫毛像兩排黑簾幕遮住日光，讓在它陰影裡的漆黑眼珠，看起來更憂鬱。

我對她笑笑，她抬眼凝望我，一股強大的無名力量頓時吸引住我的目光，她的美麗令人心痛，她的哀愁令人心碎，我無法將視線自她身上移開，如何有人能獨具一身靈氣，卻滿溢著哀傷的氣息？而將美麗與哀愁結合得如此完美。

「嗨！我叫詹清清。」她淡淡地笑著，遞條手帕和一罐舒跑給我，纖纖的十指像搪瓷般細緻，我小心翼翼地接下，怕粗魯的動作一個不小心就會將它震碎。

她在我身後坐下，眨著美目一貫淺淺地笑，堪堪清豔得以形容，一種奇特的電流竄遍周身，劈輾開心中似沉睡萬年的冰原，融攤成水，情不自禁地流淌向她。

「妳好厲害呀！」

「沒什麼，四肢發達而已。」

語言顯然多餘，詹清清明的眼睛在我身上上下搜尋一遍，尋覓相同元素，似其纖指溫柔撫觸，我血脈僨張六神無主，世界完全靜止，只遺我們交媾的眼神纏綿難解。

銳拔的哨音與集合的廣播將我們連成一氣的世界割裂，我難捨地站起身來才覺虛脫似已跋越萬里，涉過千水，欲與歷經幾劫幾世情人相會的情癡。

詹亦嬌弱地軟癱在地，我伸手將她輕輕扶起，兩個人安靜地相視而笑，勝過千言萬語，就這樣，詹自自然然地走進我的生命裡，兩顆孤獨的心，從此在校園裡相互追逐，千篇一律白衣黑裙下的相似背影，我的眼神，不！是我的靈犀，永遠能捕捉到我最想念的那個，不為什麼，只為多望一眼，而詹，像背後長了眼，總能適時地回首，給我一個最美的笑；心，幸福得像要飽脹開來。

孤獨得太久了，初識時曖昧的狂喜倉卒昇華成更難分難捨的濃情，不被世俗接受的情愛，更讓人有種殉教式的狂熱。

每堂課我睜著眼盯著黑板，腦袋裡全都是詹的眼、詹的嘴、詹的一顰一笑、一言一行，層層疊疊地舞動，看不清抓不住，我遂養成了不斷看錶的習慣，越接近下課越屏息難挨，待那解救的鐘聲響起，我似蛹化已久破繭而出的蝴蝶，急促地振翅飛過叢林教室，停在我們約定的那棵榕樹下，等待看清讓我鎮日裡心不在焉迷迷糊糊的倩影。

詹的動作永遠是那麼優雅恬淡，一如她的名字「清清」，即使她思念焚身，也不狂奔疾走，我遠遠地看她徐徐地行淺淺地笑，百褶裙隨著她一跨一跨地前進，下襬像綻著的黑色鬱金香，鬱金香一開一闔緩緩飄近，我心也怦怦跳動配合著她的律動，這是最大的享受，剛剛課堂上的煎熬，一切長久的等待都值得了。

「怎麼妳每次動作都這麼快？」

「來看妳啊！」我嘻嘻地傻笑如初墜情網無措的傻小子。

「哪！給妳看！」詹手上拿封信，是個念建中的男筆友寫來的，她每次收了信就拿到學校來給幾個較要好的同學看，藉以宣示：她是有男朋友的。

我翻了翻，覺得很無奈順手揉掉，想將不快的感覺一併揉去。

「妳生氣啦？吃醋啦？」她皺著眉嘆氣：「沒辦法，我怕人家起疑，已經有同學問我，為什麼一下課就跑來找妳……」

「有什麼好怕的？知道就知道啊！怕什麼！」我逞強，其實我也很怕，而且怕得要命。

「我覺得周圍的人都好可怕，好像在窺伺我們一樣。」

「你們見過面嗎？他長什麼樣子？」

「別提他了好不好？不過是個障眼法擋箭牌嘛！」

詹抓住我的手，像端視藝術品般一邊鑑賞一邊從裙袋裡掏出鑰匙圈，上面繫著把小巧精緻的指甲剪：「妳在家都忙些什麼？指甲這麼長也不剪。」

家，是我的隱痛，難以啓齒的惡瘤，我一開口談到它，它就隨著開闔彈散惡臭，無法啓齒，我只能說起另一個家，我想像的家，很溫馨的家。

「沒有啊，看看電視，吃個飯和家人聊聊天，休息一下就睡啦！」

詹嫩蔥般白的十指輕輕握住我的：「還是住家裡好哦！像我住校隔一個星期才能見家人一次，吃學校的爛伙食，我每次都閉著眼才能吞下去，好想我媽媽的手藝喔！」

「……」我只想到我和老媽一左一右地抬著一箱箱汽水啤酒，默契不足，我沒配合好手指被壓一下，痛得猛地抽回，哐噹一聲，差點打翻整箱米酒，媽罵著：粗手粗腳一點忙都幫不了我，我一個人辛辛苦苦為這個家……

「咦？妳的手怎麼粗粗的啊？這個指甲還裂了，裂在肉裡哪！很痛吧？」詹將我的手指心疼地放入唇中輕輕吸吮，溫溫熱熱濕濕涼涼地，一股麻勁從手指傳遍全身，我頓時酥軟無力，但覺血脈僨張天旋地轉，心靈最深處的感情通道被完全扣開，釋放出痛苦的柔情與被長期苦悶壓抑的慾求，待上課鈴響驀然從激情復甦才驚覺腿間已濕，臉上紅熱熱地似高潮過後。

我癡癡迷迷地看著詹站起身亦是臉紅氣喘眼波漾水，她低著頭忽然快步向教室走去，我愣忡半晌才又想起那個老問題：「妳和那個男生沒碰過面吧？」

而人已遠去，劃下的是個意猶未盡的逗號，教人恍恍惚惚地總覺不真確，我依依不捨地踱回教室，整個下午心神不寧地想著詹，和以往不同的是又多了我的影子，兩個身體模糊地交纏疊合……慾望排山倒海地向我衝擊而來，我不斷地大口吸著氣，飢渴著想著詹，想著詹，想著她唇內的舌如何地舔舐，想著她制服下的肌膚如何地光滑細膩，想著她呼吸起伏的胸前是粉紅的乳暈……

我紅著臉癱軟在椅子上，高淑鈴好心地問我：「丁天使，妳不舒服啊？」

「……沒有……」我心虛著，像被開膛剖肚挖出心來，那骯髒的想法一覽無遺。

下午幾節下課，我衝到和清清常碰面的榕樹下，都沒碰到人，我極力抑制到她教室找人的衝動，我們說好了，除非有事，否則不要到彼此教室去找人。沒見到人，一股勁全洩盡了，小小的水溝我抬腳幾乎要跨不過去似的想一頭栽進去，在一起的時間太短太短，以致相處的時間甜美到強大得控制住我的行動思想，我需要更多更多的時間在一起，沖淡這濃得化不開的黏膩，從這種綿密的困境掙脫出來喘一口氣，不然我會因思念而亡。

放學後，我沮喪地到家，天明神秘兮兮地叫住我：「姊！妳過來一下。」

「幹嘛？好事壞事？」

「哎喲！好事啦！」天明看了媽一眼，老媽忙她的生意，根本沒注意到我回家。「妳跟我到廚房來一下啦！」

我走到廚房，天明塞了封信到我手裡，臉上的笑容滿是曖昧，我攤開來看：「什麼東西？——哈哈！是情書，誰的？」

「瘦皮猴叫我拿給妳的，他拿給我的時候，我還以為他同性戀呢，給我情書！搞清楚了才知道是給妳的，一樣教我嚇一大跳，妳這麼兇，想不到還有人敢追，妳上次把天厚頭打破，這附近沒什麼人不知道的。」

天明說同性戀這個字眼時，我的心蹦了一下，我快速穩定情緒，為免他疑心，我半開玩笑地掩飾著心虛：

「你不曉得你老姊的魅力嗎？凡人無法擋的。」

天明伸長了舌頭做嘔吐狀，被我搥了一拳，蘋果綠的信紙扭曲在垃圾桶裡，像瘦皮猴綴巴巴的制服。好久沒看到瘦皮猴，不知道還像不像小學那邋邋遢遢的德行，聽說他考上成功，算他好狗運，我真想讓他知道我看到情書後，不屑的神情，當鄰居這麼久，難道他不知道我是最會記恨的嗎？哈哈！鹺蛋！活該！

吃晚餐前，我特地到前面去看了一下老媽的收錢箱，裡面有好多千元大鈔，今天生意不錯，媽應該心情也不錯，我今天的菜也煮得不錯，趁媽吃得眉開眼笑之際，我開口了：

「媽！我下學期想要住校。」沒錯！我一定要住校！清清也住校，我要跟清清住在一起，我看了一眼沒什麼反應的媽繼續說：

「我通學太遠了，回到家都這麼晚了，害我們家這麼晚吃飯，等下收完碗筷，我都沒時間念書了，還有啊！天明現在青春期，正要發育的時候，肚子餓太久不好。」

天明像怕被老師點到名起來背書一樣，整個人頭都低下去扒飯，在他低頭下去的剎那，無奈地看我一眼，深深地譴責我：喂！妳自己的事幹嘛牽扯到我啊？妳害死我了，妳！

老媽一逕一聲不吭，只放慢了夾菜的動作，飯也在嘴裡多嚼了好幾下才吞下去，臉上看不出什麼特別的表情，但空氣密度似乎在增加中，氣氛好像不大對勁兒，像溪面下的伏流，表面平順卻暗藏驚濤駭浪。

事情是否該就此打住？我想著詹，湧出好大一股勇氣，不行！我一定要住校，我又想到了個理由：

「其實，媽，我也長大了，不好再和天明同一個房間，我要是住校的話，爸也不用再到我們房間睡那張躺椅，可以睡我的床，舒服些，我每個禮拜天都會回來……」

我注意到：老爸也低下頭扒飯，便知道又犯了大錯，自己下地獄就好，不該再拖別人下去的。

「是誰教妳要住校的？是誰教妳說這些話的？」老媽開口了，字字鏗鏘，像冰塊撞擊，讓人忍不住想打顫。

「是老師說我功課太爛跟不上，住校晚上還有晚自習，念書的時間會多一點……」

「妳意思說，我天天折磨妳一大堆事，讓妳沒時間念書？」媽放慢語氣一個字一個字將話挑清楚，完全不同於平常疾言厲色，卻詭異地更讓我心驚。

「我哪有這樣說。」

「妳明明是這樣的意思還不敢承認？我整天做牛做馬一樣累，有沒有人體諒過我？功課跟不上就不要念好了，反正死老猴的錢，只準備給他寶貝孫女上大學，妳呀！別想了，人家哪裡有準備妳的份，哼哼！還住校呢。」

我不吭聲了，不會有結局的，但我還是決定要住校，我不能放棄從小到大唯一認真想做的一件事，我一定要想出個辦法來。

沒想到的是老爸倒開口了：

「讓她住吧！通車太遠了，晚餐以後我來弄就好，打掃洗衣這種事，天明也大了，可以和我一起弄。」

「我就知道是你！」老媽突然尖聲開鈫，將碗筷「乒 啷」地狠狠摔在桌上，我嚇了一跳，手上的碗差點拿不住。

「你這樣狠心？天厚被你氣得不願住家裡，這一個你也想撥弄出去？你到底安的什麼心啊？啊！」媽聲嘶力竭地吼叫，兩穴青筋突露，咬牙切齒得連淚也流了出來：

「你大陸上的老婆早改嫁了，那個賤種是誰的都不知道，生的女兒，竟然認她做孫女？自己的兒子女兒，你倒拚命往外面趕？你到底想怎樣？要逼死我啊？」

我不知道我要住校跟這件事有什麼關係，媽一天到晚說我會把她氣死，我要住校她應該很高興才對，幹嘛還哭？天明早溜到前面去，美其名說去顧店，其實是避難，話題至此，已偏離主題，我擦擦嘴也打算開溜。

「破××！妳不要跑，話給我講清楚，妳到底想怎樣？」媽吼得聲音都啞了，眼睛裡的兇光卻更懾人，簡直要將我活剝生吞，好像我是她血海深仇的殺父仇人。

「怎樣？我沒有要怎樣啊！」我說。

「妳又不敢承認了！」媽奮力咆哮著，張著的大嘴把剛剛沒吞淨的菜屑連著口水噴在我臉上：

「妳跟妳爸一樣敢做不敢承認，妳不是說要搬出去死嗎？啊——？妳以為這樣說我就怕妳了？妳以為跟那老頭聯合起來，我就沒轍了？是不是？妳這個不孝的死東西！說話呀！」

媽雙手扠腰，神色那樣暴怒憤恨，卻又掛著兩行清淚。

「什麼嘛！我只說要住校，妳說的那些話我全沒說。」

「不是有人給妳撐腰，妳會作怪？」媽氣得簡直整個人要燃燒起來，方圓三公尺內，都感到灼人的炙熱。

「不要吵了！」向來唯唯諾諾的老爸，忽然大吼一聲，就是因為本來大家認定的是座死火山，突然爆發了，更是措手不及地驚人：

「不要再為難小孩了，她什麼都沒說，什麼話都算我說的，妳要吵要鬧，衝著我來好了，妹妹妳去念妳的書去！」

我上高中，天明都上國中了老爸還是叫我妹妹，叫天明弟弟，父母都是這樣的吧？兒女永遠都像孩子，我看了老媽、老爸一眼，忍不住心酸，都是愛，為什麼要愛得這麼水火不容？既然是愛，為什麼要和恨攪在一起，讓人無法消受？

媽更是氣得說不出話來，慣常被她踩在腳底的人，怎堪讓他直起身子來回話？

兩軍交戰，血肉相搏前按兵不動的表面張力擴展至極致，一觸即發，我趁著暴風雨前的寧靜，悄悄退出醞釀成形的暴風圈，天明和我對望了一眼，心知肚明，這次會是個超級強烈颱風。

廚房和店面只隔著一排貨架，雖然上面的雜貨擠得層層疊疊，還是沒有什麼隔音作用，兩個人的叫罵聲，清楚地傳到前面，當然也隱隱約約地傳出雜貨店外，向左鄰右舍昭告著：大家快來呀！丁家又有好戲上場囉！

「我每天做苦工，推著小推車，山坡上上下下，兩手磨得都是繭，賺的一分一毫都交給妳，妳還有什麼不滿意？」老爸濃重的鄉音，因為生氣，加快了幾分，更難懂了。

「你！你敢說都交給我了？都交給我，你還有錢寄往大陸？畚圾！賺那幾塊錢，也有臉講出來，笑破人的嘴。」媽國台語交雜，顯然占了上風。

「至少我沒讓你們餓著吧？妳當初開這小店，本錢不是我的血汗錢？我寄錢回大陸？我合計不過寄幾千塊回去，還是跟老曾借的，妳銀行裡那麼多存款，小孩穿得破破爛爛，妳存那麼多錢有什麼用？」

「就是你！」媽慣常生氣的動作，一手扠腰，一手食指就直指出去，像法老的權杖一樣，有定人生死的權威，我有時候瞪著她那直比到我鼻子上的食指，常會有一口將它咬下來的衝動。

「死沒人埋的，死沒良心的死豬仔！整天對小孩挑撥這些，你怎麼不乾脆教人來殺我？你試試看啊！我咧幹你娘老××！幹你娘！幹你全大陸的死人親戚！」老媽又叫又哭，罵的話比工人還粗魯。

「妳他媽的屄！妳他媽的該死！什麼話都是妳說的！我撥弄什麼？我連好好和小孩說句話的權利都沒有，還撥弄？」爸氣得髒話亦頻頻出爐，嗓門也越來越大。

「你哪用得著跟小孩說話？他們又不是你那大陸改嫁的老婆生的，你哪裡願意和他們親近？」

「那是妳要他們別理我的，妳以為我不知道？妳整天撥弄小孩，連小孩子彼此間都不親，天厚和妹妹多久沒講話了？這樣做，妳他媽的屄！妳得到什麼？」

「我就這樣！你怎麼樣？離婚好了，你給我滾出去！」

離婚？這倒新鮮了！我和天明對望一眼，老爸老媽吵了二十年，倒是第一次說出這個字眼。

「要是真的離婚就好了，這樣整天挖哩哇啦，煩死人了！」天明嘆口氣道。

唉！真是與我心有戚戚焉：「就怕他們只說說而已，又不真的離最討厭。」
「妳看會不會離？」
「當然不會啦！要離早離了還等現在？吵吵而已啦，離婚的話，一定是爸搬出去，老爸都六十好幾了，一輩子賺的錢都在媽手上，兩間房子又都不是他的名字，他能上哪兒去？媽也一樣，爸走了，她就少筆收入，她哪甘心啊？想到爸不知道會把薪水用到哪裡去，她心都疼死了。」
「怎麼不乾脆離了算了！看看誰走都可以，耳根清靜就行了。」
我看看天明，發覺他小時候那慣常驚怖的眼神，從什麼時候開始變得無所謂的不在乎，嘴角下撇著，顯得既不屑又無奈，我們兩個像隔岸觀火般隨意討論著父母的去留，一股悲哀的情懷從心底竄了起來，湧在鼻頭讓人忍不住酸酸的。
廚房裡突然唏哩嘩啦地鏗鏗鏘鏘，桌子被掀了，這次戰況果然比往常慘烈。
「你想打我是不是？來呀！我們到大門口去打，讓大家來評評理！」老媽啞著吼得聲嘶力竭的嗓子叫著。
喀啦！老爸又摔了一張椅子。
「他們這樣搞，等下我要來收，最倒楣的還是我。」我煩厭地說。
天明拍拍我：「等下我會幫妳的，不過妳要幫我寫作文。」

「你敲詐啊？你！」我作勢要搥天明，老媽忽然衝出來，一把抓住天明：「我問你！離婚你要跟誰？」

「隨便！跟誰都可以。」天明才答完，媽像聽了青天霹靂般一屁股坐在地上號啕。

「你說這種話？天啊！你們一個個都被收買了是不是？枉費我生你養你，嗚……」媽哭聲一停，淚眼又掃向我這兒：「妳要跟誰？」

「我？我誰也不用跟，離婚的話我可以住校。」眼前乍然浮現一絲光亮，他們要離婚的話，我住校的機率會大得多。

媽的兩個孩子都沒給她滿意答案，她一股腦兒站起來，各給我們一個怨毒的眼神，然後哀號著大步跨出去，像歌仔戲的哭旦般邊走邊唱著：

「啊——你們大家來給我評評理啊——」

我們一回頭才發覺，剛才太專注於老爸老媽的爭吵，竟沒注意到大門口什麼時候又像蒼蠅盯著糞便般，站了兩排人。

老爸嘆口氣上樓去了，爸的朋友曾在背後說過：男人的臉都給他丟光了。我無比厭倦地望向在人群中切切哭訴自己悲苦的母親，其實，不只老爸，就連我們小孩在人前也抬不起頭來，有股怨怒煩躁又在我周身遍燃起來，我要是個沒父沒母的孤兒多好！孤兒院都強過我們這莫名其妙的家。

蒼蠅堆裡，我看到瘦皮猴的老媽，她老將一頭鬈髮整整齊齊地綁個馬尾，平時沒事臉上都會上點淡妝，穿著還算上眼的簡單套裝，顯得跟那些俗裡俗氣的長舌歐巴桑不太一樣，但她講人閒話斷人是非的爛習慣倒是跟她們如出一轍，偏她還自認高人一等，每次一東家長西家短，她那微齙的牙就先微微笑著，表示她是不太愛說這些的啦，不過……沒辦法啦，事情實在太讓她看不過去，當她對著嗚咽的老媽嘆口氣念著：「我是不愛講人家什麼的啦，不過，妳先生這樣也實在不對……」我恨恨地看著她的齙牙忽然福至心靈，對了！幹嘛老讓別人看我們家笑話？我轉身到廚房翻出垃圾堆裡那封我這輩子的第一封情書，看看裡面可笑幼稚的內容，這樣的東西應該奇文共欣賞才對。

事情過了好幾天，我又收到瘦皮猴的第二封情書，內容比上封更蠢更肉麻；老爸和老媽依舊不說話，也沒有要離婚的意思，這樣的吵鬧沒意思也沒目的，也許吵出個結果比吵架本身更不具分量與意義，只不過為四鄰免費演齣鬧劇而已。鬧劇落幕了，我復仇的行動才剛剛上映，瘦皮猴的情書，被我影印了好幾份，貼在電線杆和區公所的布告欄上，被人撕掉我再貼，貼了又被撕……直到有一天瘦皮猴的爸媽找上門來。

他們一進門就將幾張從牆上剝下來的碎紙往桌上一摔：

「丁太太，妳這是什麼意思？」

「什麼什麼意思？」媽丈二金剛摸不著頭緒。

我從廚房聞聲出來，心裡已有了底：

「沒什麼意思！村子裡的人無聊，我弄點新鮮的給大家瞧瞧。」

瘦皮猴的家，在村子裡算得上是有水準的人家，不會罵粗話，不過氣得臉色發白，瘦皮猴的爸爸忍著氣說：

「丁天使，好歹妳上的也是前幾志願，該是懂事的女孩，幹嘛這樣整瘦皮猴？」

「我這樣算整他？我都還沒說他怎麼整我咧。」

我沒想到隨便說出來的話，老媽反應這麼大，她一把捉住我：「妳是不是吃了瘦皮猴什麼虧？啊？是不是？妳這該死的啊——」

李爸媽，看了媽的反應，也不安地面面相覷。

「瘦皮猴是什麼東西？要占我便宜還早得很呢。」我得意地說。

媽鬆了口氣，李媽媽一臉的不以為然，撇著嘴角，齙牙更明顯：「妳說瘦皮猴整妳是什麼意思？」

我看了媽一眼，聳聳肩：「算了！我們這下算扯平好了。」

「妳害我們瘦皮猴連大門都不敢出，這樣就算了？丁天使，妳以為妳誰呀？妳踑什麼？潑辣德行像妳——」

李媽適時住嘴，我卻知道她要說什麼，只有老媽渾然不覺，她從來不覺得自己潑辣，還老認為自己是世界上最委屈的人。

「不然要怎樣？我還有好幾封情書還沒貼呢，你們想不想看？沒事到電線杆下逛逛，一定看得到。」

「還有好幾封？」李媽被我唬住了：

「但……瘦皮猴說他只寫了一、兩封啊。」

我的牙尖嘴利只對媽沒轍外，其他人是毫不留情的：

「一封？哼哼，其他的內容更豐富呢，他不敢承認，乾脆說沒寫。沒寫？沒寫才怪！我就是被他每日一書，煩得不得了，才出此下策。」

李爸開口了：「既然這樣，麻煩妳把其他的信都還給我們吧。」

老媽也開口：「還人家啊！信呢？拿出來還人家啊！」

我不動也不吭聲，一副無動於衷的執拗，其實是拿不出什麼東西來還。

媽陪著笑：「李太太不好意思，她這死個性就這樣，不曉得像誰呢。」

「這樣吧！你們回去告訴瘦皮猴，如果他不再寫情書給我的話，所有的信我都會燒掉，這樣行了吧？」

「我還是覺得妳該先把信還給我們，經過這一次瘦皮猴哪裡還可能寫什麼情書給妳，妳整得他還不夠嗎？」

當然不夠，這些哪裡能夠抵兒時受的嘲弄，還有眾人在我家長期不買票地看好戲！

「如果你們這麼堅持的話，那準備到公布欄去撕好了。」我得意洋洋地上樓，留下錯愕的李爸媽。所以說君子報仇，三年不晚，瘦皮猴大概做夢也想不到，他小學的劣行，會到高中的時候才受報應吧？哈哈！

那次以後，李家再沒上過我家買東西，媽氣死了，詛咒了我好幾次：

「都是妳這死青仔叢，他們家人口多，一次叫米都叫五十斤哪！妳這不好死的，整天臭張臉，要弄垮我的生意，趕光店裡客戶才甘心是不是？」

媽念完了還不甘心，跑到大馬路上去張望，看看有哪個熟人又跑去駝背的雜貨店光顧，只要讓她逮到那個她認識的人去光顧超過三次，她見了面連招呼都不打，除非那個人痛改前非，從此誓死效忠老媽的寶貝雜貨店，有時媽還叫我到人家店裡去打聽，看看人家油一斤賣多少錢，糖一斤多少？人家當然認得我是誰家的女兒，哪裡會給我好臉色，站在人家店裡沒人搭理，還要忍受那一波波不友善眼光的尷尬，讓我恨死這種難堪的差事，卻又不能不去，因為媽會問我：

「妳吃的穿的哪兒來的？妳上學的錢哪兒來的？靠妳老爸那點錢，夠幹什麼？」

我不知道我們家幾張嘴每天要吃掉多少錢，但我們家什麼東西都撿最便宜的買，天明說媽在床墊底下藏了好多金條，卻人前人後地哭窮，她怕人家來借錢，怕鄰居賒帳不還，怕孩子們不知道她的錢來得有多辛苦，而不知感激她。

我沒去翻翻看媽到底藏了多少寶，因為日子不會改的，存錢是媽的唯一嗜好，就像賭徒賭得傾家蕩產，剁了手他還是掙扎著上賭桌，當一個人完全執迷於自己的信仰時，他便盲目了，喪失了省視自己，關懷四周的能力，而他的親友，通常是他理所當然的受害者。

5

高二時，我終於住校了，是老媽把我轟出來的，她說我再留在家裡，會把她的生意搞垮，奸計得逞，我像搬新房般，歡天喜地地幾乎將我所有東西都弄到宿舍裡。

媽寒著張臉不說話，我不敢去看她，我怕多瞧她一眼，她就會反悔答應我住校，直到我躺上寢室裡的床上時，才確信自己的好運道。

睡下舖的翠麗告訴我：「我住校的時候，我媽好捨不得，眼淚直掉，我也難過得想哭……」

我奮力將上翹的嘴角往下拉彎，昧著良心說：「喔！是啊！還是住家裡好喔。」心裡卻還是忍不住雀躍起來，天啊！住校，多棒啊！再也不用聽老媽的詛咒了，當然，最主要的，有更多的時間可以和詹清清在一起。

住校後，戀情當然還是得偷偷摸摸地繼續，高中的女孩比國中更精明敏銳，似懂非懂的聯想能力，一傳十十傳百的廣播手法，是無形的仲裁，具強大的法律效力，不經審決就能宣判有罪，身前身後釘在脊椎上永遠拿不下的罪牌，是比死刑更殘酷的無期徒刑，所以住校雖然有更多的時間和清清相處，同樣地和別的同學在一起的時間也更長，伴隨而來的是被人識破的更大的壓力。

學校有多少像我們這樣的女孩子我不知道，我也不敢將觸角往外探伸，偶爾同學間的戲語提及同性戀的名詞時，她們的笑容是那樣曖昧，那樣鄙夷，我警惕得像隻受傷的蜘蛛，將所有足手緊縮環護我脆弱的肚腹，我一再反問自己有沒有露出什麼可疑的蛛絲馬跡啓人疑竇？我驚疑得仔細暗察，看看她們說那樣的笑話，有沒有特別的涵義？是不是別有所指？一直要到我和詹清清獨處的時候，才能伸展一下手腳，鬆弛一下緊張的神經，那感覺像十九世紀愛美的仕女們終日穿著透不過氣來，憋死人的緊身束衣，乍然脫下後的輕鬆自在，連呼吸都順暢多了。

隨著相處越久，投入的感情越深，得失心越重，齟齬也會出現在密不可分的情愛中，詹常常會像審問犯人般追問我：「昨天和妳走在一起那個女生是誰？那個眼睛大大的那個。」

「眼睛大大這麼多人，妳在說誰啊？」

「頭髮有點黃黃那個！怎麼？妳有很多要好的人嗎？」

「那我們班副班長江璧璽啦！上完音樂課，一起走回教室而已。」我笑著，知道有人在意，是非常非常棒的感覺。

清清瞪著我：「妳如果移情別戀的話，我——唉！我都想不出來該怎麼辦了。」

我攬住她：「我怎麼會？倒是妳，馬上就要畢業了，剩我一個人留在學校，妳在大學裡一定會交好多朋友，把我忘了。」

「那我留級一年，陪妳一塊兒畢業，我們考同一所大學念同一系，好不好？」

「不好！那怎麼可能？機率太低了。」

「總之，我們分開來是早晚的事。」清清嘆氣。

我也茫茫然為一年後的不能朝夕相處若有所失，幸福如此縹緲，如此易逝，我緊緊擁抱詹，像抓牢稍縱即逝的幸福，情慾驀然翻騰翻江倒海襲來，未來不可知，我們需要眼前的慰藉，窗外豔陽熾烈，空無一人的寢室裡僅剩彼此深沉的呼吸，所有的一切都不存在，我們曝曬在烈日下，汗水黏膩，我們牢不可分……

事情有了開頭後——無論是多艱難的開始——接下來就容易多了，彼此的不安全感，遂用性來試探兩人對愛的真誠度，以自己的身體作承諾。一旦走進情慾的殿堂，我們不再談純純的愛，一窺殿堂的奧妙炫目，像吸鴉片一樣，越深深地耽溺無法自拔，我們都明白，不可能回頭。

長期的禁錮壓抑，讓我們狂喜地呼吸每一口自由的空氣，慾望永遠也不疲乏，而這種慾望的力量使我們變得大膽，我們開始找任何可乘之機，白天空無一人的寢室，我會利用體育課時偷溜回來，和詹享受片刻的溫存，有時是星期六晚上室友都回家的時候，甚至，去清清的家，詹爸爸媽媽不會懷疑的，兩個要好女孩同床共枕，怎料得到自己的女兒幹的是什麼勾當？也因為這份偷偷摸摸不能見光的刺激，讓我們更莫名興奮，瘋狂地彼此探索，每一個動作都是一種熱炙，每一種感覺都是敏銳的奇妙，詹有很多特別的花樣，我不禁懷疑起她的豐富的性經驗。

「妳從哪兒學來的？」

「從錄影帶上啊，我爸爸租的黃色錄影帶都藏在那臺古董電唱機的暗格裡，我無意中發現的，裡面有很多歐美的同性戀錄影帶。」

「我們要生在國外多好，美國舊金山有一條同性戀街，裡面的同性愛侶可以隨意當街擁吻，根本沒人在意。」

「好啊！我們大學一畢業就一塊出去念書吧！」詹清清興奮地叫著。

我不想掃她的興，我就算要出去，也不可能一畢業就去，老媽不會拿錢讓我離開她的，更何況那麼多年後的事，誰能預料呢？我撫觸她光滑的背脊，她閉上眼拱起背來低低地呻吟，我用食指輕輕地點著她一粒粒稍稍突出皮膚的脊椎節，詹喟嘆一聲翻身起來靠在我的胸前將我緊緊抱住，短短的頭髮扎得我麻麻酥酥的，我用雙腿緊緊夾住她的腰際，我知道如何讓她興奮，潮慾一波波將我們淹沒，詹十指緊緊掐入我的背，囈語著……我們會永遠在一起對不對？……永遠對不對……

「唔……」我含糊地應著，想起一首悲傷的情歌……擁妳的那刻，從前和以後，剎那間擁有，也算相戀到白頭……

永遠？什麼叫永遠？一個人的一世算不算永遠？而我們連眼前的事都沒有把握，永遠！這個不安的字眼讓我從癡狂中清醒，想到前程茫然，不禁深深驚恐起來。

高潮後的倦怠與安適，讓我們一直睡到隔天九點多才起床，出房門的時候，像做了虧心事的小偷，心裡頭忐忐忑忑的不安。詹爸爸很和氣，長得高高帥帥的，很有魅力的一個中年男性，我望著他英挺的背影，忽然想起老爸的樣子，詹爸爸簡直可以做老爸的兒子。

「起床啦？不知道妳們要睡到幾點，我們先吃了，早餐在桌上，詹媽媽去買菜，丁天使午餐在這兒吃吧？」

「喔！謝謝！我要回去了，我爸媽還等我回去呢。」我偷偷和詹清清交換一個眼神，她諒解我的心情，雖然我愛這種溫馨的家庭溫暖，但我老是想起小時候看過的一則故事，好心的牧師收留的流浪漢卻偷了他的銀器，而我，偷了他們的女兒。

出了詹家大門，我才喘了口氣，在詹家我老懷疑身上會掉出件屬於他家的值錢東西般不自在，回到家媽劈頭就問我：「怎麼現在才回來？」

不知道怎麼搞的，我一踏進這個家就覺得烏雲罩頂氣氛窒息般令人煩躁：「去同學家玩啦！」

「跟妳那死人老爸一樣，自己有家不待，專門往別人家跑。」爸不曉得從什麼時候開始，下了工就摸到別家泡茶聊天或打個小牌，媽恨死了，我卻覺得這樣耳根子清靜多了。

我懶得理媽，逕自轉到屋後，我知道那裡有一大籃衣服等著我洗，浴室的門是鎖上的，我等了半天，不耐煩地叫著：

「天明你拉肚子啊？快點好不好？我一大堆事還沒做咧！」

天明開門出來，我和他擦肩而過，聞到一身菸味，整個浴室裡也是煙霧彌漫，原來他已學會抽菸，我沒追問他，這年頭誰又管得了誰？而生在我家，也確實需要找個管道宣洩一下情緒，今天衣服比平時多，還有天厚的大學服，原來天厚回來了，我在洗天明褲子的時候，被什麼尖利的東西刮了一下，我伸進他褲袋裡掏出一個奇怪的小鐵器，一頭像飛鏢鏢頭般尖尖的，兩旁還有倒鉤，另一頭是個圓圈，有點像生物課本裡代表男性的符號，天明帶這樣的東西在身上幹什麼？我把玩著猜測：這應該不是普通的東西。

洗好衣服後，媽已不在，天明看店。

「媽呢？」我問。

「天厚帶女朋友回來，晚上要在家吃飯，老媽去買菜。」天明一邊說話，一邊抖著腳，那德行讓我覺得不快。

「天厚呢？」

「帶女朋友出去啦，妳以為他會安分待在家裡啊。」

「這是什麼？在你褲袋裡找到的。」我掏出那個小鐵器，天明愣了一下，卻沒回答，望著從門口經過的一個小混混哼著：

「這小子很囂張，哪天我修理他！」

我知道在放牛班的學生要不變壞很難，但天明才國二呀！我覺得痛心，媽整天口口聲聲說辛苦全為了我們，她難道沒發覺天明變了嗎？而且變得這樣多。

「這到底是什麼東西？你不說我要拿給老媽看了。」

「扁鑽啊！什麼，用來捅人的。」天明依舊是副無所謂的調調，我突然意識到，我住校後，家裡的一堆爛事就全栽在他頭上了，一個孩子而已，怎生消受呢？

「你沒事帶這東西在身上做什麼？」

「沒幹什麼，好玩而已。」天明一把將扁鑽搶去。

我想再跟他談點什麼，遠遠看見老媽回來了，只好閉上嘴巴，給媽知道，除了吵架怨嘆她的苦命外，不會有別的建樹。

晚上天厚和女朋友回來，我才看見那個女孩，眼睛大大的瘦了點，笑起來有顆小虎牙，天厚喊她瑤瑤，我們一家人齊聚一堂，為了瑤瑤而各自收斂於粉飾太平下，媽在炒最後一道菜的時候，瑤瑤起身去上廁所，老媽的眼角梢直盯到她的背影消失在門後，才把天厚叫到身邊：「明天不是要上學嗎？還要去玩？」

「跟學校請天假有什麼關係？瑤瑤在臺中當護士，很難得上臺北來的。」

「哦……天厚啊！你明天早上可以問問瑤瑤。」媽頓了頓故作輕鬆像沒事般笑著：「你找機會問她說：我媽媽也一起去玩好不好？當然啦！我不是真的要跟你們一起去，只是試試看她的反應罷了。」

我越來越覺得媽對天厚說話的口氣，好像涎著臉在討好諂媚般，在搞什麼！他是她兒子啊！又不是她阿公，媽對阿公也沒那麼尊敬呢，連幫天厚弄這忙那的時候眼梢嘴角都蕩漾著笑意，好像伺候他有至高無上的幸福快樂般，我聽得一肚子不爽快，天厚都還來不及點頭，我就開口插嘴了，明明知道不該多嘴的，但不曉得為什麼一聽到媽又玩她那一套試探的老把戲，我就忍不住脫口而出：

「這年頭還有男女朋友帶著老媽一塊約會的！媽又不是真的要去，還故意這樣問，真是一點意思也沒有。」

老媽回頭狠狠瞪著我，氣得拿鍋鏟的手都在發抖，我相信要不是有客人在，那鏟子鐵定會像雨點般落在我身上：「像妳這樣不肖，當然覺得沒意思啦！妳當天厚跟妳一樣沒心沒肺啊！」

「本來就是這樣子啊，沒事去問人家這個幹嘛？神經得要命！」我說。

天明和老爸都同時無奈地望過來，我知道我又闖禍了，連累大家沒能吃頓好飯。

媽垮張臉不說話。

天厚罵道：「妳他媽的，沒事就待在學校裡少回來，回來只會惹媽生氣。」

我曉得老哥的女朋友在家不敢揍我，乘機頂嘴：「你以為我愛回來啊？我回來洗你們堆了一個禮拜的臭衣服、爛襪子，掃積了一個星期灰塵的髒房間，你當這些事是誰做的啊？少爺！」

媽扶著桌子瞪著雙淚眼，傷痛欲絕地問我：「妳受了誰的挑撥跟天厚說這些話？妳的意思是我每天光享福，家事都留給妳做嗎？妳這個不孝的雷公仔點心啊——！挑撥離間的惡鬼！」

天厚握緊拳頭低吼：「妳他媽的給我滾回學校去！」

瑤瑤從洗手間出來，正好目睹這一幕，站在門口猶疑著該不該進來，我走出廚房的時候還跟她微笑點頭示意，我看到她驚愕又勉力裝出一副客套的笑臉來真可愛，她大概從沒見過像我這樣厚臉皮的女孩，被罵得狗血淋頭還笑得出來，上樓的剎那，我感覺到後背火辣辣地灼燒起來，那是兩雙怨毒憤怒的眼神掃射的結果；我發覺自己真是個放錯位置的演員，角色、臺詞全都不對整齣戲，再努力起舞都不過是個令人厭惡的小丑，我狂奔上樓收拾衣物回校，出大門的時候，頭也不回，誰稀罕這個家？我根本就不想回來，我在心裡這樣吶喊，可是我又無力地深深明白，我的腳已裝了自動裝置，到了下個星期日，我還是會不由自主地摸回來，回來洗衣打掃，回來惹人生氣討厭，不知是我天生是犯賤的爛命還是因為它是我的家、我的樊籠、我一輩子擺脫不掉的包袱。

來到學校，看到詹清清我的心才能安靜下來，她溫柔的笑容，帶著迷醉的魅力和安定的力量，而她也一樣依靠著我的力量，她喜歡我對她深情的注視，她說我專注固定的眼神，彷彿能將我的生命貫注入她的生命中，讓她感到重生的喜悅，這種受重視、在意的感覺，能掃清我被家庭陰影蒙塵的自尊、人格，讓我精神奕奕地度過每一天。

我猜想詹是知道我家窘況的，她從來不問我家的狀況，沒說過要拜訪我家，仁慈地不拆穿一切，她對我總是包容，總是疼惜，像個慈祥的母親，我可以全心全意倚靠她相信她，她不會放棄我，不會將我留置在孤獨無依中。

6

中國人老說：「居安思危。」不知是我們太沉浸於愛情的甜蜜，忽略了周遭潛在的危機，還是老天好像特別不願意某些人能過點適意的日子，以至於好景總是不常。隨著聯考的逼近，清清的情緒開始起伏不定，常常動不動就來教室找我，於是我們漸漸打破不到彼此教室找人的約定，不避嫌地越走越近，同學間開始耳語紛傳，我們漸漸被虎視眈眈的敵意孤立起來，然而越是被排擠，越是只能緊緊相依。

上學期將末，清清開始害怕書念不完，怕考不上聯考，怕……怕什麼她也說不清楚，只是越來越需要我的身體穩定情緒，但是傳言已漫天飛竄，要避開這些尋找清靜談何容易？她一遍一遍地告訴我：「天使，我們在學校裡少見點面好不好？」

「好！」我說，難道還能說「不」嗎？

她卻還是一次次地來找我，見面時便告訴我：「我們不應該再見面了。」

每次的見面只是為了說「不要再見」？什麼跟什麼嘛！只要她高興我無所謂，我不在意別人說什麼，從小我就在這樣的環境長大，清清卻不行，但她沒辦法控制自己，她不知道該怎麼辦，我也不知該拿她怎麼辦，只能盡量迎合她，弄得我的壓力也好大。莫名的憂愁把我們兩個心都弄得好沉重，我逐漸失去耐性，第一次主動告訴詹清清：「我們應該分開來一陣子讓彼此冷靜，也讓喧囂的流言沉澱平息。」

詹咬著唇無言，作為回答，我不知道她如何壓抑思念的苦楚，不過她這次真的做到了，但是慾望與冷漠之間卻是我們起伏著焦灼的煎熬，結果痛苦依舊延續，流言仍然紛擾，我們不知所措地意識著挽不回的快樂漸行漸遠而無能為力。

冬日的陽光缺少暖意，我在操場上打球打得滿身汗，一班四十八個人，十二個籃球，我卻能一人一球玩個過癮，沒人來跟我搶球，因為沒人願意接近我，碰我碰過的東西。

我運球上籃，投籃——得分，不理就算了，她們看我的眼神真讓我討厭，好像我是蒼蠅，滴著豬哥口水嗡嗡地就想沾她們一下，我不是隨便對每一個女孩都有興趣的。江璧璽走過來，不屑地朝我後方努努嘴，我回過頭去看見了詹，她無助地站在操場邊望著我，我對她點點頭，這是我們的暗號，她靜靜地轉身離去。

上完體育課，午餐還沒吃，我就去教室找她，一個胖胖的女孩，對著教室大喊：「詹清清！外找！」說完回頭看了我好幾眼，她們班很多人捧著便當也暫停了咀嚼的動作，一直回頭看站在後門的我們。

「什麼事啊？」我不太耐煩，詹太矛盾，既怕流言又特地製造它，再痛苦地享用。

「沒什麼事，我好煩啊！我們走走好嗎？」詹說得楚楚可憐，我的態度大概刺傷了她，不被祝福的愛更易碰碎，需要小心捧穩，我嘆口氣點點頭，只能同意。

我們在校園裡漫無目的地走著，校園裡有很多雙眼睛，我們不能靠得太近，我知道這樣對詹不夠，心理身體她都需要依靠，經過宿舍的時候，意外地發現大門沒鎖，我們自然而然地走進去。

詹說：「到妳的寢室去坐坐。」

「午自習就快到了——」

「一下就好了，我想躺一下，好累啊！」

詹攤開我的棉被，鑽了進去，「好冷喔！陪我躺一下好不好？」

我們並排躺著，手握著手，詹的手好冰，我用力暖著它。

詹閉上眼睛說：「就這樣躺一輩子多好！什麼事都不用做，什麼事都不用煩！」

我也舒適地闔上眼，笑著：「妳要死了，就真的可以安安心心地躺一輩子啦！」

門這時「碰！」的一聲被撞開，陳教官衝了進來，大喝一聲：「起來！立刻起來！馬上起來把衣服穿好，跟我到教官室去！」

陳教官背過身去等我們穿衣服，我翻身而下，我的服裝本來就很整齊，清清也一樣，但她嚇得腿都軟了，爬不起來，我伸手去扶她。

陳教官轉過身暴喝道：「還在卿卿我我！妳們有沒有羞恥心啊？」她把清清一把拖下床來，隨即鬆手，像怕沾到什麼髒東西，出寢室的時候，她對著另一間寢室大叫：「別找了！在這邊！」走出來的是冷面判官潘教官，出宿舍的時候，大門口還站著個賴教官，簡直像警察圍捕槍擊要犯，只差沒荷槍實彈。

教官們兩前一後地押解犯人穿過校區，一路上的同學，不認識我們的是訝異，認識我們的是鄙夷，那一雙雙的眼，那一張張的臉，無法看清，卻又彷彿可以感覺到她們會隨時逼近啐一口唾沫到我們的臉上，我下意識地抹了一下臉，抬眼看見咬著下唇的詹，面無血色，我低下頭稍稍落後一步，以便雙腿發顫的清清匍匐而下的時候，可以拉她一把。

羞愧與恥辱讓短短幾分鐘的路程像走了幾世紀那麼久，潘教官要我們站在教官室裡，她去找教務和訓導主任，矮矮胖胖的禿頭教務主任，一進門便問著：「怎麼會發生這樣的事？傳出去還得了？對校譽影響太大了。」

幾個人圍著討論情況，無視我們的存在，我們無措地站著，簡直就像等待任人宰割的齷齪的豬，連呻吟都惹人厭惡，詹更是臉色發青，一直抖著幾乎站不住。

潘教官說：「記過吧？兩個大過，以示警惕。」

訓導主任皺著眉：「留在學校會不會影響到其他同學？」

教務主任掏出條疊得方方正正的花格子手帕揩著油光光的禿頭：「事情最好不要鬧大，不然對校譽影響太大了！我們是優秀的學校怎麼會出這樣的學生呢？真是！對校譽影響太大了！」

他每說一次對校譽影響太大，就要揩一次額頭，彷彿為校譽的損傷，感到汗涔涔地誠惶誠恐，而每揩一次頭，油光便似被揩了一層走，臉色便一層層地暗了下來，而我的心也就跟著一點點地凝結起來，心臟噗通噗通地幾乎要跳到喉頭上來，阻塞住氣管，讓我得急促地用力吸氣，才不至於缺氧窒息。

「退學好了！不能讓她們影響校譽和別的同學。」陳教官說退學說得那麼輕鬆，像她剪我們過長的頭髮，一刀！那麼乾淨俐落。

詹清清一聽到退學整個人沒了骨架支撐般癱軟下去，我使勁握住她手臂，但她的頭腳像被強大的地心引力吸住，直直地朝下垂去，我拉不住，求救地望著教官們，陳教官大叫：「站好！站好！叫妳們站好沒聽見嗎？嘖——」她皺著眉邊走過來邊叨念著：「剛剛不是還在床上……」她伸手拉住詹，詹突然完全無意識地仰躺著地，後腦敲在地上，「叩」地悶響一聲，陳教官隨即回頭大喊：「不行了！不行了！這個不行了！」所有女教官一擁而上。

緊閉著眼的詹，像死了般被陳教官和潘教官抬了出去，賴教官叫我先回教室，他們已經決定通知雙方父母明天來學校一趟。我坐在教室裡根本無心上課，大多數同學還不知道我出了什麼事，但不用想也猜得到——它很快地就會傳遍校園每個角落，滿腦子轉的都是：詹不曉得怎麼了？明天我怎麼面對老媽老爸？詹沒事吧？明天怎麼辦……

我很早便回寢室去躺著，室友陸陸續續地回來，我用棉被蒙住頭，不想看她們看我的眼神，她們都很安靜，刻意地不發出任何嬉鬧聲，連談話也窸窸窣窣地怕驚起我這個怪胎的蟄伏。

室友們一個個地去洗澡，雖然宿舍晚一點就沒熱水，我還是等她們統統洗完了才進去洗，我怕她們會不敢用我使用過的浴室；冷水當頭澆下，寒毛直豎牙齒格格打顫，卻依舊不能冷卻我紛亂灼燒的心，感官的刺激不能尋求心理相同的回應，如同我用肥皂拚命擦洗身體，卻依舊懷疑自己在別人眼裡是髒穢不堪的。

再次進寢室，一種詭異的氣氛襲擊而來，讓我倒抽一口冷氣，沒人抬眼望我，我卻感覺到她們心裡的眼，窺伺著我的一舉一動，我再度用棉被將全身掩蓋想隔絕那一波波炙人的眼光，但是沒有用，我的被子像是透明的，身體也像透明的，她們能一眼望進我的心裡去，看穿我的悲哀，嘲笑我的自卑，鄙夷我的骯髒，讓我無處可躲，無路可逃。

直到寢室熄了燈，我才掀開棉被一角透透氣，張開眼來好好想想明天的事，詹說：要能一輩子這麼躺著多好，我終於明白那是多大的奢望啊！光這樣躺著，什麼也不用去面對，什麼也不用多想，但除了嗝了屁的人，誰有這樣的福氣？

早上第二節課，我便被叫到訓導處去，詹的父母親已經來了，詹低著頭跟在後面，臉被垂下來的黑髮遮住，只露出來一截白白的頸項，始終看不見是什麼表情，也好！免得讓我心痛。詹的父母看也不看我一眼，只不斷地告訴學校：「我們詹清清很乖，家庭和諧正常，家族裡面也沒有出現過這樣的病歷，詹清清不可能是同性戀，我們家不會出這樣的小孩，除非——」詹媽媽狠狠地看了我一眼，「除非是被壞朋友脅迫或引誘！該受處分的是對方，而且要加倍地處罰，最好退學！」

「詹太太，根據我們的調查，她們兩個不只一次違反校規，而且詹清清應該也是出於自願。」

「自願？我們詹清清不可能做這樣的事！」詹媽媽一口咬定，她恨我恨到連我的名字都不願意提，怕污了她的口。

詹自始至終都低著頭，我則什麼也不想分辯，如果可以，且讓我承擔一切的罪過吧！

老媽直到第三節下課才到，遠遠地，我就看到她趿雙夾腳式的拖鞋蹧蹧而來，頭髮顯然也沒好好地梳理，隨便用個塑膠髮夾攏著，身上還是那件寬寬大大的起了毛球的連身花裙，在陣陣涼風的吹鼓下，老媽扭扭擺擺的身形，簡直像個懷孕數月的老孕婦，我好像曾告訴過詹，說我的老媽在貿易公司上班，老媽的樣子一看就不像，謊言當場被揭穿詹會怎麼想？偷偷望詹一眼，她還是低著頭，這節骨眼兒，誰還會在意這個？

老媽一進來先狠狠捏了我一把：「早叫妳不要住校，妳偏要住，現在妳看！住出事情了吧？妳那死人老爸，什麼都不管，只會叫妳住校，你們都死出去他就最高興了。」

媽來這一手，不用介紹大家都知道她是誰了，詹爸爸的表情很明顯地在說：你們看！就這樣的畸形家庭，才會出這種不正常的小孩。

詹一家人故意跟我們坐得遠遠的，學校宣布讓我們兩個留校察看，而且不准繼續住校，學期快完了，所以住宿費也不能退，老媽沒什麼意見，詹媽媽卻堅持要我退學，免得我繼續在學校會影響她的女兒，惹得老媽也火了：「幹什麼我女兒要退學？睡覺大家都有份啊！還是妳女兒來睡我女兒的床咧。」

媽赤裸裸地把話說出，讓我有再一次在眾人面前被剝光衣物的感覺，僅剩的最後一絲絲自尊全教這些話給驅離，巴不得能立刻縮小直到消失，讓所有人都隨著我的消逝而遺忘掉這段齷齪的記憶。

詹媽媽罵道：「妳不知道妳女兒多可惡嗎？她還來我們家裡睡清清的床……」詹媽媽一不小心說溜了嘴，趕緊閉口。

「笑破人的嘴！妳關上大門她進得去？你們沒請她，她會去？真是講這囝仔話！」媽說完回過頭就罵我：「妳看！沒事到人家家去就是這種下場！好的不學，學妳老爸專往外跑，妳看！人家怎麼說妳的！」

「好了！好了！兩位家長不要再吵了，原則上我們維持這樣的決定，發生這種事，校方也覺得很遺憾，現在我們就請家長今天就把學生宿舍裡的東西帶回去。」

事情總算塵埃落定，我沒意見，也不能有什麼意見，靜靜地領著媽去宿舍收拾衣物，在校舍門口我們碰到幾個班上的同學，她們上上下下地打量我和老媽，但沒人開口打招呼，甚至不笑一下或點個頭。

「妳同學啊？」老媽問，她大概也被她們奇異的眼光看得不太自在。

「不是，不認識！」我說，真的希望從來都沒認識過這些人，從來沒發生這些事，所有的一切，只是噩夢一場。

出校門口的時候，遇見詹一家人，他們故意放慢腳步好落後我們遠一點，我回頭想看詹，她的父母左右上來將她擋住，一副捍衛著什麼的神氣，詹還是低著頭，像頸骨斷了似的，抬不起來。

媽扯我一把：「走啦！還看什麼看。」我無意識地跟著老媽走到車站等公車到火車站換車。

「天使！丁——天——使！再——見——！」詹的聲音撕裂冷空，像把冰箭猛地刺穿我的心臟再化作徹骨寒冰，隨著血管流竄全身，我不由得一陣顫慄，再沒有什麼聲音比她的呼喊更痛苦更絕望，我回頭望見詹的父母正將她架上藍灰的Volvo，詹半跪著被拖進車內，彷彿喊這幾句話用盡了她全身僅餘的一點氣力，她絕望的臉色白得像紙，唇像褪了色的花瓣，我隱隱約約覺得有什麼不祥，詹的聲音這樣淒涼卻如此決絕，這一句拖得長長的痛斷柔腸的「再見」，到底是什麼意思？

我一路無言，媽也出乎意料地沒多嚕嗦什麼，大概她從沒見過我這麼嚴肅的表情吧？上了火車，媽突然問我：「什麼是同性戀啊？他們怎麼說妳是同性戀啊？」

我嚇了一跳，同性戀這三個字像會回音似的，在空空洞洞乘客稀疏的車廂裡繚繞不休，我抬眼向四周望了望，還好沒人注意到老媽的話，現在我終於明白媽的反應為什麼不像詹的父母這樣激烈，原來她不明白什麼是同性戀，不清楚它被社會怎樣的定位。

我的心稍稍穩定了下來，謊話便順口溜了出來：

「學校亂說的啦！我們只不過是上課時間太累了，溜回寢室去睡覺而已。」

「就這麼簡單？那妳們學校怎麼那麼嚴，這點小事也要叫家長領回？」老媽不太相信，沉默了一會突然又問我：「妳——應該知道那個叫什麼清的是個女生吧？還是——妳不會不知道自己是女的吧？啊？」

「媽——」我不耐煩地說：「我穿了這麼多年的裙子當然知道自己是女的啦！」既然老媽搞不清楚，我就死不承認。

「那就好！小時候啊，妳阿媽家沒錢，我跟妳四個姨媽、舅舅和阿公阿媽攏嘛睏作夥，妳們學校真是太大驚小怪了。」

有這樣的老媽，我第一次覺得自己還滿幸運的。

「哎！妳看妳，害我關了半天的店門，專程來學校一趟，還以為發生什麼大事咧，客戶都不知道要跑掉幾個，真是生雞蛋的沒有，放雞屎的有！妳那死人老爸，什麼事都不管，一點用也沒有，樣樣都要我一個人來……」

沒用，不曉得為什麼，媽一提到沒用的這個字眼，我就聯想到媽有一次罵老爸不小心罵出口的話：「床上也沒用」，小時候只隱隱約約地感到齷齪，現則更覺得一個母親是不該將這種事拿來說嘴的，尤其在兒女面前。閉上眼，覺得好煩，不想聽媽念千篇一律的經，也怕我澎湃激昂的情緒會從眼中宣洩而出。我算是逃過一劫了，清清呢？她的爸媽會怎麼對她？我們以後怎麼面對同學和老師呢？

媽還在自顧自地叨念著：「……什麼同性戀啊？聽起來好像髒兮兮的……」

第二天我照常去上學，沒人來跟我講話，我也不感到如何難過，老媽從小對我的訓練，幾乎把我臉皮磨得快成銅牆鐵壁了，我只是擔心詹清清，擔心她不能承受這敵視她的眼光，適應隔絕她的世界。

下課時間還有幾個別班的同學在後門和窗戶偷偷張望，像參觀動物園裡稀奇的珍禽異獸，沒多久我就調適自己去熟悉這樣的眼光，開始在下課時間到校園逛逛，或到我們以往常去的樹蔭底下張望，搜尋熟悉的背影，我不敢到教室去找她，省得多惹事端，畢竟我只是想確定她還安好著，卻一次次地失望。

事發後的三天就是期末考，考完最後一節的時候，我特地提早交卷，回家時刻意繞到詹的教室去看看。詹的位置是空的。詹考完先走了嗎？還是她根本沒來？她沒來考試的話要怎麼畢業呢？我帶著一肚子的疑問回家。一學期就這麼結束。寒假開始了，因為懸念著詹，每一天都過得好漫長，每一通電話我都搶著去接，懷疑是詹打來的，每一通都只是失望。

寒流一波波地來襲，越來越接近春天，氣候卻越來越像冬天，是今年反常了吧？還是今年真的較往常更冷？

就在過年的前幾天，我在報紙社會版上，看見一則小小的消息：就讀某公立高中的高三女學生詹清清割腕自殺身亡，據推斷是受不了升學的壓力，下面一小段是記者對聯考制度的批評，並對升學主義打了一個大大的問號。我拿著報紙看了好幾遍就是不明白，是同名同姓嗎？但為什麼又同一所學校？像我們這樣的人，注定了要比一般人受更多的波折與磨難，清清拋開這一切，是太傻還是太聰明？她預知了這一條路的艱辛嗎？但那並不是我們咎由自取的啊！

我拿出剪刀，一點一點小心翼翼地唯恐一不小心便要剪壞清清的遺體般，將她仔仔細細地剪下來，呵護地捧在雙手，媽在一旁叫道：

「幹嘛剪報紙？跟你們說過好幾次，報紙看完了折好還可以賣，一份五塊錢哪！聽到沒？剪了個洞還賣給誰啊？」

「……」沒辦法說話，一開口淚與血會當場激射而出，我絕望地希冀強大的痛苦將我粉碎，再來一陣大風吹得煙消雲散。

「我講話妳聽到沒？不要剪報紙啊！」

我心灰意冷地上樓，對著不到一個巴掌見方的剪報，忍不住珠淚晶瑩，左看右看就是不能相信，詹清清就這樣走了，她說的「永遠」竟是承諾的謊言，那句柔腸寸斷的「再見」就是遺言，利刃劃過皓腕鮮血會怎樣地飛濺？我的心整個揪了起來，多痛啊！羸弱的清清怎麼受得了呢？淚又滴下來，不能讓它滴到剪報，那是詹唯一留給我的啊！

「下次不要再剪了，一份五塊錢就這樣浪費掉了！」老媽又在樓下喊了一次。

我再也遏止不住地蒙頭大哭，淚珠兒落在小桌的玻璃墊上，摔得粉身碎骨，落在地板上，被塵土吸吮得屍骨無存，我匍匐而下無言地吶喊，清清啊！清清，妳在我這一生踏下的最後足跡，就只值五塊錢！

7

在得知詹的死訊的第二天，收到了詹的一封信。難道詹沒死？只是一場誤會嗎？我頹喪的心乍然出現一絲曙光，心噗通噗通地跳，我看了郵戳，日期是詹死前一天寄出的，打開來一看，裡面只短短的兩行字：

我們並不傷害別人，為什麼他們要傷害我們？

我先走了！

我將它摺起，放在鉛筆盒裡，它從此要跟著我，再不會分開了。

很奇怪的，當我確定了清清死訊後，雖然悲痛整個心卻安定下來，日子沒有了牽掛，沒有了祈求，反而不再那麼難捱，只是覺得這件事把過去和現在的距離整個拉長，我飄忽忽地既不在現在也不在未來，而過去呢？也回不去了，生活只是一片空白，空洞的空白，要跨過這段距離，我知道要借助外力來驅策我前進，不然會陷在這憂傷的泥淖裡不能自拔。

我開始在家裡大掃除，裡裡外外上上下下，要累死自己似的做個不停，藉著肉體的磨難忘掉心靈的創痛，然而深深烙上去的痕跡怎能忘掉？只能稍稍轉移注意力而已，只要手一停下來，心裡的痛便鞭策我：再做！再做！我不在家人面前流淚，不習慣在他們面前喊痛，沒人知道我經歷過什麼樣的掙扎，我只是安靜，平靜而痛苦，痛苦甚至好像不見了，因為我已成為痛苦的化身，一種持續而穩定的悲痛狀態。

現在我連嘴也不跟媽頂了，也不和天厚分辯什麼，最珍貴的已失去了，還有什麼好爭的？

老媽倒很高興撿到了個聽話的女兒，吃年夜飯的時候，她對大家說：「你們看！離開家才知道家的好處，天使啊住校一學期，回來變得多自動啊！還大掃除咧。」

媽幾乎沒稱讚過我，面對她的稱許我卻沒感覺。

天厚點頭贊同，老爸面對家裡難得的好菜，塞得滿嘴的雞肉，也眉開眼笑地猛點頭，不知稱許的是媽做菜的手藝還是她的話；只天明面無表情，媽不能忍受有人不接受她的至理真言，又再一次對他說：

「也該讓你住住校，你才知道家的好處，住外面哪裡能像家這樣方便，你看天使，住校時累得溜回宿舍睡覺哩，你當住校好玩啊！天厚是學校太遠沒辦法我才讓他住校的。」

我扒了幾筷子便出去看店，即使除夕夜，媽的寶貝雜貨店還是捨不得關上，我呆坐店裡看著年年千篇一律的除夕特別節目。

發生的事情越多，我和家人的距離也越遙遠，是這些事情阻斷了我們之間的聯繫嗎？還是這些問題凸顯了原來就存在的隔閡？我不知道，也不想知道，今年的春節也顯得格外淒清，除了間接的鞭炮聲提醒我現在是過年外，幾乎忘了今夕是何夕。當一個孩子對過年不再抱存任何期待與幻想時，差不多他就已經長大。我知道我已經完全長大，會的事讓我在一夕之間成熟，我確切體會到美好的時光不可能再回，時間把它帶走了，由回憶來填滿，而因為回憶，又更讓人痛心到那一切繁華都只是過往——存在永不再回的遙遠時空裡只能追憶；我成為再無法承諾的騙局裡那個被生命愚弄的信徒。

天厚春節期間忙著和女朋友排兩個小時的隊去看場電影，天明終日裡不知去向，老爸忙著四處給老長官老袍澤拜年，我越沉默，越顯得媽的嘮叨，她不斷嫌天厚的女朋友不懂事，過年還約人家出來看電影，嫌天明的朋友看起來像小流氓，嫌老爸的朋友個個是外省豬仔，嫌過年期間生意反而不好，嫌一切她所能接觸到的人、事、物。

我安靜地聽著老媽的抱怨，呆坐在店裡，看晨曦悄悄爬進店頭，像一隻陰鷙的巨掌無痕地慢慢移進店後廚房，攫走什麼後又無形無聲地一寸寸地隱退回去。暮色像油畫般一層層加重黯淡的顏色，不知不覺地又籠罩在夜幕裡，一天，過去了。原來它盜走的是人類的歲月青春，然後夜色又會漸漸褪去，黎明，對我來說只是另一個明天。

寒假終於過去，新學期開始，學校弄了個心理輔導老師來開導我，大概怕我也想不開吧！那麼學校一下子有兩個學生自殺，鐵定會引起輿論的攻擊和教育部的注意，那真的就

「對校譽影響太大了」。其實我並不會選擇這條路，自殺是對乖舛命運做最後掙扎的抗議，而我的本能是妥協，與現實與殘忍與家庭懦弱地妥協。

我還注意到：上課時各科老師都裝作對我目不斜視的樣子，卻趁我低頭看課本的時候，偷偷迅速瞄我一眼——詹的死讓我成為全校師生無人不知的人物，我的第六感對這樣不友善的眼光特別敏銳，有時我迅速抬眼和他們來不及撤離的目光相對時，有的老師甚至瞠目結舌地忘了下句要講什麼，便乾咳幾下掩飾尷尬，常常，我乾脆低頭低久一點，讓他們觀察個夠，看清楚我這個怪物和尋常女孩有什麼不同之處。

沉默，我只能更沉默，沉默地抵抗所有的一切。

幾週過後，突然地，情況驟轉為有人開始願意和我談談話，我知道她們大概是接受了輔導老師的勸說，要發揮同學愛，多接近我，幫我紓解壓力，可惜她們的演技太菜，虛假笑容裡的驚懼，招呼聲中的虛情假意，就像美其名關心卻撕開我好不容易包紮起來的傷口公開嘲笑般，讓我連遮醜掩飾的機會都沒有，只能避在角落裡像狗一樣安靜地用舌頭舔舐痛處，一下一下地，將膿血舔在舌上吞入肚腹，讓表面的傷口慢慢癒合，傷痕卻以我的心肝腸胃為養分，不知不覺地像種子般深深在體內根芽滋長。

不過初春而已，陽光便大剌剌曬得人睜不開眼，我在校園裡孤魂般晃蕩，身不由己地讓痛苦驅使我來到那棵我和詹常見面的老榕樹下，一樣是烈陽天，一樣的樹蔭下，詹輕輕吮咬我手指那幕湧入心頭，那個汗黏黏令人發狂的下午；一切就似回憶故意安排好的陷阱般，一個不小心地踏落，我的心就像被捕獸器的利夾深深箝入而突然因思念劇痛了起來，那種痛苦不是心理現象，它是實實在在地存在的，沉沉地像塊鉛塊般就壓在胸口上，痛終於讓我幡然醒悟，我還有餘事未了，一件我一直不願真正承認面對的事實。

放學後我去了詹家，灰藍的Volvo不在院子，也許沒人在家，按了門鈴，是詹的弟弟來開門，他先愣了一下，考慮幾乎一分鐘之後才側身讓我進去。

一進門客廳靈位供著清清的一張彩色放大照片，就像一堵牆讓我跨不過去，它明確地再一次剝開我的心在上面鑿刻鏗鉞上：這個人走了，再也不會回來了！

我拈著香，隔著煙霧裊裊裡看詹，看不真確，痛苦也不那麼具體，詹似乎在微微笑著，白煙盤旋騰起，照片整個活靈活現起來，彷彿禁錮在相框裡的人躍出來舞動，我禁不住伸手欲與之共舞，驀然，煙騰空遠去，只鮮花素果安然，爐裡長香燃盡的小香枝根根靜立，像夢一場，我知道我生命中的一部分，也隨著淡去的煙霧永遠永遠地散去。

是的，詹來看過我了，我起身對詹家明說：「謝謝你讓我進來，我可不可以看看詹的房間？」

「我根本不想讓妳進來，我是代替我姊姊讓妳進來的，我想，她也許想看看妳。」

但他還是開了詹房間的門，讓我進去。

詹的房間布置得和原來一樣，她的物品一樣樣擺在原處整整齊齊的，我抬頭不經意發現天花板有幾滴濺上去的血，已經呈暗褐色，像她失去鮮豔色澤的人生，詹的那一刀劃得多深多絕裂啊！那鮮血是怎樣的激射飛濺？世間再沒有值得她回顧留戀的嗎？她對未來再沒有一絲一毫的期待幻想嗎？詹啊！妳不是說我們要一起去舊金山的嗎？

「看完了就請妳走吧！我媽快回來了，她看見妳會氣瘋的。」詹家明開了大門，手握在門把上，直挺挺站著，一副送客的樣子。

我還想多嗅一下詹的氣息，多知道一些她走前的事：「詹有沒有說過什麼話？」

「妳走吧！我不想揍女生，如果妳也算女生的話。妳再賴著不走，我不敢保證。」

他把門完全打開，整個人靠在門板上，顯然非立刻要我滾不可。

「詹為什麼這樣？你們逼她什麼嗎？」我堅持要得到答案，挨揍我也甘願。

「……沒人逼她什麼，我爸叫她上學，她偏不去，我媽替她穿上制服要拖她出門，還沒到門口她就把衣服脫光，死也不出門。我們都勸她：都快畢業了馬上要考聯考，好歹把書念完，她就是不上學，還把制服都剪破。我們架她上學，半路上她還跳車，我們沒逼她什麼，只是要她上學而已。」

「沒逼她？」我的心碎成千百片，為詹受的苦。

「沒有！我們沒逼她什麼，是妳害死她的！」詹的弟弟堅持。

死者已矣，爭論這些毫無意義：「謝謝你讓我進來！謝謝！」

走這一遭我的心清明起來，走了也好，既然她在這世上不快樂，下輩子吧！下輩子投胎做個快樂的人吧！

升上高三後，聯考逐漸逼近，忙著念書的日子，一天天倒過得很快，新興的平價中心由於大量進貨，壓低成本，零售價較雜貨店還便宜，媽的生意大不如前，加上天厚畢業當兵在即，竟然抽了個三年金馬獎，老媽失落的心情可想而知，天厚和瑤瑤也散了，媽說是因為爸的關係，如果有那種公公，沒媳婦敢進門的。

「散了就散了，反正妳也不喜歡瑤瑤，天厚也又交新女朋友了。」

媽緊張地一把抓住我問道：「誰說我不喜歡瑤瑤？我哪說過這種話？妳不要跟天厚亂說這些不乾不淨的事。」

「什麼不乾不淨？我又沒說髒話，妳自己跟楊媽媽說的啊，楊雅婷聽見了再告訴我的，妳不還說天厚也不見得多喜歡那個女生，她自己煞得要死而已，天厚不過是孝順想趕快娶個進門來伺候辛苦可憐一輩子的老母。」不知為什麼我說這些話時一逕偷偷觀察媽臉上表情的變化，我覺得自己猜測到什麼，又好像拒絕去往這方面想。

媽垂著眼不看我，半晌抬起眼卻突地瞪起深深的小眼睛生起氣來，只是罵人時沒平常那種理直氣壯：「天厚和誰交往我從來沒反對過，妳少去和天厚撥弄這些！」

我想，我也許是明白媽腦袋裡想些什麼的，而媽似乎也猜測著這點，但我們都不願意承認，因此總是有一種奇特的劍拔弩張的氣氛擴張在兩人之間，尤其當我想到媽說老爸在床上也沒什麼用的時候。

班上同學現在也沒人在意我了，她們計較的是歷史念了幾遍，數學做了幾題，養兵千日全用在此役來一決生死，再沒什麼事情比決定一生榮辱的聯考更重要了，要念的書疊起來比我們的身高還高，高中老師不會再像國中老師逼我們念書，但是我們自己把自己逼得更緊，越是前幾志願的學生越是如此。

生活中唯一的樂趣只剩不斷回憶和詹在一起的甜蜜時光，但回想已在生命中褪盡色彩的記憶，並不能產生新的幸福，而過去曾有的快樂光陰也會在歲月的侵蝕下，越來越斑駁剝離，終究成為一段不堪回首的往事，我就在這一片灰白看不見一點希望的環境中，走完高中最後一段路程，無所謂苦不苦煩不煩了，我只是麻木地跟著大家向前，向前，至於前方有什麼等著我，我不知道，也不在意。

考完聯考，老爸也滿六十八歲，工廠不再讓他做了，只好退休，領了點象徵資遣費的退休金，還沒放榜老媽就開始念著：「妳呀！要沒公立大學就不要念了，家裡沒那個錢啦！那死老猴退休金才那麼一點，能幹什麼？妳念書的錢都我拿出來的。」

我懶得多說什麼。

媽卻不放過我：「我整天委屈熱淚往肚裡吞，做牛做馬的賺錢供妳這不肖女讀書，妳就是整天擺張臭臉來回報我的嗎？寒心——哪——！」

我想起在郵局做事的楊媽媽說媽有好幾百萬定存，是郵局的大客戶時，愈發覺得媽像歌仔戲演員，誇張煽情偏不能打動人心。

聯考放榜後，我考上一所公立大學，和我預計的差不多，美中不足的是離家裡不夠遠，讓我找不到住校的理由。天明也考高中和五專聯考，收到成績單時我嚇了一跳，總分不及我當年的三分之一。

長長的暑假，我就在附近小電子工廠做女作業員賺點學費，除此之外就是看雜貨店。雜貨店，我是越來越深惡痛絕這該死的破店，而它也似經過歲月的洗練，吸收日月精華，成精似的有了生命，我老覺得雜貨店已成媽的密探，陰惻惻地窺探猜忌著我的一舉一動。天厚去了外島當兵，天明整天不在，我聽說他在淡水廟口的一家賭場看場子，他說他不想升學，媽說她沒辦法，因為自己爸爸看不起兒子，他才會變得自暴自棄。媽的邏輯只有她自己才懂，她把所有罪過全推到別人頭上去，她只有功勞苦勞，別人就什麼都不是，當然天厚除外。老爸更慘了，沒了工作，整天在家被老媽嫌沒用，只有更努力捆一打一打的空瓶子，來彌補罪過，但情勢不讓老爸有喘息的機會，屋後那整片原來只有滿坡花腳蚊子與青竹絲的竹林，彷彿是在一夕間被剷平，蓋起了一棟棟的洋房別墅，媽對老爸，不！也許該說對現實，更不滿了，那些原本買米買醬油都要看老媽臉色賒帳的筍農菜農，成為地主，住起漂亮的樓房，開起小轎車，他們不用再賒帳了，甚至也很少再光顧雜貨店，寧可開車去好遠的超級市場，買進口的高級東西，或是到7-11買貴點但看起來乾淨新鮮的商品。老媽不信邪，卯足勁罵老爸和我：家裡的瓶瓶罐罐擦得不夠亮不夠乾淨，而導致客戶流失。媽不明白，老太婆即使上了一層厚粉她還是老，皺紋是遮掩不住的歲月刻痕，力圖與自然時勢抗衡的，只是無謂的掙扎，當然，老媽也就更後悔嫁給沒半分祖產可繼承的老芋頭。

大學的新生活開始，我什麼社團也沒有參加，像我這種人，只適合在陰隱角落裡像地鼠一樣暗無天日沒沒無聞地過一輩子。

生活除了空洞還是空洞，當周圍的同學過得越充實，笑得越大聲，我就越不能忍受封閉的自己，虛構的幻想完全不能滿足我在現實的無能，我想狂喊出淤積胸口的鬱結，卻怕世界會再次崩潰眼前，我需要過另一種生活，不然我會自閉孤絕而亡。

我偷了媽錢箱裡的錢，丟掉蠢笨的近視眼鏡，配了隱形的，蓄起長髮，穿上飄逸的長裙，靜靜等待——無論哪一個人都好，將我從冰凍的沮喪狀態解救出來。同學都奇怪我是打哪裡冒出來的，男同學尤其扼腕，竟讓如此好花空置一學期。

儘管環境換不了，換一個心情終究會有些不同，不知什麼時候開始，我就被人家「內定」了，一個法律系的學長，每天殷勤地來等我下課，送我去站牌搭車，中午來找我一塊吃飯，噓寒問暖細心呵護，即便我很清楚地明白對他沒有愛情，現在和以後，都不會有，但一個被摒棄慣了的人，乍然被捧在手裡，真的，真的，很難很難去拒絕。

我和江孟仲成了同學眼中的「校對」，就像是生活中很多事情一樣，都是由別人做的主，而你身不由己就朝這條路走下去。校對，顧名思義，校園裡花前月下，荷塘廊簷下的儷影一對對，只是我的對象不對，甜蜜情話只似陳腔濫調，他的刻意承歡只換來我的虛與委蛇，我對這樣的遊戲逐漸感到殘忍而厭倦，卻遲遲無法下決心採取行動了斷，因為被真心的疼惜與寵愛，是我渴望多久的幸福啊！

江孟仲卻毫無所覺，一個情竇初開的傻小子，為愛可以在嘩嘩濺雨的廊下枯候一小時，等待送我走那一段短短的路程去搭車，為愛可以在烈日下奔走校園，為我帶一杯冰涼的酸梅湯，我看著他濕了大半的褲管，滴在鼻尖的汗水，只無以為報地更痛恨自己對幸福的貪婪與飢渴。

這樣的幸福終究是一種假象，冰雕的瑰麗城堡，見光即溶，沒得商量的餘地。

在一個濕冷的雨天裡，江孟仲巴巴趕來教室找我去吃午餐。

「我不餓，你自己去吃好了。」我看著他滴著雨水的傘尖說，不能看他的眼，會讓人不忍心拒絕他的真誠。

「……陪我去吃嘛！今天，是我的生日……」

對了！他生日，我倒忘了。

坐在我前面的汪啓漢回過頭來笑道：「當人家女朋友，怎麼可以生日還不陪人家？」

我踹了他椅座一腳，真是多嘴！

雨勢不大，但綿綿密密的像粉屑一樣沉甸甸地層層灑落，下得人心跟著好沉重，隔著小小方桌，江孟仲眼睛裡的熱情一波波向我襲來，我垂眼不敢相迎，覺得不安、尷尬，還有心虛。

「天使，晚上來我們家好不好？我生日，我爸今天下廚顯手藝，我媽要自己烘蛋糕……」

「噢！我今天有事，我一定要回家。」我突然妒恨起他來，嫉妒讓我恨，恨讓我狠心拒絕，不記得家裡有誰過過生日，吃什麼生日蛋糕，只有天厚生日好像有一次吃過麵線，我氣江孟仲，氣他為什麼能有這樣輕易得來的幸福，也恨自己，恨為什麼我什麼都沒有。

他很失望，咕咕噥噥抱怨：「我上星期告訴過妳，難道妳不能把事情錯開嗎？」

我搖頭，讓他一臉的失落來彌補他有讓人妒恨的美滿家庭的罪過。

出了餐廳，我們各自有傘，他卻堅持共撐一把傘還幫我拿書，我看自己兩手空空蕩蕩地垂著，便告訴他：「傘你拿吧！書我拿。」

「我拿就好了，為妳服務是我的榮幸。」

在滿手都是東西的情況下，他居然還有辦法用手肘貼著我的背，輕輕地摩著，我渾身都不自在，稍稍跨前了一步，他卻又貼上來，他腋下胸前的汗水黏酸味兒薰得我火直想往上冒，我到底在幹什麼？欺人嗎？還是自欺？

在經過走廊的時候，我看他用腿夾著書忙著收傘，手忙腳亂的狼狽相實在很醝，便自顧自地先往前走，江孟仲趕忙追上來：「喂！天使！丁天使！」

我不耐煩地對他說：「幹嘛？你不要在走廊上大呼小叫的好不好？」

江孟仲委屈地說：「我收個傘妳應該等我一下啊！」

「你現在不是趕來了？我說要拿書你又不要，你煩不煩啊！你！」

江孟仲閉嘴不語，我知道他受傷了，不禁覺得於心不忍，我想起國中時的暗戀，江孟仲的心也像當初我的徬徨不安吧！

「喂！你生氣啦？算我不對好了，我自己拿東西就好。」我伸出手去，江孟仲把書和傘藏在身後。

「我拿就好。」他露出了笑容：「妳是家裡唯一的一個女孩，妳家人一定都很寵妳囉？」

我覺得好笑：「是嗎？你從哪裡看出來的？」

「妳的個性啊！嬌嬌的好難伺候喔！」

「難伺候你可以不要伺候啊！」我頓了一下，這樣也許太狠太不公平，但我又何嘗被公平善待過？「……江孟仲，你覺不覺得我們兩個並不適合？我想早點分開對我們兩個都好。」

江孟仲不說話，半晌才問道：「……妳有了別的男朋友了嗎？」

「沒有啊！我只是……」

「沒有就好。」他吁了一口氣：「我們之間的問題只在從沒能好好促膝長談，彼此了解，我覺得男女之間彼此的了解信任是往前跨越的第一步……」

我沒興趣聽他的長篇大論，法律系教條主義的信徒，打斷他的話問道：「你還想跨到哪兒去？江孟仲你不了解嗎？將近半年的交往，我真的對你沒什麼感覺，也許……我們做個普通朋友會比較適合……」我偷眼望一言不發的他，覺得話接不太下去，好像真的太狠了點。

「……」

江孟仲不語，突然悶著頭往前就衝，我望著他的背影在轉角消逝，搖搖頭想攏攏頭髮才發覺雙手空空如也，我追了上去大叫：「喂！喂——我的書還有傘啊——」

追過轉角已沒他的蹤影，卻見到幾張熟面孔，我抬頭望望才知道這一節我們班在這間教室上課，另外我的書和傘被扔在濕漉漉的走道邊，我撿起沾了好大片泥濘的原文書，覺得心痛得要命，這一本好幾百塊咧。好多人用同情的眼光望著我，他們一定以為我被哪個負心男同學甩了，還受到如此的羞辱，有個短髮女孩遞包面紙給我，幫我撿起弄髒了的花傘，好心地問我：「妳——沒事吧？」

汪啓漢直接便從窗戶躍出走廊：「怎麼？吵架了你們？」

我笑笑搖搖頭表示沒事，心裡忍不住開罵了起來，他媽的死江孟仲！一點風度也沒有！好歹我沒讓他請過一餐半頓的，連十塊錢一碗的米粉湯我都堅持各付各的，也沒收過他半樣禮物，他這樣翻臉不認人，實在心胸太狹窄！怪不得我不喜歡男生呢，一個比一個更沒風度！

學校裡大致沒什麼大事，家裡頭的老爸倒找了個管理員的工作，在民生東路一家舊社區，說好了要住在那兒。星期假日我和天明幫老爸搬東西過去，到了那兒我才知道所謂供住，是住在地下室停車場的一間隨便用幾塊髒兮兮的舊木板圍起來的一坪大空間，陰暗悶窒的空間散發著一股腐臭的霉味兒，有的地方濕答答地滴著褐褐稠稠的水，散發出刺鼻的異味，我站沒十分鐘便被花腳大蚊子叮了好幾個大包，聽說前一任管理員因為抽地下室下雨的積水時，因抽水機漏電被電死。

我忍不住憂心：「爸！其實我們家不缺這點錢，不要做也沒關係。」

「我快七十歲了，能找這個工作不錯了，一個月七千塊咧，還是妳曾伯伯介紹的才有。」

我皺著眉：「但是這裡環境太差了。」

老爸揮揮手要我們回去：「這兒蟲子多快回去吧！沒關係了，反正在家也沒事，我抗日打共匪的時候啊連墳墓堆我都睡過！」

但那是四十年前的事啊！我無言，因為長久疏離，除了「再見」，我連「保重身體」這樣的話也說不出口，而老爸也安分認命地不違逆媽的意思，漸漸地跟我們越來越淡，除了拿錢回去的義務外，這個家他簡直是個外人，也許連外人的地位也不如。

回程我問天明：「你覺不覺得媽得了錢癌？老爸那麼老了，還要他出去做事。」

天明神色漠然地說：「反正他自己也願意，他待在那兒不見得比在家差，至少耳根子清靜。」

「總是不忍心讓自己父親過這種日子。」

「那妳能怎樣？」天明瞥我一眼，不屑地說。

我痛恨自己的無能，也不能理解天明的冷漠，賭氣道：「我不能怎樣，說說總可以吧？

你們被老媽洗腦了，全把自己老爸當仇人。」

天明倒沒生氣，冷笑道：「妳沒把老爸當仇人，可也沒把他當父親看。」

我不覺得生氣只是悲哀：「我們家本來就不像個家，大大小小全沒個樣子。」

一路沉默，這個家每個人的距離越來越遙遠，我相信誰也不想演變成如此，卻又不得不朝這條路走下去。散離了的心，用什麼也綰不在一起，勉強同在一個屋簷，不具任何意義，也罷！隨勢而為吧！

有鑑於老爸的辛苦，我開始沒事就四處找打工的機會，除了兼家教外，舉凡發傳單端盤子洗碗的臨時工，只要有錢賺我都做。錢賺得辛苦，花錢倒是非常捨得，我替家裡買了烤麵包機，買咖啡壺、水晶檯燈、精緻的小叉子……全是一些根本完全用不到的東西，積塵後塞在櫥櫃裡，惹來老媽一聲聲：「討債死囡仔！討債——喔——！」

錢快花光了，我就開始算計著該怎麼賺回來再花出去？這其間的循環藏有一種無法言喻的快感，當我在教室正做著賺大錢的美夢時，班代汪啓漢大叫：「丁天使外找！」隨即給我一個詭異的笑容。

我往窗外一看，噢！我的天啊！是江孟仲！僅僅隔兩個星期，他又來找我，帶著他諂媚的笑容和一束鮮豔的紅玫瑰。我故意翻著課本裝作沒看到的樣子，他卻死皮賴臉地站在那兒不走，汪啓漢大著嗓門叫道：「不要這樣絕情啦，給人家一點面子嘛！Angel！」

班上好多人在竊笑，丟臉死了！我決定不理他。

副班代許家玲因為重考過兩年，年紀比我們大些，老是以大姊姊的身分自居，對我們循循善誘，她走過來和和氣氣地對我說：「反正他認錯了，妳就再給他一次機會嘛！男孩子啊最愛面子了，我們女孩子在眾人面前就要給他個臺階下。去嘛！有什麼氣好嘔的，去啦！他都登門請罪了……」

我生平最大的缺點是無法拒絕溫柔請求的女孩，嘆口氣無奈地站起來，心不甘情不願地朝門口走去。

「……just call me Angel before you leaved me baby, just touch me before you leaved me, angel!……」愛耍寶的汪啓漢唱起奧莉薇雅紐頓強的情歌來。

嘻嘻哈哈的同學中，不曉得誰高喊：「祝丁天使夫妻破鏡重圓！」

去他媽的！該死！我暗罵。

江孟仲在門外尷尬地傻笑，臉直紅到脖子上來，遞上一本嶄新的原文書：「上次……我把妳的書弄髒了……對不起！」

我生平還有另一個大缺點是沒辦法對低聲下氣的人發火，我伸手接了書，厚厚的一本，好沉重！我開始意識到，我捅的這個樓子不會這樣輕易善了。

江孟仲將一捧象徵愛情的紅玫瑰塞進我手中，我非接不可，這是生平第一束花，一個男孩子送的，我從沒想過會有男生送花給我，教室裡響起如雷的掌聲，汪啓漢站起來大喊：「祝有情人終成眷屬！」隨即誇張地揮舞雙手，同學們有默契地用嘴巴奏起結婚進行曲，我們就在同學的鼓動中莫名其妙地「復合」。

江孟仲開心笑著，我也笑了，是真的好笑，笑我的人生是一場荒謬的笑話！

8

暑假，是我用來計算時間的單位。每一個暑假到來，我生活僅有的一點填塞物就好像被抽空，在家的時間突然變得好長，我才恍然明白時間又躍過了一年。

我煩透長時間待在家裡，便四處兼差打工賺錢，持續買一些莫名其妙，那種完全不屬於我家該有的東西回家——高級進口的咖啡杯啦日本茶盤啦什麼的，偷偷放在房間裡把玩，玩完了，總是心情低落，便收在櫃子裡不見天日，像另一種謊言，欺騙的是自己。

媽的雜貨店生意一直沒起色，天厚當兵不時來信要媽寄錢過去，天明整天看不到人影，不過沒見過他拿過一毛錢回來，老媽存款的數目不能呈漸增式增加，她便開始咳聲嘆氣地嘮叨，她說爸去外面享福去了，不要她也不要小孩，不要這個家，她一個人苦撐這個家，厝邊隔壁都稱讚她的堅強勤苦，只有她的小孩從來不知感激她。媽每次一念我就拿點錢塞住她嘴巴，她問過我好多次我到底一個月多少錢，我都隨便編一個數目來騙她，媽當然不相信，她說念了大學不該只賺那麼一點錢，我懶得跟她多說，越來越不想待在家裡，連星期天我都在等汪啓漢的電話，他有很多打工的門路，發傳單啦跑跑腿等臨時工作，常常一通電話我就立刻趕到，他常說他要成立一個打工中心，每介紹一個工作就抽一成，我是他的忠實班底，抽零點五成就成了。電話鈴聲又響，我衝過去接，待在家裡看店可沒工錢拿。

媽看我衝得那麼快，嘴角一撇：「哼！盡想往外跑，跟那死豬仔一樣！野馬ㄐ！」

我拿起電話卻是江孟仲打來的，要約我看電影。

「我沒空！累都累死了還看電影，有空我寧可睡覺。」

「妳這麼忙幹什麼？妳父母都當老師應該不會有什麼經濟壓力啊！」

「我想早點自立不行啊？」我一邊講電話一邊玩擱在一旁的鉛筆盒，盒蓋一開，一張泛黃的紙箋便躍然眼前，紙張隨著摺痕像被分屍似的支離成一塊塊，我用透明膠帶黏妥過，但時間久了連膠帶也變得焦黃無黏性，我黏了又黏，整張紙更顯得像張百年的藏寶地圖似的破舊，訴說著一個在遙不可及的地方有個被深深埋葬了的璀璨過往，我用肩夾住話筒，兩手仔細小心地攤開紙。

我們並不傷害別人，為什麼他們要傷害我們？

我先走了！

有什麼從我內心最最深處血淋淋地爬了出來，盤據我整個思緒，腦海頓成空白。

「喂！喂？天使妳在聽嗎？」

「有啊！」我不耐煩地應著，從沒一次覺得江孟仲這樣煩人。

「要工作也要休閒啊！我約妳好幾次了，妳都不在，今天出來好不好？」

「下次吧！」下次我一定要跟他把話講清楚，我想，在事情還沒開始時就結束，傷害可以減至最低。

「下次什麼時候？」

「我明天打電話給你。」我不喜歡在老媽在的時候講太久電話，媽裝作在忙的樣子，卻老豎起耳朵集中精神聽。

電話掛斷的時候，媽從樓上下來，臉色不大對，趄到我面前來又是悲又是怒的眼神：「我問妳！什麼時候妳爸爸媽媽在當老師？妳說的是誰啊？妳是誰家的女兒啊？」

原來老媽在樓上的分機偷聽我的電話。我不想多分辯什麼，我說的謊話太多了，為什麼，有時候我自己也搞不清楚。

「妳說啊！妳！」媽哭著：「我就知道妳看不起我，看不起這個家，妳跟那沒良心的老猴一樣，天明就是被你們害成這樣的。嗚……妳以為就妳上大學了不起啊？誰拿錢給妳上的？人家的錢準備給他孫女上大學而已，妳這個沒心沒肺的不肖女……」

媽的話老似棍棒一樣，結結實實地斬下來，總是連筋帶肉地直傷到骨頭裡，我痛得大吼道：「媽！妳不要老講這種話好不好？沒有誰看不起誰！爸每個月的錢都拿回來，能寄多少回去？他在外面也不是去玩，是去做工！做苦工！我上公立大學能花多少錢？更何況我也很努力在賺錢，而且……我們家也不是沒錢，幹嘛整天開口閉口錢錢錢的！」

「是誰教妳來打聽我有多少錢的嗎？是不是？是那狼心狗肺的老爸叫妳來問的，是不是？」媽厲聲問。

不知道為什麼因為我說謊引起的戰爭又牽扯到老爸頭上，事情總是到了最後就不知道為什麼而吵，毫無意義的爭執，我換件襯衫就出門，媽跟在我身後問：「要死到哪裡去？」

「去約會！」我答道。

「去！去！去！去做有錢人家的女兒去，統統死出去，反正妳也看不起我，不孝……」

我越走越快，不想聽到老媽的聲音，到巷口才打通電話給江孟仲。

「要看電影就走吧！」

江孟仲驚喜道：「我去接妳吧！」

「在電影院門口碰面就好，我又不是不認識路，要你來接我。」我沒好氣地說。

下了車，遠遠我就看見江孟仲站在電影院門口，這是我們第一次在學校以外的地方碰面，他穿一條西裝褲和件熨得整整齊齊的襯衫，顯然費過心思打理過，我笑著糗他：「你怎麼不穿西裝？」

他嘿嘿地笑著：「天使，妳覺得這部片子好看嗎？」

「還沒看我怎麼知道？」

「我妹妹看過，她說不怎麼樣。」

「那你還叫我來看。」我發覺江孟仲吞吞吐吐的顯然有心事。「喂！有話快說，有——」

我硬把下面的話吞下去。

「到我們家去坐坐好不好？我爸媽都知道妳的事，想看看妳。」

「什麼？」我愣了半晌才問他：「我覺得我們還沒到那個地步啊，而且——」我極力思索一個推託的理由：「你看，我今天穿得邋邋遢遢的。」

「沒關係啦！」江孟仲順手摟住我的肩，好言安慰我道：「他們是想看看妳的人，又不看妳衣服。我父母都很開通，我媽說如果妳來了，她今天沒來得及準備什麼菜，我們一起上館子，我爸說安和路那邊有家海鮮店很好……」

他又談起了他的幸福家庭，我忽然覺得由於他的幸福，就該受到報應，於是讓我的恨妒而加諸於他身上的罪罰就不是那麼罪大惡極。

我格開他的手轉過身來面對他，我們靠得很近，我第一次這麼清楚地仔細看他，原來江孟仲的眼睛很清明，大而有神。我猜他想吻我，微張著嘴有漱口藥水的味道，很顯然的這一切都是有預謀的，我又找到了狠心的藉口，我猛退一步先發制人，用平穩的語調告訴他：

「我不能去你家，我們沒有交集，我想早點分開，對彼此都好。」

「什麼？」他不相信所聽到的，我又重複了一次。

江孟仲倒抽一口冷氣後退一步，抓住我的雙肩，以便用雙目搜索我的眼神尋求答案：「什麼？天使，為什麼妳又再一次說這樣的話？」

我不回答，面無表情地定定看著他的雙眼以示我的決心，是該殘忍的時候了，事情再拖下去，傷害只有更大。

「妳——到底是什麼意思？我做錯了什麼？還是妳沒有足夠的安全感，老是跟我玩若即若離的遊戲？」對江孟仲的愧疚讓我一度想收回說過的話，但一直想甩開緊按我肩頭十指的念頭，清楚地告訴我：再繼續下去沒有任何意義。

我平靜地告訴他：「自始就是個誤會，是我錯了，不該讓它延續，對你造成的傷害我很抱歉。」

江孟仲無力地垂下雙手，沉痛地告訴我：「丁天使，我希望妳明白，我一直很認真看待我們這段，我不是嬉戲人間的人，妳——這樣到底是什麼意思？玩弄我嗎？」

「我沒有別的意思，只是覺得趁早分手對彼此都好，這句話我也不是第一次對你說，我——」江孟仲打斷我的話：「妳只要告訴我，妳決定了嗎？」

「是！」

「好，很好！」江孟仲脹紅了臉連聲調都變了：「我也告訴妳，我不會再來找妳，妳的愛情遊戲到此為止！」

江孟仲甩身就走，呼地颳起陣風，割得我臉上心上都疼，我意識到從此我又是孤身孓影，心裡悵然若有所失，我想舉步去追，但我能因為渴望人愛，就隨便找個人來戲弄他的感情嗎？

江的背影成了一個黑點，我的心亂糟糟的沒了椿心事的輕鬆，電影沒看就搭車回家，還沒進大門的時候，媽就衝出來破口大罵：「跑哪裡去死？家裡出事了妳倒悠哉去約會，約妳的死人骨頭，破格！」

「什麼事啦？」我不耐煩地問，我們家除了吵鬧外不會有什麼新鮮事。

「妳給我看著店，我去警察局帶天明回來。」媽吼完匆匆忙忙就出去，我倒不覺得太意外，天明變得越來越乖張，我上次打掃時還在他衣櫥看到一把武士刀，從扁鑽到武士刀，天明從個小混混變流氓，也許哪天我還會在衣櫥裡翻到槍，他已成了角頭老大。

我遠遠地看見天明在前快步走著，媽在後面嘴巴動個不停，不曉得念些什麼，天明一進門就上樓進房間鎖門，臉上倒沒一絲愧疚不安的悔意，老媽跟上去大力拍門：「你給我出來！滾出來把話講清楚！我辛辛苦苦的一輩子啊！怎會養你們這些不肖的東西？你爸爸沒用，整個家丟給我來撐，現在他倒好了，丟下我去外面享福了——」

「媽！」我趕上樓大叫著，喝斷老媽的廢話：「這當頭妳還說這些做什麼？」

老媽氣急敗壞地怒罵：「怎麼？我不能說嗎？怎麼著？我還輪到妳管了嗎？妳不是當老

師的女兒了嗎？啊？妳這個不肖女跟妳老爸一樣看不起我，看不起天明，天明就是被你們兩個害成這樣的。」

「媽，就是妳老說這種話，妳知不知道妳整天這樣講，天明聽了多不好受？我幾時看不起天明了？爸也沒有啊！妳整天說這些沒用的廢話，整個家鬧得烏煙瘴氣的，有什麼意思？」我越說越火大了，聲調也越來越大，自從詹死後，我已經很少跟媽頂嘴了。

「妳沒看不起我嗎？哼哼……」媽掛著兩行淚冷笑道：「妳高中時候，我到妳學校去，妳碰到同學都裝作不認識的樣子，不敢把我介紹給人家認識，妳怕我丟妳的臉，看不起我，嫌我土帶不出去……嗚……」

我想起詹，那次痛苦記憶的力量還是很強大。

「怎麼？妳說不出話來了？啊？」媽嗚咽著逼問我。

是我忽略了，原來媽如此敏感易傷，對很多小事、小痛的記憶如此深刻，加上歲月的情緒的催化，逐漸發酵成一種難解的心結和恨的力量，讓記憶失了真，她被自己的感情給欺騙玩弄了！

「其實……我那次……」算了！有什麼好解釋的，就讓她那樣誤認好了。

「你們敢做還不承認？你們父女就會聯合起來欺負我，你們會不得好死，老天有眼，會同情我幫我，讓你們受到報應！……」

我無奈地轉身就下樓出門，後悔著去蹚這趟渾水，媽說的話了無新意，二十年來毫無新建樹，一而再，再而三地重複，像強灌不吃藥的孩子般硬要我們通盤接受，好吃、難吃、吃不下都得吃，從沒想過我們有多少容量，有沒有撐破的一天？毫無目標心煩意亂地到處亂走，糊裡糊塗地跳上公車，才想到去看看老爸好了。

到的時候天色有點灰沉沉的，爸不在地下室，我進他的小房間看看，老爸二十年前的舊西裝褲和破汗衫零零落落地掛在木板牆上，房裡除了一塊破板子搭成的床和一張舊四腳板凳外別無他物，椅子上擺了雙碗筷和小收音機，我知道它權充爸的桌子。地上有個小電鍋，我掀開來看，裡面的飯還熱著呢，飯上有幾塊豆乾和一抹紅紅的辣椒醬，這就是爸的晚餐？我的眼有點薰薰的，不知是因為水蒸氣和著辣椒撲面而來的關係還是其他。蚊帳裡的被沒疊，隔著霧氣看，彷彿裡面有個人一動不動地躺著，我的心一緊，連忙鑽進去，將被攤平了才覺得安心，有種罪惡感讓我不忍心在裡面站太久，我出來正好碰見個老兵模樣的老頭，黃黃的門牙齙在唇外，一公尺外就聞到他呼吸裡的異味。

「伯伯！請問丁隆生在不在？」

老先生向我上下打量：「妳是他的女兒？上大學的那個？」濃重的口音加上大嗓門，聽起來像跟人家吵架，我猜他是湖南人。

「是！」

「噢！他在樓上清水塔，從這邊！走這邊！」

「謝謝伯伯！」

老頭對著空曠的停車場忽然長嘆起來，像對自己也似唱給我聽：「老丁噢——好命咧——還有個女兒來看他，我老黃噢——女兒在大陸，是生是死都不知道……」

我上了頂樓，老爸正從九呎高的水塔上下來，我在下面仰望他抓著鋼筋梯的老手青筋突露，灰白的亂髮下佝僂的身影，緩慢遲緩而吃力地一步步踏將下來，我不由自主地伸手作承接狀，唯恐他一不小心鬆了手身子便要俯仰而下，待他的腳踏了地我的心才落實下來。老爸看見我笑得好開心，皺紋上的老人斑在落日餘暉中烱烱閃耀，讓我不能不逼視。

「怎麼有空來，家裡還好吧？」

「很好啊！爸！一起去吃晚飯吧！我請客！」我伸手去褲袋掏錢。

老爸用力將我的手按住，掌上厚厚的繭竟會刮人，爸的手上也有老人斑。

「我有！我有！我有錢！妳在念書有什麼錢！」

「我平常打工，身上有存一點錢。」

「念書就念書還去做什麼事，爸有做事供得起妳念書。」

我聽得無地自容，父親快七十歲了，還要為我們操心，拚著老命弄點可憐錢，期望老媽給他一點好臉色看，但他的本事太小了，媽從來沒滿足過，我赫然又想起「連在床上都沒用」這句話，真真替老爸難過起來。

我們到一家北方麵食館吃水餃，還點了牛肉和豬頭皮，老爸只要吃得高興便像孩子般笑逐顏開，彷彿世上再沒有比吃這件事更讓他滿足了。

我沒什麼胃口，但很珍惜這一頓飯，這是我們父女二十一年來第一次單獨在外用餐，只是距離坐得近，心卻隔得遙遠，爸想過我心裡在想些什麼嗎？而我了解爸的想法嗎？每天吵著說我們不體恤她的老媽不懂我們的心，為人子女的我們又何曾嘗試過諒解老媽波動的情緒？這個冷漠的世界，誰真的能了解誰？誰又真的在乎誰？

吃完飯，老爸堅持送我去搭車，他掩飾著什麼解釋：「這裡到了晚上治安不太好，好多小流氓在附近晃蕩，一個女孩子危險啊！」

我安靜地跟著老爸，很小時候，跟他在竹林坡上散步的情景躍然眼前，那時候老爸就沒有牽我，他一直是個羞於表達情感的老好人，但他一步一回頭地叮囑著：「妹妹！腳要動！腳要蹭一蹭，山上的蚊子兇得咧，叮成大花腳，以後不能當空中小姐。」當高眺漂亮翱翔國際的空姐，是老爸認為女孩子最高級的工作。

一路上沒見到半個小混混，倒碰見了剛剛那個老榮民。

「我女兒，念大學那個。」爸對老黃說。

回到家的時候將近九點，媽臭著一張臉不理我。小時候，我曾為這個暗暗傷心過無數次，現在則彈性疲乏，一個母親不能老用那一套來對付翅膀漸硬的子女；無所謂地上樓去看天明，房門沒上鎖，房裡暗而悶，隱約地有個人面壁坐著不動，我捻亮了燈，眼前的景象將我震懾，幾乎以為是瞳孔不適應乍亮的強光而眼花了的：床上打著赤膊的天明背後紋了個五彩斑斕的猛虎下山，在螢幕裡才看得到的景象乍然呈現眼前，虛實恍惚得不真實，天明，我的弟弟真的變成了兄弟？有人說紋身也是一種藝術，這當頭我也寧願它只具觀賞性而不具任何實質象徵的意義。

「什麼時候紋的？」我盡量不讓自己的聲音聽起來大驚小怪。

「好久了！」天明轉過身來把上衣穿上，我看見他的前身也紋了圖案。

「紋這個很痛吧？」我想慢慢把話題打開，很久沒跟他聊天了，我不知道他有心事還願不願意告訴我。

「還好。」天明淡淡地說。

「為什麼要去紋這個？以後沒辦法再洗掉的。」我坐在他身邊，近看才發覺他身上有很多傷疤，舊的新的都有。

「不為什麼。」

「你在警察局有沒有警察揍你？你告訴我，我有很多同學念法律系的，他們的學長都當律師了，現在的警察不能再亂打人的，告死他！」

「妳不要管我的事好不好？妳自己管好就好了。」天明不耐煩地瞥我一眼，我漸漸明白我們之間已沒有交集，那個拽住我書包上學的天明，早就長大，但又好像才是昨天的事情。

「天明！」我嘆口氣：「你不會以為媽說的……說我看不起你是真的吧？其實……」

天明擺擺手示意我別再說了：「就算是真的我也無所謂，天使，我就是這樣子了，妳不用管我，倒是妳，在學校安分點，不是人人都有那個命念大學的。」

「我？我當然安分啦！笑話！我幾時讓人操心過。」我自豪地說。

天明點了支菸，深深地吸進去再吐出一個個煙圈：「阿國的姊姊有個同學，高中跟妳同校，妳在學校捅的樓子阿國四處張揚，話也傳到我耳裡了。」

霎時我好像被剝光了衣服，赤裸裸地站在天明面前，原來我極力隱藏的只是個公開的秘密，我說不出話來，甚至不敢直視天明。

「妳放心吧！阿國那臭小子，我已經警告過他，他現在屁股上那個窟窿還沒全好呢，我已經撂下話了，他要敢再隨便亂吠，我就封他的嘴，讓他一輩子躺著，跟閻羅王說去。」

我知道他心中蘊藏太多的不平，但好勇鬥狠畢竟不是發洩情緒的唯一管道：「隨他們怎麼說吧！不要再為這件事打架，不值得。」

「姊……那件事是真的嗎？」

我不能在他為我打過架後，還睜著眼說瞎話地否認，但要點頭說「是」卻又是多難啊！

只好把話題轉開：「我剛去看過老爸了。」
「老頭子怎樣了？」
「沒怎樣，只是年紀大了，我覺得媽不應該再叫他出去做事，存那麼多錢又不用，幹嘛？做金棺材啊？」
「老媽一天到晚嫌老頭子倒不一定是為了錢，她只是沒安全感，又不甘心一生就這樣過了，只好拚命存錢，累積安全感和信心。」
不曉得為什麼，我又厭惡地想起媽罵老爸「床上也沒用」那副嗔怨的嘴臉。
「但是不管怎麼說，她都不應該沒事吵有事也吵，鬧得雞犬不寧。」我發覺女兒的心通常比較先偏向父親，兒子則較向著母親，也許同性相斥、異性相吸的原理也適用在親情上。
天明撇撇嘴：「大人不就是有了年紀的孩子，妳能對他多要求什麼？」
大人就是有了年紀的孩子，是紀德安德烈說的吧？天明不會看過這樣的書，但說的是同一句話，每個人對生活的無奈無力，其實是相同的。
「哇噻！大人就是上了年紀的孩子，你真厲害，這好像是那個諾貝爾文學獎紀德還是羅素說過的話。」
「喂！什麼羅素味素的我不知道，妳不要跟我掉書袋，雖然妳念的書多，但有很多事情妳不見得比我明白。」

我笑了，天明也笑了。問題依舊存在，氣氛卻輕鬆起來，我想，也許，每個人都能多花點時間敞開心來好好談談，癥結不見得能迎刃而解，距離卻能拉得更近，那至少是對答案更邁進了一步。

9

開學好幾週，江孟仲真的沒再來找過我，我也樂得輕鬆，四處找打工的機會。一個星期假日，我百無聊賴地窩在店裡看生意，自家的頭路沒工錢可領，我看得毫不帶勁兒，汪啓漢一通電話來要我到南京東路一家廣告公司打打雜，就把我的精神都催來了，套上球鞋就出門，媽在後面罵著：「在家就一副要死不死的臭臉，說到出去就嘴笑眉笑，跟那死老猴一個死人樣！」

我不耐煩地應著：「我是去賺錢又不是去玩！」

「哼！賺錢？說得好聽，妳賺幾塊錢給我用啦？」

我邊走邊咕噥著：妳也沒給過我幾塊錢用啊。

我到的時候已經有好幾個工讀生在忙了，汪啓漢也在其中，他一看見我就打屁：「怎樣？老哥對妳不錯吧？有好事一定不會忘記妳。」

「大恩不必言謝，小妹謹記心中，收工請你吃冰。」

「光請吃冰不足以表達心中的感激，還得加點什麼……」

「有啊！我還請你吃屁！」我對汪啓漢像哥兒們似的，講話輕鬆自在，不用文謅謅地顧忌什麼，他像大哥一樣親切自然，天厚從沒這樣跟我說過話。

「呸！呸！死要錢的喪盡天良，恩將仇報，請我吃屁，我說Angel丁啊！覺不覺得自己水準太差？」汪啓漢一直沒有女朋友，其貌不揚是其一，嘴巴太壞是其二。

「不會啊！配你剛好。」我們就這樣一直忙到中午，手沒停過，嘴也沒停過，有個短髮小姐大概嫌我們太吵，不時回頭看看我們。

汪啓漢挨到我身邊低聲道：「妳看那個小姐一直回頭看妳，她在看怎麼有這麼粗魯的女孩子。」

「放你媽的屁！看你啦！她沒看過醜男，還是個嚕嗦的醜男。」

「喔！對了！她不是看妳是看我，她對我有意思。」汪啓漢若有所思地說。

中午休息，我和汪啓漢猜拳，輸的人出錢買便當，那個短髮小姐走過來放一個便當在影印機上對我們說：「多一個便當，給你們吃。」轉身就走。

汪啓漢說便當是他的，那個小姐一定是看上他了。

我嗤之以鼻地笑他：「誰看得上你？別自作多情了好不好？人家便當是要給我的。」

「給妳幹嘛？她又不是同性戀。」

出其不意地聽到同性戀這個字眼，讓我的心震了一下，真想踹他一腳，恨他魯莽地提到這個字眼，卻又顧慮不能反應激烈啓人疑竇。

汪啓漢看我不說話以為我生氣了：「喂！丁天使妳不是這麼小氣的人吧？為了一個便當就翻臉。來！來！老哥我很講人情的，雖然是我的定情物，還是決定分妳一半。」

我分到一個滷蛋和半塊排骨，心不甘情不願地念道：「人家本來就是要給我的……」

「給我的不會錯啦！不相信妳去問她。」

「我才沒你那麼厚臉皮去問人家這個，你不怕被人家笑死啊？」

「不會啊！反正她對我有意思嘛，嘻嘻！不過我對她沒什麼感覺，她太高了，還是四郎的朋友——真平，沒什麼女人味，看來——她注定要單戀我了，嘻嘻……」汪啓漢笑得好令人討厭。

「死不要臉的！自戀狂！缺德兼沒知識……」在我認真開罵的時候，短髮小姐不知什麼時候走過來，住嘴已經太遲，她已經聽了一大串罵人的話，我覺得糗得要命，這些話，對一個女孩子來說未免太低級，我紅著臉裝作忙著影印的樣子。

我聽到高瘦的小姐問汪啓漢：「那是你女朋友啊？」

汪啓漢誇張地張大嘴笑，露出兩個像沒關攏門的門牙，笑得好開心：「哈哈！她啊？沒人要了，誰敢要這麼粗魯的女生？我的品味哪裡這麼低，對不對？Angel丁？」

「放你媽的屁！你有什麼品味？你配得上我嗎？你！」我不甘示弱地回應。

「妳看！妳看！沒見過這麼粗魯的女人吧？我說的沒錯吧！」

短髮小姐笑著：「我看也不像，聽你們兩個拌嘴很好玩啊，妳叫Angel是吧？」

我點點頭，覺得她的笑容很熟悉親切，我聽到別人叫她徐小姐，看不出年紀，應該比我大好幾歲，職位好像還不低，走來走去地支使大家做這做那的。

汪啓漢對著我擠眉弄眼地壓低聲音說：「我說得沒錯吧？她來確定我是不是單身貴族咧，不過，她年紀太大了，我不喜歡老女人。」

「單身貧戶，你聽著，她不是來打聽你的，我看她是來招呼我的。」

汪啓漢雙手按著腹部張大了嘴裝作捧腹大笑的樣子：「打聽妳？哈哈，妳當她同性戀啊！」

該死的東西又說了那個要命的字眼，我搥了他一拳問道：「幹嘛！人家說不定代弟弟或哥哥打聽咧。」

「是嗎？丁天使，妳不要嫉妒我啦，她真的是看上我的啦！嗯！有眼光！」

我懶得再跟他說這些無聊的廢話，偷偷開始注意徐小姐的一舉一動，徐小姐顯然也不時盯著我瞧，我們倆的目光相遇了好幾次，但誰也不閃著誰，只是點點頭微笑，自然地像熟識多年的故友，我心裡有了數，我們不需要言語便能互相了解，因為無論來自哪種家庭背景，長期所受的心靈煎熬訓練出我們獨具的銳利敏感，能在族群中嗅出自己的同類。

下班時我們排隊領工錢，徐小姐走過來說：「還有點事要幫忙，妳留下來加班好嗎？」

我點點頭，汪啓漢不識趣地湊過來舉著手：「我！我也可以留下來加班！」

徐小姐看沒看他一眼，背對著他說：「我們想要個女生，做事比較仔細，而且一個人就夠了。」

於是我留下來影印。公司的人一個個走了，我終於有機會仔細近看徐小姐，她長得瘦而高，過於削瘦的臉頰使還算漂亮的五官顯得突兀，眼睛有神，短髮俐落，我看見她桌上的名片知道她叫徐家珍，頭銜是副理。

趁著工作空檔她有一搭沒一搭地跟我聊著，還約定等下一起吃消夜。

我們走的時候公司的人還沒走盡，在我無意間的回頭發現他們也正望著我，我看看徐小姐的表情倒是一派自在無所謂，也許是我多心了，我想。

上了徐姐的紅色小喜美她才告訴我：「公司很多同事都知道我是Lesbian。」

我驚訝地問：「那……那他們不會？……會不會……」不知道該遣怎樣的詞句才恰當。

她顯然明白我的意思：「我又沒礙著他們，他們能把我怎樣？」

我簡直要把徐姐當英雄崇拜了，我畏畏縮縮著驚駭的事情，她卻這麼坦然，彷彿我拚命捍衛的只是個微不足道的東西，我不禁惘然，真的可以摘下面具面對群眾嗎？我很懷疑，高中時代詹的事，痛還深深烙燙著。

徐姐問我：「有婆沒有？」

「沒有！已經好久沒有了。」我和徐姐都是Tomboy，婆是女伴的意思，Lesbian就是俗稱的蕾絲邊，女同性戀的意思。

她笑笑拍拍我的肩：「明天我幫妳介紹一個。」

我們進一家西餐廳，有個長髮女生已經等在那兒了。「Angela！這麼快？這我認識的新朋友，叫Angel，妳叫Angela，只差一個字，有緣吧？」

長髮的漂亮女生點點頭，露出自信的笑容：「很高興認識妳，看起來很年輕，還在念書嗎？」Angela說話時造型複雜的長耳環也隨之擺晃，身上一大堆的飾品叮叮咚咚地跟著響，不過並不顯得累贅，亂中有序散發出一種不協調的美感，花格子長裙下是雙短靴，很有味道的一個女人，可惜不是我欣賞的那一型，而且顯然她跟徐姐是一對，年紀比我大得多。

「我念大三了。」

「大三，應該二十出頭嘛，二十多少？」

「二十二。」

「啊！這樣年輕！年輕真好！」Angela喟嘆著，彷彿年少輕狂的日子已離她好遠，而於我，年輕有什麼好，我卻毫無所覺。

徐姐湊過來捏捏她的臉頰：「妳也還年輕貌美啊！」

大概留學過巴黎喝過洋墨水的就是不一樣，林仲薇在法國學服裝設計時住過幾年，握起徐姐的手就輕輕吻了起來，我看得目瞪口呆之餘還偷偷眼瞄四座，看看有沒有驚起別桌的側目。

「最近工作好忙。」徐姐吁了口氣，林仲薇憐惜地替她揉揉太陽穴。

「好久沒去老K那邊了，明天帶Angel去T BAR Happy一下，明晚有空嗎？」徐姐對我挑挑眉。

「有啊！」就算打斷我的腿爬也要爬去，我聽過T BAR是女同性戀的聚集地，對那裡充滿了憧憬與期待，卻苦於不得其門而入。

大概是我的回答太過興奮，洩漏了秘密，徐姐問道：「還沒去過T BAR是吧？」

我點頭。

「Honey，明天下班帶Katy來公司找我，Angel明天下課過來吧，帶妳去開開眼界。」

我興奮地點著頭，對明天充滿了無限遐想。我知道同性戀有固定聚集的地方，這麼多年來總是無緣參與，我甚至曾故意到新公園去晃了幾次，都沒什麼斬獲，那兒是大部分男同性戀的大本營，而且我也不知道該怎麼向陌生人示意。

散夥的時候已經近十一點，還有公車可以搭，我婉拒徐姐好意要開車送我回去，我家太遠了，而且碰見老媽也不太好，媽對我的朋友向來不大客氣，她們還是送我到站牌搭車。夜深了，行人漸稀，霓虹燈也逐一偃旗息鼓，林仲薇倚在徐姐的懷中溫存，在昏暗的燈光中，直覺得是一對繾綣的異性戀人，只是若燈亮天明呢？有沒有一塊我們立足的地方，不用再擔驚受怕？不用再被有色眼光歧視訕笑？

一路上幾乎沒乘客上車，龐然大物在公路上一路飛馳，眾車迴避，馬路流氓在深夜裡尤其囂張，車上乘客緊握著扶手隨著車勢蜿蜒，左傾右斜地維持平衡，到家的時候還不到十二點，雜貨店的三扇鐵門拉下兩扇，剩下一扇拉下一半，難道老媽在等我的門？不會吧？她從來沒等過，我彎下身子鑽進去，出乎意料的是天明在裡面。

「怎麼是你看店？媽呢？」

「她在樓上發飆，老爸也在樓上。」天明朝樓上努努嘴，神情委頓疲憊。

「又怎麼了？又誰招惹她？不會是我吧？我今天還沒和她說到話咧。」

「曾媽媽今天來店裡聊天，聊到了老爸的薪水，媽發現爸的薪水是一個月八千元不是七千，她馬上打電話去問魏媽媽，查出爸又匯了一筆錢去大陸，就開始大吵大鬧，說要服毒自殺，我沒辦法，只好打電話叫老頭回來，沒辦法他自己捅的樓子他自己收拾吧。」魏媽媽有個女兒嫁在香港，很多人的信件和匯款都託她們幫忙。

「媽的！這些女人唯恐天下不亂，哪天到魏媽媽家去放火警告她不要多嘴多舌。」

「不能怪別人啦，妳不知道媽多會套話，魏媽兩三下就招了。」

我嘆口氣：「我們家連老鼠藥都沒有，媽要服什麼毒？」

天明聳聳肩，挑著眉無可奈何地說：「誰知道！只看見她端了杯水上樓，剛剛還在大罵老爸，現在都沒聽到聲音，睡了吧？」

我和天明躡手躡腳地上樓一窺究竟，我們的房間裡亮著盞五燭光燈泡，老爸坐在行軍床上托著腮發呆，老人斑在昏黃的燈光下竟像會吸光似的，格外黯淡，看起來比我上次看見他更蒼老了幾分，我注意到老爸的手上有條好大的刮傷，看樣子是這兩天才受的傷，老爸看見我們，站起來急著告訴我們：「妳去！去告訴妳母親，我沒寄多少錢！而且這幾年來我就寄了那麼一次，我真的只寄了一點。」

我不用想也知道爸寄了多少，他有多少錢好寄？老媽吵的也不見得只單純地為錢而已，若單單只為一個理由那還不好解決。

老爸的腿也有點瘸。

「爸你手腳怎麼了？」

「爬水塔時不小心滑了一下。你們去！去啊！去跟你媽媽說啊！」

我和天明互望一眼朝老媽的房間走去，不過我們是不會幫老爸傳話的，那樣的話會被媽把我們歸成同老爸是一國的，被扣上這頂帽子就慘了，要被鬥爭的。媽的房間燈沒開門半掩，老媽擁著被躺著，光看枕頭邊一大攤濕答答的衛生紙，就能想像她剛才哭得有多慘烈。

我將房門輕輕地推大點，讓走廊的燈光透進來，迅速將房間掃描一遍，除床頭一杯水外，沒看見什麼可疑的藥物，老媽背對著我們一動也不動，大概睡著了，我和天明悄然退出的時候，媽卻忽然翻身而起厲聲問：「那死人剛剛跟你們撥弄什麼？」

「沒……沒有啊！」我和天明異口同聲。

「沒有？」媽的聲調陡然急轉而下變成嗚咽：「……連你們也跟他聯合起來騙我嗎？嗚……我怎麼辦啊我！……」

媽號啕起來，我趕快到廁所拿一疊衛生紙進來，順便將床頭那一堆丟到垃圾桶去，濕黏黏地涼涼地沾在手上，不知是眼淚還是鼻涕，這當頭兒我不敢去洗，趁老媽不注意的時候偷揩在她枕頭上，不料枕頭套也濕透了，黏糊糊地似也沾了不少鼻涕。

「是那狼心狗肺的死人教你們不要和我講話的嗎？是不是？擤……」老媽邊哭邊說邊擤鼻涕，一面還端起杯子來喝口水來補充體內大量流失的水分，我終於明白了那杯水的涵義，心裡一塊石頭也放了下來。

「你們知不知道那個你們叫爸爸的人，把家裡的錢都寄回去給他大陸上的親戚？要不是我拚著老命留一點，你們吃的穿的用的從哪兒來？那個不要臉的老廢物整天想我死了好把錢統統弄到那邊去，你們知不知道？」

天明呵欠連連猛點著頭，希望早點脫身，我則頭都懶得點，只低著頭想著明晚要去T

BAR的事。

「尤其是妳這隻破格雞！更讓我寒心，從小我就知道妳是大不孝，我就是憨啦！天下第一大憨人，才會被你們這樣凌遲，還辛辛苦苦拉拔妳上大學，讓妳來忤逆我，我這麼辛苦為的是什麼？為的是誰啊——？」媽又像野獸一樣嗚嗥起來。

面對聲淚俱下的指控，我只能把頭低得更低，怕媽看見我一臉的不耐會更暴怒更傷心。媽一直叨念到將近清晨四點才放我們一馬。天明回到房間倒頭就睡，老爸也在行軍床上打著鼾，我去洗乾硬在手上的鼻涕，回房間時看著老爸蜷著身體睡得很沉，整個人縮水似的像粒蝦米，猥瑣地更像媽口中的「死老猴」。

我推爸起床：「爸！爸！到床上去睡啦！床上有被子。」

老爸起身迷迷糊糊躺上床去還不忘問我：「妳媽氣消了啦？」

我還沒來得及回答呢，老爸就又鼾聲大作。家裡每個人都入夢我卻了無睡意，天漸漸亮了，今天是星期一要週會的日子，我換上制服開了鐵門，迎著晨曦踏將出去，天還沒亮透，晚秋的晨風不寒只是涼，陣陣地捲起街頭的落葉和垃圾，靜謐的路上只除了喀啦啦滾動的空罐子外，就是流浪街頭的癩皮狗。

「什麼東西嘛！」我狠狠地踢起地上一個空罐子，讓它高高地飛起再噹一聲落下，驚嚇了一隻爛了半邊屁股的老狗，齜牙咧嘴地對我低吠，我準備好，牠一靠過來就賞牠一腳，也許長期的淪落街頭學會了察言觀色，牠倒識相地夾著尾巴離去，只嘴裡還嗚嗚啊啊地咕噥著什麼，大概抗議我侵犯了牠的地盤吧！一種無奈的無力感襲據心頭，連一隻狗都懂得視時務為俊傑，我們一家子卻枉為人地老是不慎地招惹到慈禧老媽，慈禧太后用的是砍頭的極刑，老媽用的是殺人無形的精神凌虐。

回頭看看一排排的二樓老房子，路盡頭的那間就是我家，每座舊房子外觀看起來都差不多，裡面上演的故事卻是那麼地不同，最荒誕的是丁家那一齣吧?!像發洩什麼似的我開始狂奔起來，灰黯天色漸漸地有一絲絲金黃亮束穿透而出灑射在各個角落，黎明似乎就是這樣東一塊西一塊地慢慢驅離夜色，想到今晚的聚會，我心中的陰霾也漸漸散去，日子無論如何都要過下去，快樂與痛苦就穿插在前途等著，當一腳踩上痛苦的那一段，就該翹首仰望前方順遂的那一段，舉步踏過崎嶇，否則人生要怎樣繼續下去呢？

搭上公車，我開始安心地睡覺，每次週會都會遲到，今天該最早到了吧！天總不從人願，我一路睡到了總站，才被司機叫下車，我看看手錶時間還早，換個方向再坐回去，卻在一個緊急煞車聲中驚醒，我抬頭看了看，該死！又過了站，還好只過了兩站，我下車打算安步走到學校去算了，這樣坐下去，一輩子也到不了學校。

「丁天使！丁天使！」有熟悉的聲音喊我，口氣卻很陌生，我回過頭去，原來是江孟仲。

「好久不見啦！最近好吧？」我客氣地跟他打著招呼，奇怪著，真的是好久不見，而校園就這麼大，沒緣分的人真的是一點都強求不來。

江孟仲笑笑，跨幾個大步與我並肩而行，「丁天使……」他猶疑著彷彿欲言又止。

事情過了這麼久，他不會還對我餘情未了吧？

「……我一直不明白，妳當初為什麼會選上我的呢？」江孟仲低著頭問。

我不知所以：「什麼意思？選上你？我不明白。」

江孟仲抬眼望望天空，笑道：「我覺得自己做件好蠢的事，不過看不出來，妳一點都看不出來，其實妳暗示過我好幾次對不對？是我太蠢了，從沒往那方面想去，只是一再地檢討自己是哪點讓妳不滿意，探討不出來就對自己生氣——」

我打斷他的話，覺得愧疚萬分：「這件事錯在我，過去都過去了，不用再提了。」

「過去當然是過去了，我不會再提，我希望妳也別提。」

我奇怪地望著他，我很少提及這一段，只除了汪啓漢偶爾拿這段事開開玩笑的時候，我會跟他打打哈哈。

江孟仲繼續說：「妳高中有個同學叫江璧璽對不對？她是我系上學妹，她不忍心看我失戀，才告訴我妳高中的事情，現在我和江璧璽已經很好了。」

我終於明白他一再地說看不出來是什麼意思，秘密被窺破，卻是氣憤大於羞慚：

「恭喜你喜獲佳人啊！……沒人規定我這種人，要特定長什麼樣子讓人看出來的。」

「我是想，我總不是個遲鈍的人，一個同性戀在我身邊，我應該嗅得出不同的氣息才對，也許是妳偽裝得太好了。」快到校門口，同學漸漸多了起來，江孟仲看看四周，急切地說了句：「希望妳不要再提那件事。」便迅速地拉長兩人的距離，並不再搭理我。

我對他的愧意霎時化為烏有，對這樣一個沒風度又自以為是的人，何愧之有？在人來人往的校門口，我轉身回頭對著離我數公尺的江孟仲大叫：「不會的！我不會到處對別人說你曾經追過我的事！」

江孟仲的臉霎時罩上一層寒霜，一股報復的快感油然而升，隨即又有另一股悲哀的情緒將快感淹沒，即便我不需要異性戀情，我還是需要朋友，但顯然我暴露了身分，我便失去了朋友。

一整天我都沒精神上課，撐到下午國文思想的時候，我索性跑到最後面趴著睡個過癮，為晚上的節目儲備體力，汪啓漢過來問了我好幾次：「丁天使，妳昨天加班加到幾點？這麼累啊？」

我懶得理他，他卻嚕嗦個沒完：「還是妳昨晚當小偷一夜沒睡啊？當小偷收入不錯吧？偷到什麼？」

我趴著不動，希望他趕快走開，他又換了個正經口吻：「妳不舒服啊？發燒嗎？」邊問邊靠過來探探我的額頭。

「我發騷啊！發燒！你還發神經病咧。」我坐起身子破口就罵：「老哥，您行行善行不行？發點慈悲讓我好好睡一下行吧？我昨晚沒睡好欸！」

「好啦！好啦！不吵妳了，我坐妳前面替妳罩著點，省得教授看見妳睡覺要叫妳起來回答問題。」汪啓漢果真抬頭挺胸地坐在我前座替我擋住教授視線，兩節課下來他直喊腰痠背痛，受他的庇蔭我倒補足了睡眠。

我蹺掉最後一堂課搭車去徐姐公司，避過了上下班的車潮，到的時候還不到五點半。

「這麼早？我事情還沒忙完呢，幫我把這些影印三份好不好？那邊沒那麼早開始。」

我在忙的時候，林仲薇來了，還帶了個長髮燙得捲捲的年輕時髦女孩，我知道那就是Katy，要介紹給我的。Katy的五官鮮明，看得出來性格強烈，不太對我的味，而且好年輕，我喜歡年紀比我大的女人，我繼續影印資料不想過去招呼。

林姐對徐姐嗔道：「借妳的人用用行不行？」

徐姐笑著：「妳說的哪有不行的？Angel過去招呼一下吧，那資料等下再弄沒關係。」

我對她們在公司公然這樣打情罵俏覺得不太自在，看看別人，他們又好像見怪不怪的樣子，便放心過去打招呼：「妳好！我叫丁天使。」

Katy自然地伸出手來握手寒暄，顯然是歷練過社會的：「我叫Katy，妳是Angel對不對？」

「那妳本名叫什麼？」

「我？我中文名字叫陳智慧。」

哦！原來也是個不怎麼高明的名字，怪不得要用英文名字呢，大概終歸是鄉下長大的孩子，總是不太能適應黃皮膚黑眼珠的東方人取什麼英文名字，覺得好崇洋媚外，我和陳智慧應酬般聊著，她穿著一條極短的迷你裙，配著同色的毛襪和雙高統靴，漂亮又帥氣，她每說一包話就要甩甩那過度染燙的黃褐色的分叉頭髮，展現一種不屬於她年紀的成熟嫵媚，感覺有點唐突不協調，尤其她那抹了慕絲以防分叉髮梢毛燥蓬亂的髮捲，讓我不停地聯想到一條條螺旋狀的海帶龍，最後，我發覺找了這麼多不喜歡她的理由，其實只是因為她深而銳利的眼神像老媽一樣淩厲，要鑽到人心中去看個透似的。

我們是公司最後一批走的人，到林森北路的時候剛好九點，車子在一段較冷僻的路段停下，徐姐在一棟不顯眼的建築物下站住：「到了！」

到了？既沒有招牌也沒有標示，我左顧右盼，覷不出有什麼BAR的樣子，徐姐按了下地下室入口的門鈴，我才發現小小的門鈴下有個不注意幾乎看不見的小牌子，上面小小地印著PUB三個字，一般人即使無意間看到了，也會懷疑它的古怪，不敢貿然按下門鈴一窺堂奧。門上開了個小洞，一雙眼睛先探探來人，原來門禁還如此森嚴，徐姐笑罵道：「老K，開門哪！自己人啦，還看！」門打開是個穿waiter服裝的胖女生，一看就知道是個T BOY，果然一副老K臉，人倒親切一進門就給徐姐來個熱情擁抱，旋即又張臂去攬林姐，徐姐一把將林姐攬在懷裡笑罵道：「幹嘛！幹嘛！想乘機吃我婆的豆腐啊！」

老K伸長雙臂將我們全攬下樓：「好久沒來，忙些什麼？這個是新朋友啊！」

「妳叫她Angel就行了，還在學校念書。」

我點點頭，老K搭著我的肩：「有空常來玩啊！」像個親切的老朋友。

一進地下室才發覺別有洞天，裡面有吧臺和一個小小舞池，裡面的調酒師和侍應也都由自己人擔任，其他的形形色色的「女人」也一應是我族類，徐姐顯然是個老顧客和林姐四處打著招呼，陳智慧也認識不少人，只有我一個也不認識，卻沒有拘束的感覺，就像徐姐講的來這邊happy的，在這兒即便什麼都不做，光卸除面具的那份輕鬆自在便無可言喻。徐姐和林姐偎在一起打情罵俏，我眼光四處游移開始搜尋目標，陳智慧則感覺到我對她的冷淡，早坐到別桌去喧鬧了。

時間越晚湧進來的人越多，小小的BAR裡站著坐著都是人，第一次看到這麼多的Lesbian鬧烘烘在一起，我才明白我並不孤獨，也不怪異，我們也是社會裡各行各業的一分子，我們像扶輪社或其他社團一樣自自然然地存在社會各處，只差沒一個正式的組織名稱而已。

「這裡每天都這麼多人嗎？」我興奮地問。

「星期六晚上更多呢，晚來點的話都沒座位呢。」林姐愛嬌地說，徐姐順勢給她一吻，兩個人熱烈地擁吻起來。我環顧一下四周，發覺原來她們兩個算是較開放的一對，其他人倒沒有多親熱的鏡頭。在吧臺邊我看見一個直髮的女孩坐在那兒，長得不算漂亮，但一副溫馴乖巧的樣子，略帶憂鬱的氣質與某個角度讓我想起詹，我注意了她好一會兒，確定她沒別的伴，便決定發動攻擊，我問徐姐：「那個女孩妳認不認識？那個，坐吧臺邊的那個。」

「戴咖啡色髮箍的那個啊？」徐姐皺了眉：「不怎樣嘛！喔！年紀好像也不輕，Katy比她上眼多了，我幫妳物色個漂亮點的。」

徐姐左顧右盼，林姐嘟著嘴：「妳幫Angel看？我看妳是自己想看。不准看，誰像妳盡喜歡些悶騷婆，那個不錯啊！乾乾淨淨的。」

「妳看過像人樣高的醋桶沒？」徐姐問我。

林仲薇粉拳輕搥她：「妳要不安分點的話，我可要換老公啦。」

「好！好！不敢不敢！老K！老K！」徐姐招呼老K過來問她：「吧臺那個小姐是誰？直髮那個。」

「喔！Maggie啊！我認識啊！想認識她嗎？我去叫她過來聊聊！」

Maggie走過來的時候，我才發覺原來她站著沒比坐著高多少，是個嬌小的女生，近看之下原來還滿臉雀斑，徐姐偏愛外形豔麗的女性，一直偷偷皺眉撇嘴搖頭暗示我放棄，我倒不在意，漂亮的女性個性通常驕縱，我最不能忍受這樣的女孩，會讓我聯想到老媽。

「我叫Maggie，莊美琦。」美琦露出兩顆像兔子般的門牙，牙縫還蛀了個小小的黑點。

「她們都叫我Angel，我的本名也叫天使——妳笑什麼？名字很土是不是？」

「喔！沒有，沒有，妳真的長得有點像書上畫的天使一樣，眼睛圓圓大大的，很美。」

在這個講究年輕貌美的圈子，Maggie這樣的婆是不吃香的，她坐在我身邊受寵若驚似的笑得傻呼呼的，徐姐桌面下直踢我的腳還低低對我咬著耳朵：「不要飢不擇食啊！」

然而緣分是沒什麼理由的，我們聊得很愉快，心情極度地放鬆，輕快地簡直要飛騰起來。我細細看她，其實也找不出哪一個五官似詹，但我就是覺得像，說不出為什麼，大概緣吧！直到一點，我們才依依不捨地離開T BAR，裡面依舊喧騰，但隔天要上課，徐姐要上班，Maggie也是個上班族。走出這扇門，像走進另一個世界，我們戴上面具化身人群中蟄伏，過著與異性戀人無異的日常生活，期待著另一次在人間樂園歡聚，因為在這裡才能尋回身為同性戀者的尊嚴，不用再躲躲掩掩地如驚弓之鳥；在這裡，也才能找到自信，深深了解自己並不可恥，我們是人，正常的人，有愛有欲有嗔有怒，我們所求的不多，但社會給我們的太少太苛，我們不見得要「正名」，但求社會給我們公平。

夜深了，街頭的燈紅酒綠卻才正熾，林森北路上摟著應召女的酒客比比皆是，誰說，同性戀者是糜爛放縱的一群？

10

我開始每週固定到T BAR光顧，但是去那兒是需要花錢的，而我只是個學生，於是固定到徐姐的公司當工讀生，慢慢地我的生活重心漸漸地從校園移出。升上大四後，課業漸輕，同學更是常常看不到我人影，都稱我是業餘學生。

和Maggie的感情呈穩定發展，但也不停止對其他我看中意的對象展開追求，美琦知道也是沒奈我何，不過大抵上說來，她還算是我最固定的lover。感情上逐漸有了歸依，心智上也漸趨成熟，我不再編甜蜜家庭的謊話，知道怎樣誠實面對家的不圓滿，接受難堪的現實，Maggie知道我的家庭狀況後，一直慫恿我搬出來，像徐姐和林姐一樣在外面租間公寓共築愛巢。

「反正我的薪水負擔得起嘛！而且我也能供妳念大學，供研究所都沒問題。」美琦說，她大我八歲，高商畢業在社會工作了好多年，很有些積蓄，她老講這種話。

徐姐每次都笑她：「妳供她盡量念啊！不怕她以後變成陳世美，反過來嫌妳啊？」

私底下徐姐卻對我說，妳別讓她養妳喲！她想把妳綁住，她不年輕了又沒美色，妳可以找更好的對象，千萬別被她綁死了！

「不會啦！天使不是這樣的人。」美琦對我很有信心，我喜歡這樣信任的感覺，我成長的生活背景就一直缺乏信任的基礎，可是我還是拒絕她的美意，除了我不能花她的錢外，對家庭的責任也是我不能推卸的。

老媽的情緒起伏越來越大，除了雜貨店的生意一直沒起色外，就是兩岸關係的漸漸開放，老爸的家書堂而皇之地就寄到家裡來，媽拆閱後看見裡面爺爺、叔公的叫得親熱，大吵大鬧得沒完沒了，爸把信的地址改寄朋友家轉收，依舊沒辦法平息風暴，媽就是有辦法從老爸的床板底下或他那幾本破舊書中翻出信來，要裡面有提到寄錢的事，媽更吵得歇斯底里，慘的是爸大陸那些親友，三封有兩封裡都提到要錢的事。

天明被煩得開始罵老爸：「老頭子是豬啊？連封信都藏不好，下次拿來我幫他藏包準媽找不到。」

我罵他：「你的武士刀藏好比較重要，不要被警察掃黑掃進去了。」由於越來越忙，和天明的距離也越來越遠，我也越來越能看清我的弟弟是個小流氓的事實，一個人的路要怎麼走全在於他的選擇，天明選這條不歸路，我無力挽回，只能消極地祈求他不要出事。

似乎所有的事情都緊鑼密鼓地擠在一塊兒發生，讓人應接不暇，爸上次爬水塔摔傷的腳因為年紀大了癒合得慢，一直時好時壞，只好辭了工作回家養老，天明收到了兵役通知單，天厚在外島好久都不能回來，新興的光亮潔淨的連鎖超商崛起，以狂風捲落葉之勢占據了零售業的市場，媽雜貨店的那些三姑六婆的老班底一個個搬離了老社區，店裡的生意一落千丈，雜貨店像一條過了流行、褪了花色的舊破布乏人問津，被連鎖超商鯨吞蠶食地淹沒在潮起潮落的時代洪流中，屍骨無存，媽終於死心地明白破布無法再縫裁成衣裳，遂宣布她要結束掉雜貨店，她要享清福。

「我不那麼傻，替人做牛做馬地賣命，到時候反攻大陸啊，人家攏總款款去大陸啊，我就要哭沒目屎囉！」媽這樣說。

我猜整個中國人世界，最關心反攻大陸的就是媽了，什麼時代了還有人把它掛在嘴邊，不過我們倒都很贊成媽關店，我不忍將童年所失去的歡樂歸咎在老媽身上，只好將怨忿統統算在雜貨店上，癡心妄想著如果關上店一切都能變得更好，彷彿如果沒有雜貨店所有問題都能迎刃而解，結果我們的算盤都打錯了。

結束雜貨店不但斬斷了老媽的經濟來源，也整個摧毀了她的精神支柱，抽離了她的生活重心，被掏空了的老媽更需要我們作依靠，她開始處處限制我們的行動，查我們的蹤跡，光明正大地拆閱我們的信件和竊聽電話，再拿這些內容來質問我們。然而爸還是常摸出去打個小牌，我和天明長久以來做慣了自由翱翔的鳥，早定形了，對這遲來的過度關心都覺無法消受，天明首先發難，乾脆常常徹夜不歸，我則越來越晚回家，媽發覺她根本無法控制我們，便開始無緣無故地哭泣，和不斷地為了一點小事揚言自殺，剛開始我們確實為這些慌了手腳，久而久之地就習以為常，媽不會真的自殺，她只是要我們都圍繞她身邊關心她，我們都明白這點，但她對待我們的方式，讓我們覺得要做到這一點實在太難！

我告訴徐姐和美琦我家的狀況，本省人的美琦講得倒輕鬆：「那叫妳老爸別再和大陸親戚往來，也許妳媽心情會好一點。」

「美琦簡直是豬腦袋！」徐姐毫不掩飾她毫無理由地第一眼就不喜歡美琦，恰如她第一眼就覺得我投緣般。

「大陸也是他的親人啊！這樣未免太不人道，妳是老國民黨啊妳！而且我爸也不見得會聽，他對我們這邊的家失望，那邊爺爺祖宗的喊他，他的心慢慢向那邊靠也是當然的。另外我媽也不見得光只是為了這項在吵，她有時候鬧些什麼，到底想怎樣，我實在搞不清楚。」

外省背景的徐姐比較能體會老榮民的心境：「妳不知道他一個人來臺灣，他大陸上的親人要為他這個國民黨付多大的代價，什麼黑五類啦下放勞改的慘死了！丁爸現在是思鄉也是彌補贖罪的心緒，我爸也常寄錢回去啊！」

「那妳媽媽會不會……」

「我媽很好啊！我爸老花眼了，她還幫我爸寫信封呢。」

人家為什麼都有明理的媽媽？我垂頭喪氣地半躺在椅上，只覺得今晚BAR的音樂擾人煩躁，便先告別她們回家，美琦關心地問我：「妳真的不打算搬出來？」

我親親她額頭告訴她：「以後再說吧！」

「如果妳還要在家裡待，就嘗試著多了解妳媽媽，否則妳們兩個都痛苦。」

「我只知道我搬出來她會更痛苦。」我說，拍拍美琦的臉，告別天堂投身地獄——我的家。

回到家意外地天明也特別早回來，「好久不見啊！」我糗他。

「您娘咧！」天明回我一句粗話，沒惡意，他那個圈子的生活文化。

老爸早上床睡覺，媽望著沒了貨品堆積，但那股五味雜陳的霉味還去不掉的空鐵架發呆，雜貨店已經結束營業好久，這些舊鐵架媽卻一直捨不得丟，堅持這些「以後還有用」。媽是捨不下雜貨店輝煌的日子，還是還準備東山再起，我不知道也不想問，隨她去吧！只要她高興。

「你們兩個，還沒三更半夜，怎麼捨得回來？厝邊隔壁都問我是不是沒小孩啊！我說一個孝順的在外島當兵，剩的兩個我都當他們死了。」媽寒著一張臉說。

我們兩個都不吭聲，低頭安靜地聆聽庭訓。

「你們兩個去給我拿信紙和筆來。」媽平靜地說，臉上看不出什麼特別的表情。

「媽要幹嘛？」天明低聲問我：「寫悔過書啊？切結書啊？不會是遺書吧？」

「你問我我問誰啊？天知道媽要做什麼。」

我們拿好了紙筆窩在媽跟前，老媽竟對我們說：「你們寫信給天厚。」

「什麼？」我和天明異口同聲問：「寫信給他幹什麼？」

媽厲聲問：「他是你們的大哥，寫信給他不應該嗎？你們也學那個無情無義的老不死嗎？」

「寫啊！寫啊！沒說不寫啊！」天明應著。

「你們寫信告訴天厚，說媽媽最近常常肚子痛心痛，痛得滿地打滾爬不起來。」

我和天明面面相覷，提著筆就是寫不下去。

「寫這個有什麼意思？又不是真的有這麼回事，我不會寫，妳叫天使寫好了。」天明咕噥著。

「幹嘛推到我這裡來？他當兵那麼久，我從沒給他寫過信，現在突然寫這封，他搞不好不信咧，而且，媽，他人在外島又不可能趕回來，有必要讓他擔心這個嗎？」我說道理給媽聽，美琦告訴我要多點跟媽溝通，不溝就永遠都不會通。

媽氣得把面前的信紙一把撕了，咬牙切齒的樣子好像信紙跟她有仇：

「不寫都不要寫！養你們這麼大，連一點小事都不做！不寫我自己寫！了然啊——！養你們真是讓我寒心！」

媽傷心地喟嘆完，突然食指一比直指到我鼻頭上，咬著牙迸出的字個個含憤帶怨：

「尤其是妳！破格女！妳多念點書就以為自己多了不起？我要有個好母親供我念書，現在還用得著哀求妳嗎？」

媽的遣詞用句讓我喪失了溝通的意願，我閉嘴不再吭聲，只念過幾年小學的老媽真的提起筆來寫信，邊躲防空邊斷斷續續念的幾年書，要寫信確實難為了她，一封信磨磨蹭蹭地寫了好幾天，她又不會查字典，就拿來問我，但內容又不給我看，要寫的又是些閩南語的習慣用語，什麼「熊心」之類的。

我說妳不是要寫「狠心」啊？媽說不是，她就是要寫「熊心」。

信的內容雖然沒看到，但媽問的那些什麼「可憐、狼狽、拋棄、寒心……」之類的字，我也差不多拼湊出她寫的還不是就那些東西。

信還沒寄出去，倒收到天厚的信，他要回來了，原來時間倏倏忽忽地已過了三年，我們以為老媽的情緒會就此穩定下來，沒想到政府又宣布了開放探親，爸當然蠢蠢欲動，媽的自殺行動也開始激烈起來，她不再只說說而已，而是實際採取行動，她去買了包老鼠藥放在家裡顯眼的地方，向大家宣示著她的決心，爸丟掉她又去買，買了又丟，我們漸漸疲憊地明白：我媽不會吃的，她只是要嚇嚇我們，用這樣的方法動員我們勸退老爸回老家的念頭。當我們彈性疲乏地不再為這件事緊張的時候，媽又換了新花樣，她在鐵架上綁了根繩子說要上吊，老爸剪了媽又綁上去，爸每次剪就嘆氣，媽聽了就大吼：「我死了，你不最高興了？還剪什麼！」

天明最先失去耐性，媽不可理喻他轉向老爸提出要求：

「老爸，你乾脆跟媽保證說你不會回去不行嗎？」

老爸不語，他大陸上還有九十歲的老母和個殘廢的老哥哥及從未謀面的遺腹女兒，他如何作這樣的保證？他不願意，我也不忍心。

我對媽說：「妳讓他去嘛，去看看親人，又不是不回來，大陸那麼落後老爸也待不下去，他一定會回來的。」

媽含著淚冷笑道：「去啊！我最希望他去啊！妳也希望他去啊！最好妳也能一塊去，你們都去啊，只要回來記得替我收屍就行了。」

我和美琦的感情漸穩定，越不能理解媽的心態，她死命留住分房二十年及被她詛咒嫌棄幾十年的老爸，為的是什麼？怕老來無伴嗎？怕花錢嗎？是不甘心還是不死心？她說關上雜貨店她要好好享福四處雲遊，卻空長一雙腳哪兒也不去，作繭自縛地將自己纏死，還要把我們也裹在裡面，共同陪葬，她陷溺在悲傷的苦水裡，伸長了手臂向我們求救，我們都想拉她上岸，但她要的不是脫離苦海，是要將我們拖下水來，陪她沉浮。

因為她痛苦，所以我們沒有歡樂的權利。

天厚可終於被媽盼回家來。他黑了好多，原本就跟我們生疏的他，更陌生了。媽那天果然笑逐顏開，只有爸沒表情，因為他的大兒子早不跟他說話不認他這個老爸，父子倆同在一個屋簷下視而不見既尷尬也悲哀，我偷偷塞點小錢給他去曾伯伯家打打八圈，攪和到深夜再回來，爸的牌藝、手氣不錯，一點小錢他可以玩上一個星期。

天厚撇著嘴說：「這種老爸要來做什麼？家裡什麼事都不管！」

我不服氣回道：「你要他管什麼事？他在這個家有資格管事嗎？」

「妳他媽就會跟那老頭一鼻孔出氣！搞不清楚狀況！」

「彼此！彼此！」我哼著，無視天厚的怒目瞪視轉身離去，他只是老媽的王子，在我心中他早就什麼都不是了。

天厚在家沒安分多久，還沒開始找工作就急著找兵變的女友談判。天明快當兵，不再去廟口看場子，卻也終日不見人影，不過有天厚在家，我安心多了，下課後去找徐姐和美琦，然後到T BAR玩個痛快，筋疲力盡地回到家，天明已睡了，爸不在，八成又溜到老曾家打牌，晚了就睡在那兒。天厚還沒回來，我躺上床去，上舖的天明倒還沒入夢，告訴我說：「老頭今天有個朋友打電話來，和老頭聊到他回大陸的一些事情，老媽聽了很不爽，鬧了半天了。」

我累得要命，迷迷糊糊地應了一聲：「哦……」就睡著了。

夢裡我聽到什麼清脆的聲音，接著我被什麼東西猛推了一把，意識還沒完全清醒時，啪的一聲，就挨了一耳光，我意識到剛剛夢裡的那一聲也是個耳刮子的聲音，只不知打的是誰，還來不及出聲開罵，我就被隻強有力的手臂，五指箝入我的手腕一把拖下床來。首先映入眼前的是天明睡眼惺忪打著赤腳地站在地上，一手按著臉頰，一臉的不悅，我終於完全清醒過來，才發覺天厚扠腰站在身後，太陽穴上青筋浮現正暴怒不可遏。

「你他媽的還睡得著啊？媽要自殺你們知不知道？你們還睡得著？他媽的一群豬！一群廢物！」天厚越罵越火一抬腳擺好POSE，準備踹人，大概猶豫著先踹哪一個，誤了雷霆萬鈞的那一股氣勢，還是不忍對弟妹下此毒腳，氣洩了只好頹然放下。

我們隨他下樓去，媽蹲在廚房地上哭得傷心欲絕，樑上綁了根紅塑膠繩，雜貨店用來捆空瓶子的那種，天厚湊過去拉媽起來：「那種人管他做什麼？他要去那兒就讓他去死好了，賺那麼點錢，還盡往大陸寄，家裡他什麼都不管！」

我和天明也靠過去，卻不知道說些什麼。我望著他們母子倆發覺他們真像，輪廓和個性，還有罵人時不屑的嘴角，我舉頭望著樑上那根紅繩在空中微微擺盪，記得它曾在鐵架上、窗架上和陽臺上輕搖過，下一次它會在哪兒出現呢？

「還不把它拿下來在發什麼呆？」天厚吼道。

天明一跳伸手一勾就將繩子扯斷下來，媽靠著天厚啜泣上樓，一種奇怪的感覺又掠過心中，我不願去細思，因為隱隱約約地覺得自己好齷齪，我寧願相信媽特別偏愛天厚是因為他是長子的原因，他們是同一種人，他們彼此了解心意互通，他們給自己全然的愛，卻要我們認同他們愛的是我們。天厚和媽是「他們」，剩的是「我們」，這個家根本已經崩裂了。

「……你們再這樣子就乾脆統統滾好了。」天厚猛吼如此作為結尾。

我們靜默，長久的疏離與不認同，讓我喪失了跟天厚溝通的意願與能力，滾就滾吧！我們真的滾了，天明兵役報到日期還有兩個多禮拜，他卻背了包包說要從北玩到南，沿路拜訪朋友再到屏東報到。我搬出去和美琦住，正式放棄這個家。媽處心積慮地要留住家裡每一個成員——用她獨特的方法，卻事與願違地一個個走了，留錢說實在比留人容易得太多，一種是死的一種是活的，媽沒將兩者區分清楚。

大學畢業典禮那天，我沒通知家人來，美琦、徐姐也沒來，我沒讓她們來，因為我是同性戀的傳言在班上漫天飛竄，沒人來跟我多說什麼，但從他們驚疑的眼神，就能讀出傳言如何氾濫，因為太熟悉這樣的眼光，我不想讓她們也承受別人的異樣眼光，亦不追究是誰散布出去的，江璧璽或江孟仲？這些人對我來說都毫無意義。

領到了畢業證書，我就往校門口走，到處都是畢業生在校園裡和家人親友合影，我不想看那些溫馨的影像——太刺眼了，加快腳步離開。

「丁天使！Angel丁！」

我回過頭去，是汪啓漢，他好久沒和我打屁了，是怕我？還是怕人言可畏？

「你爸媽沒來啊？」我問。

「有啊！他們跟我大哥在一起，我大哥今天也畢業，他念我們學校研究所。」

「恭喜你們雙喜臨門啊！」我笑著，平靜地等待他下面的話，我知道他一定有話要問我，同學一場，稱兄好友，我卻欺騙了他四年。

他搓搓手不自在地笑著：「妳爸媽沒來啊？自己一個人啊？」

「他們在家吵架，我不想他們來學校給大家看笑話！」

「喔——同學四年，好像很少聽過妳說家裡的事情喔？」

「一筆爛帳，沒什麼好說的。」

「丁天使……同學繪聲繪影地說妳……是真的嗎？」汪啓漢第一次這麼正經八百地跟我說話，眼神是真摯的期待，還有些我說不上來的複雜情懷。

「是真的！」來了！我想，我不打算迴避也不想騙他。

汪啓漢低頭沉默了好久，然後抬頭望著我，這樣的眼神，江孟仲也曾望過我，我霎時意會了什麼，每一個人對愛的表達方式不一樣，需求的程度也不一樣。

「……」我張開口卻不知該說些什麼，汪啓漢平常對我嘻嘻哈哈的戲言，乍然一一湧現，這時細思起來，顯然地別具涵義，四年來，沒見過他追過誰，甚至對哪個女生表示過好感，只在我身邊不經意似的打轉嬉鬧，四年！我怎麼都沒發覺、沒想到呢？

「……我一直覺得妳很特別，既好勝又堅強，可是眼神裡又好像有很多憂鬱，隱藏著無數秘密……也對啦！特別的女孩，行徑是該有別於尋常的女孩。」

我只能笑，他太抬舉我了，我不配人家對我太好。

汪拍拍手故作輕鬆狀，又回復到以往的戲謔玩笑：「怪不得呢，我說妳怎麼老面對我這個潘安宋玉不動心呢，哈哈！現在我明白了，信心重現！我還是貌比潘安，才高八斗的青年才俊。」

我笑了，感激他的仁慈體貼：「我們還是朋友吧？」

「不是朋友！」汪啓漢頓了頓：「是哥兒們！」

我笑得更開心了，六月的驕陽灑在兩人的臉上，全身暖烘烘地輕暢起來，我忽然重燃起對人生的希望，人性其實不是那麼黑暗冷酷，他們只是無法一下子接受不了解的事，害怕不同於他們習以為常的狀況，用排斥來防護內心的恐懼不安。

驪歌輕唱，我揮揮手不帶一絲抱憾踏離校門，我修完學分畢業了，相信我的心也夠成熟可以離開單純的校園迎接詭譎的社會，我感謝汪啓漢，也感謝讓我誠實面對自己的同學，我回首對著巍峨的校門，真心地說聲：謝謝！

11

畢業後我順理成章地進了徐姐的公司，她升了經理，我當她助理，租的公寓就在公司附近，林仲薇和徐姐決定要搬來和我們一起住，大家共同分擔生活開支可以省下一大半。因為徐姐說做完手上的case，要和仲薇去歐洲度假，還要在那兒結婚，美琦羨慕得要命，也提議我們開始盡量節省，存錢去國外結婚。

為了這一點，我們常常起爭執，也許潛意識裡恐懼繼承老媽的命運，我總刻意地表現出和媽完全不同的個性，媽有存錢癖，我每個月的薪水除了給老媽一份外，其餘則右手進左手出，花在哪兒，我自己也弄不清楚，美琦對於這一點很不諒解，老不斷追問我錢花到哪裡去了？

「不知道啊！薪水階級哪有多少錢好花，隨便搞搞就沒了。」

「妳難道從沒打算過存錢買房子車子，出國或創業什麼之類的？」

我搖搖頭。

美琦不語，半晌抬眼起來問我：「如果妳連夢想都沒有，那妳還有什麼？」

我還有什麼？我不是也曾有過很多夢嗎？然而美夢不是易碎易逝，便是願望實現後才絕望地發現原來它不過如此，有夢又如何？失去已太多，夢是稀薄的空氣，再多都不能填平強大的空虛，夢太縹緲，我要的是實在的東西，我於是了解光是一個女人並不能滿足我被愛的需要，我是一個完全沒有能力和一個伴侶共度白首的人。

初識時曖昧的狂喜早已消逝，平淡的感情生活讓我沉悶煩鬱，我在各個BAR裡流連，和各種合我口味的婆交往，尤其釣一些不具姿色的落單的老女人，寂寞讓她們容易上鉤，渴慾讓她們輕易褪衫，剛開始她們還故作正經若有似無地試探，待確定我的意圖後，受寵若驚的眼神讓我整個人膨脹起來，她們被汗淋漓了的殘妝蒼顏顯露遂更迷戀陽光般年輕身軀，她們裸跪在我身前感動著我的恩澤，像呼喚著神的名諱般喚我Angel……剎那間我彷彿耀著金光的天使，能夠振翅躍入天堂，我聖潔不再骯髒，我高貴不能蔑瀆，我喜樂不懂憂傷，這才是我！這些才是屬於我的！這才是人的本性，狩獵滿足飢渴的本能！

然而當我一再用感官的刺激縱樂來消耗我的體能時，有一種聲音像鬼魅般在心底低低竊笑，有什麼無形的東西緊緊地跟著我勒著我，我那天生不定的缺乏安全感的心，陡然從飽漲中霎時流質似的散洩在四方，根本沒有一種快樂是屬於我的。當深夜罩臨，音樂停止，我擁著不同的女人疲乏地睡著，再醒來時面對的空虛，常讓我痛惡著這些虛假的歡樂所留下來的疲憊，使我覺悟地意識著：歡樂已化為塵土，所擁有的只是一抹疲乏的回味。

於是每天不管多晚或許該說不管多早，不論多疲憊，我還是爬回到美琦身邊來——我希望完全清醒時看到的是熟悉的臉孔，擁在身上的被褥是我習慣的花色；美琦卻沒辦法適應我和不同的女人做愛後留下的不同氣味，在大吵無效之後，改以低泣企圖脅迫我就範，無奈我已對女人的眼淚免疫，最後她以冷戰作無言的抗議，而這只不過似是媽待我的另一種把戲而已。

我開始對美琦漸感不耐，她的臉孔身軀漸漸幻化成老媽的，她的控訴我背叛變心恰如老媽的譴責我不孝罪惡，我不願意再碰這個令我厭惡恐懼的女人，卻也更無法拋棄，因為她漸幻化成象徵老媽的圖騰，亦具有撻伐懲罪的權威與法力，我無膽反抗，亦無力出走，只好盡量在她醒著時別在她面前出現。

美琦終日不見我人影，惶惶然篤定我終於將棄她而去，老妻少夫的劣勢，讓她逐漸練就了大事化小，小事化無的本事，她只靜靜地等門，擁著棉被一動也不動地在客廳徹夜守候。

「要不是有時候還滴那麼一兩滴淚，我還真要以為她成化石了。」徐姐這樣告訴我。

美琦生活規律和習慣當夜貓子的徐姐和仲薇不同，熬夜對她來說不啻另一種酷刑。

「我告訴她，叫她下次別等門了。」

「告訴她別等門？我根本已經告訴她，叫她別再等妳了，趁早做別的打算去吧！」

不曉得我為什麼心慌了起來：「她怎麼說？」

「她說除非妳捲舖蓋搬家決心不要她，要不然妳住這兒一天就還是她的人，她就要等下去！」

林仲薇是偏向美琦的，她睨著眼問我：「難道妳聽到這種話，良心沒有受到一點譴責或不安嗎？」

徐姐說：「沒感情勉強在一起是不會快樂的，還不如手起刀落，圖個短痛暢快些。」

「這麼狠？」林仲薇點著頭：「好！有朝一日我們也這麼辦吧！」

徐姐一把將林仲薇摟住親個沒完沒了：「我是說她們不是我們，我們怎麼會有那麼一天嘛！對不對？」

仲薇朱唇被吻堵塞，「唔……唔……」她好像在叫著「不！不！」

我盯著電視面無表情，心裡卻感動不已，美琦其實跟媽不一樣的，她的愛不要回報，她的愛更多包容，今夜她加班未歸，雨颯颯而落，我突然深深思念起來，遂撐起傘出門，強風驟雨擊在傘面如萬馬奔騰，在站牌下衣褲盡濕，冷得人瑟瑟發抖，我突然覺得兩個人在一起這麼久了，玩這種把戲未免太煽情，我點根菸信步回去，全身濕透，索性收了傘淋個痛快。

進門的時候，美琦早已進門，她搭計程車回來的。

「妳？真的去站牌接我？」美琦的聲音竟帶著哽咽。

「是啊！雨下得好大哪！」

美琦替我換上乾衣服，在我身上髮上擦弄許久，像一個母親對待心愛的寶貝，我就是那個受到關愛心疼的孩子……

因為這份感動，我安分了好一陣子，但感動只是剎那，美琦卻誤以為浪子已回頭，她成功地用柔情再度拴住我的心。

沒多久我就又開始偷偷地故態復萌，將青春虛擲在嗅起來有殘花敗絮味道的老女人身上，在她們的擁抱中，從小讓我痛苦的恐懼可以暫時消失，雖然我極力克制，但就是沒辦法在美琦身上專心一意，也許是因為我一停下來追逐，令人嫌惡的過去的記憶，就會開始展現它的力量。

有幾個我來往的婆甚至是美琦認識的，尤其有個叫朱朱的，喜歡在做愛時咬人，美琦在床上一眼盯見我頸上細細的齒痕，整個人呆住，彷彿難以置信它的存在似的，還伸手去碰碰看，她抬眼起來死死盯住我的眼，我知道沒法抵賴，攤攤手無奈地承認。

美琦顫著唇音抖抖低低地問：「……妳跟朱朱上床？……妳？」她猛然從床上躍起後，再頹然跪下，兩手撐在床墊上穩住氣得站不穩的身子，抬起頭尖著嗓子吼道：「連那種髒臭的老妓女妳也要！妳品味這麼高？老婊子妳也要？不要臉！妳！妳……！哇……」美琦突然號啕起來，哭得震天價響，驚動了徐姐和仲薇來敲門。

「又怎麼了？妳們兩個？」徐姐皺著眉問。

美琦氣得猛拍床墊：「妳問她！不要臉！她連朱朱也上！她……」美琦喘著氣得上氣不接下氣。

徐姐搭著我的肩將我拉出去：「讓仲薇勸勸她吧！妳不要在這兒礙她的眼，惹她鬼吼鬼叫，讓鄰居聽到不好。」

到了客廳徐姐問我：「妳們不合的話就分開算了！沒事這樣鬧妳不煩啊！」

我點支菸笑道：「不煩啊！從小聽我媽吵慣了，沒人吵覺得不太像家。」

徐姐拍拍我的肩：「妳不能讓家庭的陰影跟著妳一輩子啊！妳真的跟那些老女人上床？妳真的喜歡那些人老珠黃雞皮鶴髮的女人？」

我笑道：「熄了燈，其實老的年輕的都一樣，而且是中年啦也算不上多老。」

仲薇從房間出來白我一眼冷著張臉說：「狗根本改不了吃屎，妳根本安分不了幾個月，也只有美琦那個傻瓜才受得了妳！」說完兩隻臂膀吊在徐姐身上：「妳要有樣學樣的話，我就宰了妳！」手刀還順勢在脖子上一抹。

「不敢！不敢！」徐姐笑著攔腰將她一把抱起，兩人吻著親密入房。

美琦不知何時悄悄立在身後，定定地說：「不用看了，妳沒那個福分，因為妳沒有愛人的能力，也沒有被愛的擔當，天使，妳早就被妳媽給毀了！」

美琦說罷摔上門反鎖，留我一人獨立客廳苦苦咀嚼她的話，年少時那種孤獨、傷悲、恐懼和憤怒排山倒海而來，兒時被媽媽在言語和態度上遺棄的羞恥與無助洶洶將我擊垮，我的內心還是個需要愛的脆弱嬰孩，不能孤單，不能被遺棄，我瘋狂地撲上房門猛拍著門：「開門！開門！快開門！快讓我進去！快……」

美琦一開門我就將她撲倒床上動手去扯她的睡衣，她一把將我推開：「我不是妳洩慾的工具，而且，妳會傳染性病給我。」

被拒的難堪讓我整個人更沮喪地陷在床上不能動彈，美琦坐起身後抱起一個枕頭毯子就往房門走，到門口時她站住了身子，緩緩轉過頭來說：「妳是被妳老媽隨著她高興用什麼方式對待妳就用什麼方式而長大的，但妳不能用她對妳的方法來對待我……」

我掀起床單將頭埋住，聽門喀的一聲摔上，然後就這麼在似夢半醒間，聽著客廳裡似遠還近的切切低泣、隔壁房間若有若無的愛慾呻吟，俯趴一夜。

翌晨我又回復一副無所謂的調調，讓別人看透真是一項可恥的弱點。

美琦接下來好幾天仍舊不理我，不讓我碰她一下，我也由她去，她必得向我妥協的，因為她需要我，只能在我的方式下生活。

事情照例是在大事化小至無的情況下不了了之，工作越來越忙，年齡也從二十這頭靠往三十那頭，體力顯然比不上幾年前那樣燃不盡似的日夜兩頭地燒，漸漸鬼混的時間越來越少，尤其在連加幾星期班後，挨回住處，還能提起勁兒來辦那回事兒的次數少之又少。

美琦又開始疑神疑鬼，半是哀怨半是撒嬌地對我說：「妳沒事就會在外面亂搞，心裡根本沒我！」

我看著報紙隨意地答著：「有啊。」

「有？有什麼？那妳有什麼打算沒有？」

我翻過另一頁報紙，這次連答都懶得答了。

美琦卻興奮起來，一把將我手上的報紙扯下來：「就是這家！」她指著上頭占著半張報紙的房地產廣告：「我同事就是去買這裡，我陪她去看過現場了，地點很漂亮，也聽銷售小姐講了付款方式，我盤算過了，我們買得起，自備款部分我來想辦法，我有幾十萬存款不夠的叫我媽添一點，剩下的貸款部分，以我們兩個人的薪水——只要妳不亂花錢的話，儘夠付利息啦，再兩年的話我們就有花園大廈可以住，妳看！還有遊泳池呢！」

美琦說著說著自顧自地笑了起來，眼睛盯著廣告閃著滿足陶醉的光芒，彷彿她已是那美輪美奐地產廣告其中一戶的主人。

我卻不想弄個固定監牢關一輩子，還要被錢逼得幾十年不能喘息：「妳乾脆弄條鐵鍊套住我脖子都要比買間房子舒服得多。」

「什麼跟什麼？」美琦一點都不生氣，光做著買房子的美夢，在她想來兩個人共同擁有自己的房子就是有家——一個正常的家庭，安分認真的跑都跑不掉的老公，原來她根本已經去看過那工地三次，差不多就要下訂了。

我突然發覺她的可愛就在於此，未來對她來說如此美如此輕易，以至於她現在就可以完全地付出所有。

「好啦！好啦！」我把美琦攬在懷裡，動手解開她的釦子，我們在沙發上愛撫起來。

「自從Angela她們搬過來，好久沒在客廳裡做了。」美琦半閉著唇囈語著，我用吻堵住她的話，順著她玲瓏曲線吻下來，她的身體因為興奮而顫慄起來，在情慾狂流中，美琦不斷地低語著：「我們有自己的房子，可以一輩子永遠住一起。」

永遠？我想起詹，補償似的做得更賣力，美琦呻吟起來，電話鈴聲卻在這時響了起來，我停頓了下動作，美琦把我按回懷裡：「別理它，響響就停了。」電話卻固執地響個不停，我一把抓起話筒喘著氣問：「喂？」

「美琦在不在？」是美琦的媽。

「妳媽打來的。」我把話筒遞給她，美琦一手按住話筒，深深吸氣吐氣，調勻了呼吸才敢對話筒講話。

我撿起丟了一地的衣服避到房間裡去——即使同居，我總讓美琦保留絕對隱私權——沒有隱私的生活實在太令人害怕。電話掛斷了我才出來，美琦坐著發愣，我過去輕輕替她把衣服穿上。

「我得回去相親。」

「什麼？」我聽得很清楚，卻仍是忍不住叫出來。

「我媽叫我回去相親。」美琦又說了一遍，洩了氣般仰靠在沙發上，不知是因為高潮過後，還是聽了她母親的話。

「妳跟他們說沒空啊！」

「不行！我已經推了好幾次，而且這次我要回去順我媽的意思做，她要是高興了才會給我錢買房子，我是一定要買房子的。」

於是美琦週六時整理個提袋回臺中去相親，臨行前她再次問我：「那房子妳也喜歡的對不對？」

「我可沒說。」

「反正我一定要買就對了。」

美琦出門，徐姐和林仲薇也去看電影，我答應了美琦，她不在的時候不能去T BAR鬼混，一個人在家裡窮極無聊，忽然想起好久沒回家去看看了，我上次回去天厚不在，媽乘機對著我又哭又罵，說什麼我是回來看老爸不是來看她之類的陳腔濫調的廢話，天厚在的時候她就扮演起忍氣吞聲任勞任怨的角色，我連屁股都沒坐熱就走了，媽跟上來將大門猛地踢上，我在門外聽到她：「天哪——天哪——」像狼嗥般啼哭著，幾個老鄰居從門口過，看看大門又瞄瞄我，表情分明在說：這不孝女又回來惹她老母傷心了。回家，遂成為一種難以忍受的折磨，而越久沒回去我又更不敢回去，媽那張含淚帶怨的臉真真讓我怕到了極點。

門鈴響了，我去應門，出乎意料的竟是老爸。

「爸！你怎麼來了？」我很訝異，媽向來禁止爸來這看我，甚至電話也不能打，「你是不是想跟你女兒騙錢好寄回大陸？」媽會這樣說。

「來坐坐。」爸手上握支枴杖跨進來，我嚇了一跳，什麼時候我的父親已老到要拄杖的程度？而他身上的毛衣，兩排釦子扣錯了釦眼，一邊高一邊低地，更顯得雙肘都脫了線的爛毛衣更破舊，我低頭看看身上的名牌衣飾，覺得無地自容。

爸不自在地端坐沙發上，像拘謹生疏的客人，我拚命端出美琦仲薇的花生糖蜜餞什麼的掩飾莫名所以的心慌。

「啊！不忙——不用忙。」不吃甜食的老爸一邊說一邊客套性地動手塞了塊花生糖進嘴裡，齜牙咧嘴地咀嚼下去——然後望著我，我也望著他，空氣突然凍結起來，呼吸都覺得不容易。

「妹妹啊！」爸粗嘎的嗓音打破沉默：「我要回大陸去看看——」

「媽知不知道？」爸要去哪裡我都沒意見，問題在媽，我不知道她會採取什麼激烈的行動。

「我不去不行啊！」爸從口袋裡掏出張紙質極爛的相片遞給我看，相片裡是個瘦癟的老太婆，也許這樣還不足以形容，那凹陷的雙頰雞皮鶴髮的老態簡直像個風乾的木乃伊人乾，臉上深刻著一道道皺紋連這麼爛的底片和照相技術都沒辦法遮掩，穿著一件東一塊西一塊補了好多補丁的破棉襖，坐在一張破舊的太師椅上，癟下去的嘴巴，緊緊抿著，讓人聯想到打開一定是個光禿禿的又深又暗的黑洞，兩道深深的法令紋尤其顯眼，像斧頭鑿出來的一樣，瞇成線的眼睛看不見眼球，我不禁懷疑她是不是根本瞎了，鼻子也只是兩粒小小的洞，耳朵倒長，長而大，耳墜子圓圓的，端的一副福祿壽喜的漂亮耳相，配在苦哈哈的蒼老乾瘦的臉上，像假的蠟製品般突兀，她就是老爸的母親，我的祖母，我感覺不出血脈相連的那種承傳的感應，甚至看不出她和爸和我在外形上有什麼共同的特徵，只帶著憐憫的心情聯想到垃圾堆裡拾荒的流浪老人。爸將照片仔細收在口袋再一次堅決地說：「我不回去不行啊！……」

爸念著念著忽然老淚縱橫：「……我不回去不行啊！……」這是我第一次看見爸的眼淚，也是第一個在我面前流淚的男人——一個七十多歲的老人。

強烈震撼兇猛地襲伏住我，說不出話來，只能陪著垂淚，這也是這麼多年來，我第一次在人前落淚。

老爸擤著鼻子斷斷續續地說，難懂的鄉音更模糊了：「……我母親九十多歲已經……已經差不多不行了……」爸泣不成聲仍掙扎著繼續：「……妳祖母自從不能走以來，叫妳大陸上的姊姊每天抱她到門口，說是要等我回來。她一件棉襖三十多年來補了又補，破得稀爛了還猛補就是捨不得丟，現在補得一件襖子重十多斤提都提不動。她一點錢留著，說是要給我回去的時候買雞蛋吃，我想回去哇！……我要回去哇！……」爸突然像孩子一樣號啕起來，一個隨國民黨南征北戰的老兵，一個常常自豪在墳墓死人堆裡睡的老人，一個五十年沒回過鄉的遊子，一個日薄西山的耄耋老者的願望，我的心像鉛一樣沉重，突然覺得母親的自私幾近殘忍。

我站起來，去房間翻美琦梳妝臺的抽屜，我知道她銀行有不少存款，她家境不錯，賺的錢除了食衣住行外，剩的都是自己的。存摺裡有四十多萬，我知道她的印章就藏在那件吊在衣櫥最裡面的黑色呢大衣口袋裡。

「三十萬夠不夠？」我知道老兵回鄉除了旅費外還要買三大件回去風光，另外大大小小的紅包也是免不了的。

「我沒給你們好日子過，現在還來拿妳的錢，真是不應該，前幾年本來還想做點工存點錢寄回去，但妳媽沒給她錢她就吵鬧，這一兩年來，我老了，腿也不行了，想做點零工，人家都不要用我了。」爸揩掉淚吸著鼻涕說：「天厚根本不理我這個父親，天明混不出個名堂，我只好來向妳想想辦法，我老了沒有用了，明知道不該跟妳拿錢，妳賺錢也不容易……」

「爸！」我打斷他的話，他這樣說讓我覺得汗顏，他幾十年來用勞力換的一點酬勞不都砸在我們幾張嘴上嗎？甚至連他那保存了一輩子的戰士授田證，用血汗青春換來的那張破紙，最後政府終於施捨般讓老兵換了點錢，當爸捧著那點錢像捧著他的一生般呈獻媽面前時，媽彎下嘴角不屑地哼道：「就這麼一點哪？」這麼一點兒，媽也理所當然地抽了去，連個好臉色都沒有，是的，就這麼一點兒，爸的人生就這麼一點兒了。

「我有的是錢，每個月的薪水都用不完還給媽一萬塊。」

「我就是知道妳有給家用，身上一定沒多少錢好花，所以……」

我揮揮手，要爸不要再說了，只有我自己明白那一萬塊是用來安我的心的，讓我的不回家不是那麼罪大惡極，一方面也有向媽示威的意思，讓她看看她苛刻對待的不孝女，是怎樣回饋她的。

「現在沒地方領錢，星期一晚上你來拿吧。」

老爸含著淚點頭撐著枴杖站起身，話題結束再坐下去似乎讓他很尷尬，我看著他吃力地撐起身子忍不住叫了聲：「爸！」

「什麼？」老爸吸著鼻涕用混濁的眼睛看著我。

「沒……沒什麼，外面風大，把夾克穿上吧！」說出這樣的話，費了我好大的力氣，像對一個不熟悉的人說我愛你。

老爸沒說什麼，拿出條破布一樣的髒手帕揩鼻涕，順便在抹臉的時候偷偷擦掉眼淚，一面掩飾著什麼說道：「呵——！外面真的風大，有點感冒，流鼻涕了！」

我看著爸拄著枴杖一步步地出去，破舊的夾克上是一塊塊的油污，自從我搬出家後，爸的衣服媽不替他洗，我逐漸模糊的雙眼出現了爸蹲在地上搓衣服和捆瓶子的蒼衰影像，不由自主地又叫了一聲：「爸！」

老爸遲鈍地回過身來：「什麼事啊？」

「沒什麼！你慢走啊！」

爸的背影一消失在門外，媽的影像就當頭罩下，我幾乎能想見她決堤的淚水淹過我的下巴，不孝的鼎銅將我的頭強壓沒頂，我心慌地在客廳裡踱來踱去，最後奪門而出，卻是溜到中華路買了一堆便宜的小電器，準備讓老爸帶回大陸去送禮，每花一筆錢心裡就竄出一絲絲報復的快感，長期以來我和老爸就是在媽所築的小小王國裡，被流放邊疆漠土的戍人，一個頂著不忠一個扛著不孝的罪名，罪大惡極生人迴避，因為親近者視為同罪。

媽現在要知道了，會哭得多大聲？罵得多凌厲？真的會吞下那包她準備了好多年的老鼠藥嗎？想到媽吞藥後抽搐著從嘴角冒出一團團棉絮般的白泡沫，我竟在車陣滾滾人聲沸騰的西門町上痛苦地興奮起來。

星期一，爸來拿錢辦手續，他還提了一個大旅行袋放在我這裡，以免引起媽懷疑就走不了了。我幫他結了一大筆美金，美琦還沒回來，不知道她知道了我用她的錢會作什麼感想，我忍不住上班時告訴徐姐這件事，徐姐拍拍我的肩告訴我：「是我也會這樣做，這錢用得正當，我支持妳！」

隔天美琦回來聽到我動用她的存款時，連問了三聲：「什麼？什麼？什麼？」問得我沒辦法說下去。

她轉身衝進房裡猛地拉開抽屜，拉得太猛了整個抽屜格子都離了梳妝臺，雜物琳琳瑯瑯地散了一地，她順手摔了抽屜跪在地上撿出存摺匆匆忙忙地翻著，然後像失魂落魄般一屁股軟坐下去，但是眼睛還是盯著存摺上所剩的數字，好久好久她才抬眼起來望我，可又似還沒弄清楚怎麼回事般不說話。

我看著她絕望到快死的表情，訥訥地說：「我會還妳——」

「妳用掉我買房子的錢？」美琦忽然尖聲啼叫，人也似咻的一下像被怒氣灌滿的氣球猛地從地上強力彈起到我面前盯住我說：「妳用了我買房子的錢？」

「我說了我會還……」

「妳把我買房子的錢用掉了！妳給我馬上還來！」美琦跳著腳聲嘶力竭地叫著。

「我說了要還妳就一定會還妳的，每個月還妳兩萬，不過一兩年就還清了，了不起我算利息給妳啊！」美琦的激烈反應讓我覺得不悅，惱羞成怒之餘口氣便硬了起來：「跟我媽一樣死要錢！」

美琦的臉激動得通紅起來：「妳說什麼妳？妳沒經過我的同意就用我的錢，妳知不知道不告而取就是偷？妳偷我要用來買房子的錢，妳把我整個計畫整個夢都偷掉了，妳知不知道？妳到底有沒有感覺啊？啊——！」

美琦尖叫著哭著進房，將門反鎖，我只好睡在沙發上。徐姐很不以為然，挑著眉說：「不就是一點錢嗎？吵得這樣！」她向來不是很欣賞美琦，她嫌她長得一副上不了檯面的小家子氣，嫌她的腦袋不夠聰明靈光。

不料美琦在房間聽得分明，碰的一聲就開了門，冷冷地應道：「妳管我們兩個那麼多！又不是用妳的錢，妳盡可以敲邊鼓說風涼話。」說完又碰的一聲鎖上門。

林仲薇比較偏向美琦，夾在中間做和事佬：「小丁啊！妳不對啊！那是美琦的辛苦錢啊！妳不能不知會她就用啊，還不是筆小數目呢。」

「妳知道什麼？錢不是小丁用的，是她老爸有急用，小丁老爸算得上美琦的公公吧？」

林仲薇嘟著嘴道：「妳知道！妳什麼都知道！妳們兩個哥倆好交心，我哪！什麼都不是。」

「妳說這哪門子的話？」徐姐過去攬住仲薇兩個人親親密密地又進了房間。

兩道上鎖的房門都沒動靜，我一個人在客廳遺世獨立般蒼涼，真是不明白為什麼從小到大我盡做些天怒人怨的爛事。

隔天上班，徐姐啪的一聲，在我辦公桌上丟了三捆鈔票：「三十萬，妳先拿去還美琦吧！我們兩個的帳好算，我每個月扣妳薪水一萬塊，可以吧？」

我將鈔票疊起來，鈔票敲在桌上發出踺踺厚實的聲音：「三十萬原來這樣重？」

「不是，是我的情意重。」徐姐半開玩笑地說。

我從不會說什麼感恩言謝的美話，只暗下決心更努力加班作為回報。

晚上拿回家還美琦的時候，她卻發脾氣地將幾疊鈔票扔還我：「不是錢的問題！妳不懂嗎？」

徐姐是個直性子皺著眉劈頭就罵：「不然，妳要怎樣？」

美琦對徐姐是新仇加上舊恨冷冷地說：「這是我租的房子，我愛怎樣就怎樣！」

我喝叱道：「美琦！」

「妳叫什麼？她頂撞不得的？妳以為她對妳多好？利用妳罷了！她一聲吆喝加班，妳還不沒日沒夜地趕？她隨便幾萬塊薪水找個人來，能找到像妳這樣賣命的？」

徐姐哼道：「妳租的是妳租的，錢我們也分攤一半，不過既然妳下逐客令，我們也不會賴著，找到房子我們就搬出去。」

「好吧！既然妳們要搬那我也一塊兒搬好了。」我把鈔票扔回美琦面前：「三十萬在這裡，我不欠妳什麼，徐姐找到房子的時候我也搬去一塊兒住。」

美琦氣急敗壞地吼道：「丁天使！妳敢！我就死給妳看！」

這句話真正激怒了我，我最痛恨動不動就要尋死要脅的人，因為她們通常不會真的就死，只是以此來逼我就範，真的決心求死的人通常不吭聲，走得讓人措手不及，像詹。一股厭惡之情油然而生，我睜大眼睛死盯著美琦，好似至此一刻我才看清她不是詹清清的事實。

美琦被我的眼神嚇壞了，徐姐也看出我的異常，拉住我的手臂問：「喂！妳不是要打她吧？沒這麼嚴重吧？」

過了好一會兒我才回過神來，嘆口氣道：「沒什麼！只是對她覺得失望。」

徐姐點支菸，深深吸了口才說道：「好歹妳們也好了這麼久了，在這個圈子裡能真的投緣的其實並不多，今天這個事不能全怪美琦的。」

我點點頭，美琦拿了三十萬蹭到徐姐身旁囁嚅著說：「徐姐，我並沒有意思要趕妳們走，這錢還妳，請妳一定要拿回去，其實今天天使要是不用我的錢，或許我會更生氣，她用我的，至少表示她當我是自己人，我氣的也不是錢的問題，我只是痛心，我辛苦經營的夢，一下子就叫她給弄碎了，我真的很想有一間自己的房子，那樣才像家……」

家，是的，家，我突然感動起來，吻著她的額頭：「我會很快地把這筆錢補回來的，過不久我們一定會擁有自己的家的。」

美琦在我懷裡忍不住啜泣出來：「我真的不敢想像假如妳離開我，我會怎麼樣？妳不會搬走的對不對？永遠不會對不對？」

我擁住她，避免掉點頭還是搖頭的抉擇，愛如此脆弱不堪一擊哪裡有永久的呢？美琦毫不保留的真誠，總讓我有種受寵若驚的不安，一種難以負荷的壓力，甚至一絲絲莫名其妙的尷尬，就好像白拿人家的東西般的無法心安理得，也許就如美琦講的：妳不能誠實面對自己，所以也無法誠實面對我，面對所有的人、事。

徐姐沒搬走，向公司請了長假把公事丟給我，和林仲薇飛到歐洲去了。爸也去了大陸，就在徐姐出國的第三天。媽還蒙在鼓裡，以為他出門到曾伯伯家打牌，老爸說他在床下留了封信，媽搜他房間時自然會看到，我不安地靜待著醞釀中的風暴發生，而它要席捲的目標就是我。

果然第二天媽一大早就電話追到住處：

「那狼心狗肺的死到大陸去了，妳知不知道？」

「是嗎？我不知道啊！」我決定裝死到底。

「他把家裡所有的財產都帶走了，小孩他全不要，我一個人要怎麼過日子啊？」媽痛哭起來，我無動於衷，甚至覺得厭煩，也或許是害怕。

「不會吧？媽！兩棟房子一棟是妳的名字，一棟是天厚的，其他存款爸也都沒份，他連個屁也帶不走啊！」

「妳的意思是說我說謊嗎？」媽惡狠狠地叫道：「我養妳這不孝女就是專門來忤逆我的是不是？破格×！妳聯合那死人就是想逼死我是不是……」

我越來越覺得跟媽說話沒意思，嗯嗯啊啊地應著媽一連串的自怨自嘆命苦，媽哭了半天忽然話鋒一轉聲音陡然而下：「是不是妳拿錢給他出去的？」

「我哪有錢啊？」我警戒起來：「爸又不是不回來，妳就當他是去曾伯伯家住一段時間，少礙妳一個月的眼不就得了？」

「妳怎麼知道他要去一個月？他告訴妳的是不是？」我嚇了一跳，驚覺到媽雖然不斷悲泣著，但頭腦還很清醒，一直伺機抓我話中的語病，她不是真的那麼傷心，她只是要讓我在鬆於防備時突破我的心防。

「不都是簽證那麼久的嗎？邵伯伯也回去一個月啊！」

「是嗎？我覺得妳的嫌疑最大。」媽譏刺地哼著說：「妳們父女情深啊！我哪裡比得過？妳從小就看我像妳的仇人似的。」

就算我從小就如此那也是媽促成的，親子之間也是一種互動的關愛，我也不甘示弱地應著：「我也不是錢多，沒必要縮衣節食地每個月還孝敬仇人，媽您講這句話有意思嗎？天厚吃住家裡賺的錢也比我多，也沒聽過他拿過什麼錢給妳啊！」

「妳有資格講他嗎？」媽火起來，電話裡吼得我耳膜發疼：「沒錯！他是沒給我錢用，但是他有孝心啊！妳和他比啊是天和地啦！妳以為我不知道，妳拿這些錢不是孝順我的，是拿來同情可憐我的，看我過得比乞丐還窮，拿錢回來施捨我的。」

我淡淡地說：「既然妳覺得這樣，我也不必心意讓人家踐踏，那錢我以後就不必花了，反正妳那麼有錢，也不差我這點兒。」

「如果妳忍心讓自己母親流落街頭的話，好！我倒要看看妳有多狠！」媽喀的一聲掛斷電話，我握著嘟嘟響的話筒呆愣好久，似乎我每和媽講一回話腦袋就要空白一陣子，像缺氧大腦無法運作般，回過神來我才記起放聽筒，卻煩躁得無法繼續工作，下班時間一到我就回住處去睡覺準備晚上去BAR玩個痛快，沒想到剛闔上眼電話就來了，我拿起電話不耐煩地喂了一聲。

「妳他媽的欺負人欺負到老媽頭上來，信不信我揍妳！」

天厚劈頭一陣亂罵將我的睡意趕跑，我沒好氣地應著：「你發什麼神經？我欺負老媽什麼？她不要罵我就行了我還欺負她咧！」

「妳罵她是乞丐看不起她，還掛她電話！還敢說沒有！妳找死是不是！媽氣得眼淚直掉，妳他媽的是吃了老爸的口水是不是？聯合那老頭來欺負媽！」

突然之間我對媽的反感達到了極點，她把話完全反過來說，為了爭取天厚跟她同盟，她不惜誣蔑她的女兒，究竟媽當我是親人還是仇人？我無力地覺得費唇舌解釋根本是多餘，在天厚眼中，慈母與不肖女，他該信誰？更何況我為什麼要在意他對我的觀感？天厚是什麼東西？他是媽的寶，但在別人眼裡他什麼都不是！

我冷哼著：「你要揍我就來啊！我在這兒等你呢，我倒要看看你多大本事，敢來這裡揍人，信不信我叫警察來抓你。」

天厚自然是恨得咬牙切齒地鬼叫著：「丁天使妳給我聽著，妳最好一輩子不要回家，妳一回來讓我碰到我準揍妳！妳試試看！」

「我記著了，我不會回去的，有你在一天我就不會回去的。」我搶先一步將電話掛斷，天厚暴躁的脾氣像媽，豈容人任意掛他電話，我樂不可支地在電話旁想像他氣得橫眉豎目的樣子，電話鈴又再度響起來，一定是天厚！他沒罵著我今天晚上一定睡不著，我一把抓起話筒便對著它大叫：「神經病！」然後迅速掛斷。太好了！活該！這不明是非的傢伙，電話又響了，我準備再如法炮製一次，鐵定將他氣死了，替老爸出一口鳥氣，也報當日一掌之仇，我拿起話筒就喊：「神經病！」然後將要掛斷的剎那我聽見了美琦的聲音。

「喂喂喂，天使！丁天使……」

「美琦，是妳啊？剛剛那通也是妳嗎？」

「是啊！妳在罵誰？妳跟誰吵架了嗎？」美琦關心地問。

「沒什麼！沒有啦！」

「……妳什麼都不跟我說，什麼心事都不告訴我，在妳心中我連徐姐也不如吧？是不是？」

「沒有啦！妳不要一天到晚胡思亂想的好不好？」我心情本不佳，更懶得聽美琦叨念這些，已經有個嘮嘮叨叨的老媽，不想再有一個這樣的老婆，尤其是自從我動用她的錢後，她彷彿覺得我弄了她的錢就想一腳踹開她，她看我看得更緊，雖然嘴巴不再談錢的事，但總動不動地提到她這個月買了什麼花了多少錢，她賺的薪水幾乎不夠用等等，我覺得她好煩，不知是她越來越像老媽？還是女人有了家庭便會越來越彼此相像？

「……天使如果有一天妳要離開我，一定要先告訴我，讓我先作好心理準備……」

「告訴妳沒這樣的事就沒有，妳老念這些不煩啊？」我嘴裡雖這樣說，心裡卻驚覺著女人對愛情的第六感的敏銳感應，我剛剛真的好想一腳將她踢開，就像想把老媽那一堆廢話踢出我腦海。

「沒有就好，但願是我多心。我今天加班，晚點兒回來，妳一個人乖乖在家，別出去鬼混喲！拜拜！老公！」

「拜拜！」掛上電話我換了衣服就決定去BAR瘋狂，BAR裡我剛認識一星期的一個半老女人正等著我的恩澤，她曖昧的眼光吐著挑逗的慾火，我一進化妝間麗莎就尾隨進來，雙手像蛇一樣地纏上來，我將她的上衣撩起，雪白的雙峰依舊堅挺，是個保養得宜的富太太，聽說年輕時還是個小有名氣的歌星，她的大腿跨上我的腰際，雙唇貪婪地嘶起呻吟著，我將她的裙子掀至胸部，撫摸她滑膩的小腹，上面有細細的紋路，一條條地像白白的小蛇扭曲著。

「妳生過小孩？」

「噢……」她抑起頭上半身整個後仰四十五度。

「妳的小孩呢？」

「什麼？」她直起身子摟住我的肩。

「妳的小孩呢？」

她莫名其妙地看著我，半天才說：「在家啊！」

「自己在家？」我自己也搞不清楚為什麼要問這些廢話。

「都上高中囉，還有他們爸爸。」

我將她的裙子拉下腰際：「妳該回去多陪陪孩子。」蠢話說完連自己都覺得好神經，麗莎大概也要當我是個變態了。

老女人整理好儀容，定定望著我，那仔細描繪的臉，透著閱歷過的風霜，兩道紋過的眉，毫無弧度地像兩把劍般幾乎劃入髮際裡，黑眼線裡的眼睛裡太多的無奈與落寞，美容院剛做出的髮捲還噴了幾撮金粉，微滿的兩頰潮紅正退，另一種參透世事的老女人的蒼涼美法。

「唉！」她嘆口氣：「我是該多陪陪他們啦！不管他們是不是真的需要我，關心我，看得起我。」

她走前蔻丹塗得火紅的雙手輕輕捧住我的臉頰愣愣地望著，半晌才喟嘆道：「嗳！也是個可憐的孩子！」

我愣愣聽著她細高跟鞋篤篤敲打著地板隱沒在門外滾滾聲浪中，突然彎下身子情不由己地用雙手擁住自己哀哀號哭起來，像哪裡劇痛卻說不出來。

那次以後我常常到BAR裡想找那個叫麗莎的老女人，看不到，就這樣消失了，只她留下的那句：也是個可憐的孩子。在我陷入無邊無際的孤獨無助時，一下一下地敲打著我的腦神經，也是個可憐的孩子……

我越來越害怕看見老媽，她那泛層淚帶著懷疑譴責的目光的眼珠緊緊地盯住我的臉，想從上面找出我贊助老爸回鄉的蛛絲馬跡，我被她灼灼的目光燒得受不了而轉身時，她的凌厲目光依舊一波波地掃著我的背影，像要將我開膛剖腹挖出心肝來看我到底有沒有說謊，我甚至恐懼她的聲音，有時在深夜有時在凌晨，拿起話筒就是媽那厲如裂帛般的啼泣。

「是妳把妳老爸送到大陸去的，是吧？」

「沒有啊！」

「沒有？我養的好個孝順父親的好女兒啊！」媽在啼哭中喀地掛上電話，留下我握著嘟嘟響的話筒，徹夜不能眠。

媽後來週末、例假日，甚至平常晚上，覷著我在家的日子，不聲不響地就來我的住處，一坐半天，我跟她向來少言，只得陪她在沙發上看她淚眼婆娑地切切訴著她的一生命苦，她生我的時候，連隻麻油雞也沒吃到，苦了一輩子才被狼心狗肺的人坑光了錢無依無靠，說著說著她的目光又會像劍般掃刺過來，死死地釘在我的眼神上：「是誰唆使他拋妻棄子的，妳該有數吧？」

有好多次我想站起來對她大吼：夠了沒有？甚至有個衝動想掀起一大把桌上的面紙，用力將她臉上的淚和五官一併抹去，剩一張光禿禿的臉，再沒有淚永不能哭，無法詛咒，或乾脆告訴她，就我唆使的，看妳能怎麼辦？然而我無力無膽如此，只能安靜，將所有憤怒怨恨藏於面無表情的冷漠上，將行將崩潰的不耐與厭倦發洩在BAR裡獵獲的女人身上，我回住處的次數越來越少，怕碰見老媽，也怕回去美琦那張疲憊無奈的臉告訴我：「妳媽在客廳等了妳好久，妳可不可以教她不要再這樣？」

我如何告訴她，我的家就一直是個笑話，我的母親就是那個誇張的丑角，我是那個笑不出來的觀眾，卻身不由己地跟著無聊無奈的劇情起舞，無休無止地舞，不得喘息地舞。舞到精血耗盡的剎那，我都不知道能不能停下來喘口氣閉上眼，不必再看不必再演媽編了一輩子的鬧劇。

依我的外形在T BAR裡要有斬獲並不難，尤其我是她們所謂「不揀吃」的那種，從上鉤到認識到性交的程序越來越短，何必太在意那些欲迎還拒的虛假過程？不都是壓抑太久極度渴望心靈肉體解放的空虛靈魂？形式不過是多餘的。

再次遇到麗莎已是兩個多月後的事，她叼根涼菸倚在吧臺邊，我像見到親人般湊過去。

「麗莎——」

「噢！是妳呀，是妳好久沒來了還是我好久沒來了？」

「我來過幾次都沒看到妳。」我看著她眼角的滄桑，忽然被擁抱的渴望與被親吻的安撫洶洶襲來，我做著暗號挑逗，她笑笑起身拿皮包。

「去我家吧！」

「妳——？」

「我離了婚啦！」麗莎握著方向盤自顧自地說起來：「也二十年囉，也不曉得為什麼說不能忍就不能忍了，大概想想沒多少年好逍遙啦，也不能自欺欺人地過一輩子，孩子大了也不需要我跟前跟後地看著，老頭子有點錢外面也有女人，我真該放下心來，過過我該過的日子囉——」

「妳可不可以抱抱我？」我打斷她的話，急切地說。

她回過頭來看看我，嘆口氣，了然於胸地笑著將車停在鬱暗的中山北路底的樹蔭下，將我環攬於胸，緊緊地，一手輕撫著我的背，像對待個孩子一樣。我靠著她溫暖的乳房，在她的臂彎下，突然感動得啜泣起來，啊！終於有人將我這樣緊緊環住，像對個嬰孩般對待我，那顆被冷戰刺傷遺棄的心，被至愛用盡心機挖苦揶揄的自尊，冷凍在靈魂深處，一滴滴地融化成淚水，洗禮著我的悲苦。人生為什麼這麼難？而我只是個需要愛的孩子呀！我緊抱住麗莎的身軀，一發不可收拾地嗚咽起來。

她像母親一樣吻著我的髮：「……是的……是的……我都了解，啊！可憐的孩子，有多少委屈啊……可憐的孩子，哭吧……哭吧……哭到妳高興為止，可憐的孩子……」

在她同情的愛憐與了解中我獲得庇護，那充滿母愛的擁抱與包容的笑容是能撫慰我長期親情受挫而沮喪的夢想天堂，我在麗莎天母的家賴了五天才回家，一個星期後她就要去美國找她嫁給老外的妹妹。我沒有依依不捨，走了也好，我所有的軟弱無依、孤獨無助都教她打包，帶往太平洋的另一邊——哭泣與求援於我，都是帶有無限罪惡與羞恥的事，她最後留下一句話給我：人不能就這樣自欺欺人地過一輩子。

我又是一個冷漠漠大剌剌無所謂的人晃回了住處。

門一開美琦徐姐仲薇都在。

「我昨天上班還沒看到妳呢？什麼時候回來的？歐洲好不好玩？」

徐姐叼根菸斜睨著我：「昨天晚上一進門美琦就說妳差不多一個星期沒回來了，是不是？妳在搞什麼？」

我抿起嘴巴不回話。

「妳到底混到哪裡去——」

美琦忽然尖叫起來兩手捂住耳朵：「不要問了！妳不要問了！我不想知道——」說完像逃竄般閃進房間。

徐姐一臉的疲憊：「我看妳們散了算了！哎！——大家都作鳥獸散吧！」

我向來不屑於解釋，淡淡地說：「看看該怎麼辦就怎麼辦吧！我老媽最近鬧得厲害，吵得這裡不得安寧，我是個獨行動物，只有想交配的時候才想到該找伴，其他時候只適合獨居。」

仲薇拉著徐姐進房間：「累死了！一回來就她的事情，過幾天找到房子就搬走吧！」

客廳靜悄悄地，無名的恐懼又掩了上來，四周無形的重物不斷向我壓來，一層層地覆蓋著我噗嗤嗤亂顫的心，受不了這沉重如山的負荷，我頹然被壓倒在沙發上，連頭也被壓落在雙腿間。

美琦不知什麼時候悄悄地跪在我身邊，輕輕地問：「妳為什麼越變越離譜了？是不是在躲妳媽媽？」

我無力回答，勉力抬眼起來看美琦那張痛苦憂傷的臉，那雙血絲滿布、哀愁盈眶的小眼睛，一種毫無緣由的空洞痛快與無形的虐人快感竄了出來，將我帶離恐懼的泥淖裡，我像掙脫了什麼似的猛地站了起來，一把將她從地上拖起便要動手扯她的睡衣。

美琦手一甩往後蹬了一步：「我說過了，妳不能像妳媽對妳一樣，高興用什麼方式就用什麼方式來對我。」

我定定地看著那張憤怒哀傷欲絕的像母親的臉，突然好想逃開，可是我又怕我一走她的淚會揪著我的心，無時無刻地緊緊尾隨住我。

靜默在兩人之間流淌，好似在挑釁著彼此的情緒，美琦的淚終於汩汩湧出，我像躲洪水猛獸般咻地竄出了門，好似她的淚藏著致死的病毒。

美琦的聲音在我身後尖拔響著：「妳去吧！去吧！但是妳找不到愛妳的人，因為妳沒有資格愛什麼人，妳連自己都不愛……」

在我幾天沒回住處的同時，老媽的造訪和電話也停了一個星期，然後突然地出現在公司，她一大打十幾通電話到公司，總機小姐期期艾艾地摸到我位子上來小心翼翼地問我：「妳媽是不是有什麼事啊？」

我望著她天真好奇的臉龐，鼓足勇氣靦腆地拜託她：「她再打來，就說我不在好不好？」

她點點頭，隔天她又按了內線給我，語氣頗為不耐：「丁小姐，妳媽，我說了妳不在，她不信，她說她從昨天打到今天都不在，是不是在騙她，她一定要妳接電話啦。」

我盯著閃了又閃的那線電話，半晌才下定決心伸手去接時，紅燈變成了綠燈，徐姐接了去。

「不在！」她乾脆地答著，然後順手喀啦一聲掛上電話。

我望著話機忍不住恨起來，恨電話恨徐姐恨所有眼前的一切，我起身到化妝間洗手，不斷地洗，足足洗了二十分鐘，巴不得洗脫層皮，換張外皮變成另一個人自在地活著。回到座位上每個人都用奇怪的眼神望著我，有的還竊竊私語著什麼，總機小姐踅過來站我身邊說：「妳媽在電話裡哭……她說隨便接給什麼人都可以，我就按到陳輝的分機上，好像剛剛她跟很多人都講過電話……」她望望我，突然帶著怒意質問起來：「妳怎麼可以這樣對待妳媽媽？怎麼可以這樣欺負自己的母親？」

我無法回答什麼，也不去問她聽了什麼，我只是神色冷然，徐姐坐在我身後幽幽長長地嘆了口氣，既含著憐憫又帶著無奈，那次以後我媽的電話統統轉給徐姐接。

於是，徐姐每次一拿起話筒我遂變得提心吊膽，甚至無法回頭去看她講電話的表情是喜是怒？是安慰還是不耐？終於一個星期後，我聽見她咔地摔上電話，然後怒氣沖沖地衝到總機面前指著她的鼻子罵道：「妳再把她的電話接給辦公室的任何一個人，妳就不用再坐在這裡上班了！」

我不能問也不敢問，媽是罵了徐姐還是怎麼了，徐姐也不說，電話不再接進來，我的心卻更惴惴不安，辦公室同仁看我的眼神也益發不友善，原本見了面就對我甜甜地笑的總機，現在碰了面頭一甩，既鄙夷又嫌惡，一次我從她身旁走過，彷彿聽到她低低地罵道：「人妖！不孝女！」

人妖，不孝女。

我再度沉迷於T BAR的情慾世界，沒有感情的包袱，可以放得更開，得到更多的自由，和不同的人在不同的地方，引起我極度的興奮，藉這種激烈的感受，讓我忘記那種羞恥骯髒的感覺。

美琦不再管我了，她漸漸明白我追求的是激情，激情只是短暫的愛情，我害怕長久的愛情，真愛久了會昇華成一種類似親情的維繫，愛情遂成了責任，成了束縛，我總在激情過後逃之夭夭。她越看透我，越能包容我的放縱，像個溺愛孩子的母親。我還是一樣鬼混，卻也終於深深明白，也許這輩子大概都離不開她，這種感覺一方面令人恐懼，一方面又讓我覺得踏實，有個人信賴真好。

美琦真的像個母親，不同老媽的是，她從不遺棄我。

12

老爸終於回臺灣。他先回家，但老媽不准他進門，他提了大包小包又往我這兒來。這幾年，我似乎每見爸一次，就發覺他比上一次我看到他更老，臉上的皺紋深得像龜裂一般，他的老母親盼到了去鄉五十年的遊子，大概此生已無憾了吧?!一個星期後就去了，老爸給她選了上好棺木修完墳才回來，所以拖得這麼久。

我這兒也沒地方住，在外面租房子嘛，誰願意把房子租給一個七十幾歲的病老頭？我考慮了好久，還是勸爸回家去，那兒好歹是他住了幾十年的家，買房子的錢還是老爸做苦工掙來的。

「我是想回去啊！妳媽媽鎖了門不讓我進去啊！」爸委屈地說。

「那我陪你回去試試看吧！」我皺著眉想到碰見天厚時他會不會揍我。

「我也陪你們去吧！」徐姐自告奮勇：「有個客人在的話，妳媽媽應該不會做得太難看吧？」

我點點頭三個人搭徐姐的車回去，不過我心裡並沒有把握，心裡盤算著爸如果住外面的話大概要增加我多少開銷，欠美琦的錢也許要再延一延了。

媽和天厚都在，天厚臭著張臉不吭聲。

媽看見我們，話還沒說先靜靜地淌著兩行淚，徐姐愣了一下，她還以為媽看見我們會破口大罵呢。

天厚安慰著媽：「這種人妳還理他？讓他死出去就算了，白白糟蹋自己的眼淚。」

媽抹了淚，像壓抑了無限痛苦般咬著牙，靜靜地冷哼著：「怎麼找人來當靠山啊？哎！我的命不能和他比喲，誰給我母子倆靠啊？他在大陸上有女也有孫，買田又建屋的，享盡天倫之樂，怎麼這會兒錢被騙光了，就裝死裝活地回來？演技他是一流，我被他欺負了一輩子，有苦沒處說，你們來的聲勢，倒像來替他討公道的？」

徐姐笑道：「丁伯母哪兒的話，我跟天使是好朋友，她邀我來家裡坐坐我就來了，至於你們幾十年的夫妻孩子都這麼大了，您大人大量就再給他一次機會吧！」

「我給他機會，那誰給我啊？我現在五十了，他現在嫌我老了，要去大陸娶他二十歲的外孫女，我當然要成全他了，他們祖孫通姦，左鄰右舍誰不知道？就算他在這兒住得下去，人家看見他也要在臉上吐痰！」

媽忽然講出這種不通情理的話，把大家都震得呆了，只有天厚一臉的不屑，把老媽的話通盤吸收。

「媽！講話要有真憑實據，這種話怎麼能亂講？妳不覺得可恥難聽嗎？」媽聲色俱厲熱淚泉湧地罵道：「他敢做我為什麼不敢講？他不是跟孫女有姦情，為什麼三番兩次寄錢給她讀書，妳看那不要臉的女人哪，在信中說她多思念爺爺啊！這不是姦情是什麼？」

厲害如徐姐者也從未見識過如此惡毒無理的誣陷，張口結舌地不知該應對些什麼，我則太習慣媽的作為，只要她想誰下地獄，她就能編得出他該下地獄的理由。

爸生氣地叫著：「我不是禽獸，我怎麼會做這樣的事情？我是人！我不是畜牲！」

「哼！你不要臉！老廢物，你整天撥弄這些小孩，是不是想逼死我？我——」媽嗚咽著泣不成聲：「你是要逼死我啊？你不要我了，又故意帶人來是不是要來打我啊——嗚……我怎麼辦啊我的命好苦啊！」

天厚呼地一下猛起來揮舞著拳頭大吼道：「你們！統統給我滾出去！」

我和徐姐和提著大包小包的爸落荒而逃，倒好像做錯事的是我們。上了車我嘆口氣對老爸說：「媽既然這樣不如離婚算了！」

「我不離！」爸這次挨的罵太令他不平，他固執地說：「我不離婚！要離的話，那房子和存款有一半是我的，我一輩子的辛苦錢都給妳媽拿去了，我退伍後做了三十多年的苦工啊！現在落得連住的房子都沒有！我不離！不離婚！」

我不知該說些什麼，徐姐安靜地開著車，這樣棘手的問題，誰也沒辦法開口。

「你暫時住我們那兒吧！我找了適當的房子再讓你搬出去，生活費我會替你想辦法的。」

老爸這次是吃了秤砣鐵了心，他用手拍著座椅叫著：「我不拖累妳！我不拖累自己的小孩！我還能動！我不拿妳的錢！」

「中國人說養兒防老，生養小孩，還不就是為老了有個依靠嗎？丁伯伯跟自己女兒還客套什麼？」

「不是，我不花小孩的錢，我不拖累他們。」爸頑固地堅持。

我們都不太會哄人，連閒話家常也不知道該說些什麼，一路上只能癱瘓在沉默裡。

美琦看見爸帶著一堆行李進門當然想到了結果，她沒說什麼，但我知道她不高興，進了房門不出來招呼，兩個房間和四個女人一個老男人，怎麼分配都不平均。

徐姐想了想說：「這樣吧！天使和我睡沙發，仲薇去睡美琦房間，伯父睡我們房間吧！」我感激地看著徐姐：「大恩不必言謝！我記著妳這筆就對了！」

老爸卻堅持著：「我睡沙發！我睡沙發！妳們睡房間！」爸一邊說一邊將行李占住沙發，怕我們來跟他爭位子似的：「我墳堆裡都睡過，睡沙發我很習慣，舒服的咧！」大概是真的舒服還是舟車勞頓對個七十的老人來說太累，爸沒多久就打起鼾來。

林仲薇回來的時候嚇了一跳：「這誰啊在這兒睡？」

「天使的爸爸！」徐姐疲憊地說。

「怎麼不讓他到房間去睡？」

「哪有多的房間！」美琪從房間出來嘟著嘴說：「他不是要住一天兩天，搞不好要長住的，妳說他要住哪個房間？」

我厭煩地說：「我找到房子就和老頭搬出去，省得整天聽妳廢話！」

美琪氣得淚汪汪：「妳就是這樣！從來沒替我想過什麼，妳爸長久住這兒妳不怕他看穿我們的關係？而且又不是有多餘的房間，是妳自己當初說搬出來不要再管家裡的爛帳的，現在卻把我也拖下水，妳到底想過我的處境沒有？」

我寒著臉疲憊地說：「即使我老爸睡著了，我們也不要在他面前討論這件事好嗎？」

我們各自進房間，徐姐靠過來對我說：「是我們該搬走的時候了！」她指的是她和林仲薇。

「再說吧！」進了房間我不想理美琪，我承認她對我很好，但沒有愛屋及烏的胸懷，美琪穿上性感的睡衣來撩撥我，我背對她躺著，除了生氣她外也是身心俱疲。

隔天上班，總機在辦公室的中央，嗓門不是很高卻可以讓辦公室大半人聽得清楚地對我和徐姐說：「丁小姐的媽媽要我轉告妳們，她說丁小姐破壞自己母親的婚姻，徐經理是幫兇，她要告妳們。」

「媽的！她神經病！」徐姐桌子一拍，連三字經都出了口。

晚上回家的時候爸說他找到住的地方，他的一個獨身老朋友要爸和他一塊兒住。

「這樣也好，兩個人有個照應。」

爸從口袋裡掏出一張照片送我，我伸手接過來看了看不是那個老祖母，是個看起來歷盡風霜長年操勞的歐巴桑，從她嚴肅緊張卻又略略彎著嘴角表示出一張笑臉的僵硬表情看來，這大概是她這輩子第一張像。

「這是妳大姊。」爸說，用躲在鬆弛眼皮下的混濁眼珠望著我，尋找支持的答案。

我望著飄洋過海來的照片裡的人，滄桑地似乎也隨著她的照片長途跋涉過，感覺比媽還老得多，她身上流著跟我相同的血液，但我覺得既陌生又唐突，甚至看不出來她有一丁點兒和我相像的地方。

我簡單地「唔！」了一聲表示知道。

「這是妳的姊姊。」爸再一次強調：「這就是妳大陸上的姊姊。」

我再一次仔細端詳照片，還是覺得陌生，甚至她也不像老爸，而媽為這個陌生而不具威脅性的女人吵了二十幾年，我忽然有股將照片撕掉的衝動，但我只是安靜地將它還給老爸。

「妳要叫她姊姊。」老爸什麼事都能妥協，唯獨此事他特別頑固。

「我知道啊！爸！哪一天如果我們碰面了我就會叫她，但現在它只是張相片啊！」

老爸沉默地點點頭，我望著他吃力提著大件小件的行李，堅持拒絕我幫他提行李送他去朋友家。

「我不拖累你們任何一個小孩！」爸說。

我無言以對，只覺得想逃開，逃開爸也逃離媽，多希望這一切都與我無關。爸走了，美琦雖不語卻看出她難抑的興奮之情，我驀地覺得她真令人討厭，可離開她卻又覺得好難。

她問了我好幾次：「妳爸要住哪裡啊？」我都不回半句，只老爸前腳走，我後腳就跟著出去到BAR去買醉，待在家裡而不接電話，有種說不出的罪惡感，在外面則可以耳不聽為淨，越久沒接媽的電話就越不敢接，我的心就越難安。

沒多久，媽倒使出一招出人意外的撒手鐧，她寫了一封信，內容痛陳老爸的無恥，與自己的孫女通姦，帶走家裡一切財產，現雙宿雙飛避不見面，棄糟糠之妻於不顧，她現在生不如死狼狽不堪，然後媽影印了數十份凡是爸的朋友人手一封，還按著老爸同鄉會的聯絡簿地址寄了一大堆，我也收到一封，連遠在屏東當兵的天明也有份，他打長途電話問我：「媽在幹嘛？我們還要不要見人啊？」

徐姐也問我：「妳媽這樣做，到底是想把妳爸趕得走投無路還是逼他回家啊？」

我疲憊地說：「我不知道，我只知道這就是背叛她的下場。」說完不曉得怎麼搞的，媽二十年前無意間罵出來的話：在床上也沒用，咻地穿過我腦際，是不是老爸因為床上沒用，所以對媽來說這是另一種遺棄？一種在她那一代來說是難以啓口的冷落？其實搬出來這幾年我越來越認為其實我是了解老媽的，而她也從小的時候就把我當個大人看待，認為我是最該體恤她最與她貼心的才對，但是，她失望透了，我是個最怕靠近她的人。

我想，我真的是最了解媽的，只是一直裝作不知道，因為可以不必碰觸她的痛苦無奈。

美琦皺著眉嫌惡地說：「妳媽簡直是個怪物，比呂后還狠。」

我聽了沒說什麼也沒有不高興，卻還是忍不住下班後賴在BAR裡流連，尋找刺激，麻痺神經。我和美琦共睡一張床卻好久不碰她，太熟悉她的身體，越來越令我害怕，因為我明白在我熟悉她的同時她也熟悉著我的，將人看透是一種極恐怖的壓力，唯有我不熟悉的身體不同的歡求方式才能激起我的熱情，發掘我的潛能，面對熟悉的人，好像所有性格、家庭都赤裸裸地呈現在面前，讓我自卑地無所遁逃，我終於了解自己即使搬到天涯海角，都沒辦法避開家庭的陰影，因為它是我記憶與生命的一部分，它流在我的血液裡，扎根在我的心裡，我想利用感官的快感將它覆蓋起來，欺騙自己我不在意，但這是更大的謊言。

美琦認為我對她漸漸失去了興趣，但從沒要我走的意思，甚至要我別再還她錢了——我把每個月原本給媽的一萬塊挪過來還她。

自己人沒必要算這麼清楚，我倒也老實不客氣地不再還錢。仲薇說：「這種人如果負她的話就該死！」

徐姐私底下卻勸我：「別為一點錢出賣了妳自己。」她始終看不出來我對美琦有什麼終老一生的意思。

我沒說話，其實我很依賴美琦，但要說什麼此心不渝天長地久，又覺得難堪遙遠。

徐姐又說：「不只美琦，麗莎那個老女人也不適合妳，依妳的條件盡可以找些年輕貌美的，美琦不是我說不漂亮年輕的就不行，但是妳們老這樣吵實在不好。」

麗莎又回了臺灣，我經常去找她，美琦知道了這件事，說也奇怪地，原本她早不過問我的風流帳的，卻唯獨對麗莎具一種特別的妒意，最近吵得不可開交。

「我知道。」

「妳知道個屁！」徐姐白我一眼：「等下下班妳還不巴巴地爬去找她？我告訴妳，妳今天給我留下來加班，把台新那個案子給我弄完再走。」

晚上我一個人在公司弄企劃案弄到九點半，電話鈴聲如魑魅的笑聲在靜謐的辦公廳炸了開來，一聲聲地像招魂般懾人心神，我遲疑著不敢伸手去接，世上所有的聲音似乎都消逝，只鈴聲一下下敲著耳膜，那樣龐巨那樣驚人，嘟嘟地直敲進我的心臟，當它終於停止，我也似大戰一場累得近乎虛脫，四周又沉默起來，答答的聲音落在玻璃墊上，我低頭看，原來是淚一滴滴落下，我再一次被擊倒，長久以來從沒一次，像這次那樣深深地感受到自己是如此悲哀，如此怯懦，如此卑微。

我抹著淚，甚至來不及收散了滿桌的企劃書，便倉皇逃出辦公室，急急地閃入BAR裡，在人群中焦灼地尋著麗莎，像個飢餓的嬰兒渴求著母親豐滿乳房的乳汁……

回到住處，鐘敲了一下，一點，我爬上床，趴在美琦身邊。

「妳今天又去找那個過氣的老歌女？」美琦背著對我冷冷地問。

「……」

「妳真的喜歡她，不如我成全妳們吧？」

「……」

「妳對我有沒有覺得一絲絲的愧疚不安？」

「……」

美琦轉過臉來，兩行的淚簌簌而落。

我閉上眼不想看，做愛後的倦怠讓我迅速進入夢鄉，我睡得不太安穩，夢裡都是美琦的淚一波波將我淹沒，我卻沒有驚惶的意思，那淚啊！像鹹海浮力極大，舒服得像水床，夢裡有徐姐，她拿著桶子拚命汲起淚要倒回美琦的眼裡，但美琦的眼在哪兒？她找不到，皺著眉告訴我：「淚一直這樣流會死的。」

我驚慌起來，也找來一個鐵桶想將淚水倒回去，但是流出的淚水還能再放回眼裡嗎？一個人怎流得出那麼多的淚？我一桶一桶地舀起淚來不知該倒向哪兒便又頹然放下，徐姐在一旁喊著：快呀！快呀！動作快呀！

我越急越是快不了，鐵桶撞擊不斷哐噹哐噹地響著，哐噹哐噹哐噹……一聲比一聲更響亮。

我從夢中驚醒，耳中鐵擊的聲音依舊不斷，我一度以為尚在夢中，但美琦也醒了。

「誰在敲我們的鐵門啊？是不是小偷？」美琦看看鐘才清晨五點天還是黑的：「好大膽的小偷啊！要不要報警？」

「妳別出來，我去看看。」我順手抄了支我平常練臂力的彈簧棒出去。

「Angel！」美琦叫我，我回頭看看她，美琦滿臉的關懷：「妳小心啊！」

我點點頭忽然覺得安心。

徐姐也正好從房間出來：「誰啊？怎麼不按門鈴？」我聳聳肩，徐姐看見我帶了武器也到廚房拿了把菜刀，兩張臉貼著門聽聽看外面的動靜。

「丁天使！妳給我滾出來！」我們兩個都愣住了，竟是我老媽。

我打開門：「媽！有什麼事進來再說。」原來外面還下著雨，媽故意不按門鈴，用雨傘將雕花鐵門敲得鏗鏗鏘鏘。

媽不進來站在門外，雙手扠腰大吼著：「丁天使妳叫我的丈夫出來！妳把我的丈夫藏到哪兒去了？」

對門和側門的鄰居將裡門開了個縫，隔著鐵欄我清楚地看見幾隻好奇的眼睛張望，我明白了媽的心態，她要玩以前開雜貨店的老把戲，她要別人看，越多人越好，她要借助輿論的力量來使我屈服，我最痛恨這一點，尤其在她寫那些惡毒的信後。

「丁太太，有什麼事進來再說，在門口大吵大鬧不好看。」徐姐動手去拉媽。

老媽一把揮開她的手：「她沒把我當母親看，我有什麼資格進她的門，不必了，我只要問她，憑什麼把我的先生帶走，不給我見面？我身分證給妳看！」媽從皮包裡掏出身分證，「妳看我配偶欄上的先生還是丁隆生，妳們為什麼把他帶走不讓我見面？」

「丁伯母，丁伯伯是個大人，他要去哪兒不是我們能左右的，妳說是不是？」

媽冷哼著：「他那個老不死的，看見妳們這幾個年輕的大美女，還不妳們叫他往東他就往東，叫他往西他就往西！」

媽講這句話不但侮辱爸，也把我們說得不堪，徐姐瞠目結舌地不知如何以對，她還沒見識過真正的潑婦是什麼樣子。

我沉默著還是無所謂的表情，徐姐推了我一把要我講話，我倔強地抿著嘴，仲薇也起來了，她輕輕地把媽推進來：「裡面談吧？外面涼呢。」

媽人是進來了，卻不讓我們關大門：「我光明磊落不怕人聽！妳把丁隆生給我叫出來，我有話問他！」

「爸沒住這兒！」我冷冷地說。

「那他住哪裡？」媽邊說邊客廳房間到處尋視。

「我不知道！」

媽氣得尖叫：「妳不知道！妳敢對天發誓？妳敢睜著眼說瞎話，人明明是妳帶走，妳這死沒人抬的破××啊！妳這該死的不肖女啊——」媽哀號起來，說哭就哭比演歌仔戲的苦旦還要收放自如。

我突然覺得無比地憤怒，童年的不快記憶將我沒頂，我脫口而出：「就算知道也不告訴妳！」

媽咕咚一聲跪了下來頭點著地吧嗁道：「求求妳啊——看在我可憐的份上啊，告訴我他在哪裡啊？我跪著給妳磕頭吧——嗚……」

連續劇裡誇張煽情的情節赫然在我們面前上演，大家足足愣了好幾秒鐘才想起拉媽起來。

「丁伯母！快起來啊！妳這樣是折丁天使的壽啊！」

媽高喊著：「我不！我不！」還是被高頭大馬的徐姐和健美的林姐一左一右扛了起來。

媽隨即掙脫，篤一聲又跪了下去，我也無奈地跟著跪在她面前：「媽！妳先回去，我會叫爸回去的，妳先回去！」

「我不！除非妳現在就帶我去找他。」媽堅持著。

「那我辦不到！」我靈機一閃突然想到了天厚：「妳在這吵個夠吧！我去打電話告訴天厚說妳在這兒，叫他來接妳回去。」

媽果然怕了，她不能讓她的寶貝兒子看見她歇斯底里的那面，媽站起來咬牙切齒地說：「好！丁天使算妳狠！今天既然妳拒絕我的哀求，破壞我的家庭，好！那我就當沒妳這個女兒，妳這兒我從此不會再踏進一步，我沒有這種狼心狗肺的女兒，我們斷絕母女關係！」媽說完出去將鐵門大力碰的一聲摔上。

客廳裡靜悄悄的了，六隻眼睛都盯著我看，靜默裡有種無奈的難堪，每個人拚命想著什麼話題來打破這樣的僵局。

仲薇嘆口氣道：「妳媽這麼一鬧也好，左鄰右舍以為我們是破壞人家家庭的狐狸精，或是人家的小老婆，不會懷疑我們是同性戀，至少姨太太是他們可以接受的一種人，同性戀就不一樣了，是見不得人的怪物。」

徐姐揉著睡眠不足的雙眼：「實在不懂妳媽在鬧什麼？人上次不是帶回去了，她把人家轟出來，現在又——嗳！」

美琦說：「叫妳爸爸回去住吧！」

「是啊！」一夥人都望著我問道：「妳剛才為什麼不乾脆把妳老爸的去向告訴她？」

我真的不知道，心虛地覺得好像我一點都不想讓事情能有一點轉機，雖然不甘願，還是拿起話筒撥電話給老爸，勸老爸回家去住一陣子看看情形如何，爸答應了，媽的信他也略有所聞，爸當天上午就大包小包地拎回家了，只不過我的噩運還是沒結束，媽照樣公司家裡的電話打個沒完，內容千篇一律，說我破壞她的家庭讓她淒慘落魄家破人亡。

我不耐煩地說：「爸不是回來了嗎？」

老媽吼道：「誰要他回來？他的心都在大陸，我要一個沒靈魂的屍體做什麼？」

我投降了！媽沒什麼特別目的，她單只是為了吵鬧而吵，而不是要吵出個什麼結果。

美琦問我：「妳媽上次不是說斷絕母女關係嗎？怎麼還是來吵個沒完？」

我告訴美琦：「我媽不會放棄任何一樣她認為屬於她的東西，而屬於她的東西她可以任意擺布隨意凌虐，她認為她有這樣的權利，像我爸和我們家三個小孩她就認定是永遠屬於她的，但人怎麼可能完全屬於一個人？除非她放棄占有否則她終歸要失去的。」

爸搬回去不到三個月，來找我好幾次，他說他忍受不了了：「妳母親呀！天天叫些三姑六婆的人把我圍住，告訴她們說我跟自己的孫女通姦，把家裡所有的錢都花在那二十歲的小姑娘身上，每天啊只要醒著都在吵啊！說我專門跟自己的女兒騙錢，我關起門來不理她，不行，她拿著鐵鎚要敲門，理她啊更不行，她動不動就拿把刀，說她若殺死我是正當防衛，今天她是欺負到我頭上，要碰到別人，哪一個都會動手打她。」

我除了叫老爸別理她外，也沒別的辦法。

「那天厚呢？」

「他被公司派到南部成立一家分公司，要好久才能回來。」

「那……看看他回來後，媽會不會就不鬧得那麼厲害。」

「他不知道什麼時候才能回來呢。」

徐姐倒是聽了眉頭都皺起來：「天使啊！我看妳媽要看心理醫生喲！」

仲薇說：「永遠解不開的死結，就剪掉算了。」

「剪掉？我巴不得有把衝鋒槍，掃死一家人再自裁，弄個轟動臺灣的滅門慘案。」

幾個女人都睜大眼瞧著我看，我才赫然驚覺我剛才說了什麼話。

爸每次報告媽的狀況都是每況愈下，她除了要老爸每半年領的一點微薄終身俸外，還將老爸一點值錢的東西都沒收，像只爛手錶，一套西裝，爸身上甚至沒超過二十元的零用錢，我每次給老爸的一點零用，不管藏在哪兒都會被老媽搜出來，媽不但罵老爸不知羞恥，天天跟女兒騙錢，寄到大陸給小情婦用，連我也沒好日子過，媽問我：「妳是不是要妳爸找個年紀比妳小的賤女人當媽媽？我又老又醜不配當妳母親妳可以直說啊！我可以走啊！」

我對媽的耐性一點一點地流失終至無言以對，沉默是一種最具殺傷力的語言，它在根本上就拒絕了妥協與任何可能的溝通，讓人無從下手解決問題，媽最後無計可施，便也開始以沉默對付我，她日日夜夜地打電話，電話接起來，她一聲不響地就掛斷，接電話遂成我們的噩夢，美琦、徐姐和仲薇雖然體諒地沒多說什麼，但我明白這樣下去大家遲早都會崩潰。

我們換了電話號碼，下定決心叫爸搬出來。爸搬走那天，媽沒留他，還放了一串鞭炮慶賀，可是媽當天下午就摸到公司找我，劈頭就陰惻惻地問我：「妳爸又搬走了，把所有東西都帶走了，妳知不知道他搬去哪裡？」

「……」我不回答，只想著幫老爸買些新家具時，心裡那種莫名所以的痛快。

「妳敢說妳不知道？不是妳給他撐腰，他有地方跑？」

「媽——這裡是公司，妳不要在這裡談家務事好不好？」我環顧一下四周，同事都低頭忙著工作，但我知道他們都側著耳朵傾聽，兒時的露天銀幕已從老家移師至公司。

「妳要沒做錯事，就不會怕人家聽，妳敢做還怕別人聽？隨便一個路人聽到我的遭遇都會同情我的，就我自己的女兒連話都不對我講。」眼看媽就要在公司裡落淚，徐姐當機立斷地將我支開。

「小丁，妳把這資料送到宏展去，是急件！馬上去吧！」

「媽，我公司忙得要命，妳先回去，我晚上再跟妳聯絡，晚上，一定。」

我抓起文件就溜出公司，其實沒有什麼文件要送，我一個人在南京東路像喪家之犬慌亂地亂闖，從二段走到五段，太陽白花花地當頭罩落，眼睛都被灼花了，汗水濕透白絲衫，成了肉色薄薄黏黏地貼在胸前，滿鼻滿口吸進的都是汽機車排出來的廢氣，熱風捲著塵煙撲在臉上，連呼吸都不太順暢起來，但是我卻沒辦法停步，媽那夾腳式的皮拖鞋好像躂躂地在我身後直響，那嗚咽的啼泣聲和切切的控訴，一直緊緊抓著我的心臟不放。

晚上七點，我灰頭土臉地進公司時，公司的人已走得差不多，徐姐揉著太陽穴告訴我：「妳媽直坐到六點才走。」徐姐點了支菸，皺著眉道：「這樣下去不行啊！妳得想個辦法才行。」

「我知道。」我說。

那晚我也沒和媽聯絡，我不願再打這種毫無意義的電話了，我倒打了通電話給老爸——開始使出渾身解數遊說老爸去大陸定居。

老爸很猶豫：「我的家在這裡啊！」

「媽不會讓你回家住的，所有小孩她也不准跟你往來，你不是說大陸上那個女兒很孝順嗎？回去大陸好啦！」

「那個是妳姊姊。」爸糾正我。

「那個唐伯伯不也回去了嗎？還在那蓋了房子，一、兩千塊臺幣就可以請個傭人伺候得舒舒服服的，我看爸還是回大陸去好了。」

爸沉吟半天還是沒什麼回大陸定居的意思，這事急不得也不是三言兩語能解決的事，我掛上電話，決定慢慢把老爸哄到點頭為止。

美琦懷疑地看著我：「妳在幹嘛？氣死妳老媽啊？」

我閉上眼，覺得好累好累，向媽的權威挑戰，需要極大的勇氣與氣力，恐懼與憤恨已逼得我不得不宣戰——母與女的戰爭，睡前我扯掉電話線，整個晚上竟因興奮而輾轉難眠，沒錯，是興奮，夾雜著極度悚慄的興奮，讓我整個人像血液沸騰般激昂起來。

隔天一大早一接上電話線，鈴馬上響起，媽的聲音一句一字清清楚楚地從牙縫迸出：「妳不是說要打電話給我嗎？妳又騙了我一次，很好！我倒要看看妳有多狠！我倒要看看妳這有父無母的惡鬼能有多少好日子過！我——」

我沉默地聽了半晌，眼睜睜地看著我的手喀啦一聲掛上話筒，正式當面地向母親的權威挑戰。那順手一掛，直似力舉千斤，累得我全身慌軟軟地幾乎癱了。

事情當然不會就這樣結束，不過天明退伍和接下來天厚的訂婚結婚，讓媽著實忙了好幾天，無暇打電話來騷擾。天厚的婚禮爸和我都沒參加，帖子沒寄來，天厚說他的婚禮不歡迎我們，我無所謂，只是不知道生他養他的老爸作何感想。

我又有了鼓吹爸回鄉的理由：「兒子結婚，老爸都不能參加，你回鄉去享福吧！留在臺灣還有什麼意思！」

爸似乎有點動心，卻還咕咕噥噥地念著：「我在臺灣四十多年了，這裡是家啊！」

家，我想起那些在垃圾堆裡揀破爛邋邋遢遢的老芋頭，那些躺在榮民醫院裡哼哼哈哈無親無故的老病人，榮民，他們不過是融不入另一個社會的賤民罷了，臺灣真的是他們的家嗎？

婚後的天厚和媽住一起，美琦若有所悟地說：「噢！我明白了！妳媽是要把妳老爸趕出來，家裡多間新房給妳哥住，她又怕人家說她心狠手辣，故意人趕出去還四處哭訴，找天使麻煩，裝出一副受害者的姿態。」仲薇點頭道：「可能哦！」

徐姐道：「要果真是這樣，那她也費了好大的氣力來布局，她上次天不亮就來這吵了，事情真的這樣？那她明說就好了，搞得大家雞飛狗跳的。」

事情絕不是這麼簡單，「我媽不會放棄爸或我或家裡任何一個人，她要的是我們都留在她身邊來拱著她，依照她高興的方式對待我們，她不斷灌輸我們全都對不起她的觀念，讓我們愧疚得忠心不二地留在她身邊，當我們做不到這點時，她就覺得我們害了她，害她失去許多她原本該擁有的幸福。」我說著說著又恨了起來，那些黯淡空洞的童年，那些我長年背負的不孝重罪，「其實沒有任何人害她，是她的個性害了她自己，一個沒辦法放過別人的人，就沒辦法放過自己。」

我狠狠地熄掉菸，麗莎的話又在耳邊響著：我不能就這樣自欺欺人地過一輩子啊！是的，我要把我對媽的恨發洩出來，不然我會被自己的憤恨燃成灰燼。

13

很奇怪地，當我開始遊說老爸回鄉定居時，麗莎的擁抱似乎失去了她的吸引力，BAR裡的女人漸漸淡出了我的生活。

老媽依舊吵鬧，天明退伍後無所事事，家裡待不了多久就搬出來，他開口跟媽要創業費一百萬。

老媽叫道：「一百萬？一百萬！你給我一把槍讓我去搶銀行，看能不能搶到一百萬來給你。」

天明回家去住本來就是看能否從那兒弄點錢來做點事，媽斷然拒絕他當然家裡就不待了，他來找我，我也沒錢，天明嘆口氣道：「媽不是說她存錢都是為了我們的將來嗎？將來到了啊，她還是一毛錢都不拿出來啊！」

「你不了解媽嗎？還找她要錢？她會給才怪，看看天厚能不能從她那兒挖點出來。」

「有啊！天厚跟媽要錢買房子，大嫂說要買房子搬出去。」

「媽肯？」

「媽當然不願意，她氣她媳婦氣得要死，但她表面不說，她怕天厚生氣，她專在背後說，我聽得耳朵都生繭了，媽有沒有跟妳說？」

「有啊！媽說天厚娶那女人不會有好下場，把她說得一文不值，我跟媽說他們年輕人喜歡就好，叫她別管那麼多，媽氣死了，她說我從來沒贊成過她說的每一句話。」我笑起來，這個婚姻的結局我早就知曉。

「老媽也左鄰右舍講妳和老頭的壞話。」

「哼哼！我可以想見。」

「老爸在哪？」

「不知道，你要幹嘛？」我怕天明成為媽的密探來探我口風，我絕不會讓爸和老媽再見面的，我要讓媽後悔，一個人必得為她做的錯事付出代價，不能因為身分是母親就能倖免。

「沒幹嘛，隨口問問不行啊？妳真的不知道？」

「從沒聯絡過，連電話也不知道。」

我和天明在一起除了講媽的事以外，沒有共同話題，只能彼此互相抱怨吐苦水，臨走的時候他搜刮了我身上僅剩的一萬塊。

美琦噘著嘴不屑地說：「妳家人每次來，沒有一件好事。」

我回譏道：「妳家人找妳就有好事？還不是也只會叫妳回去相親。」

美琪氣紅了臉尖叫：「不然妳跟我回去跟我媽把話說清楚啊！看能不能不用再回去相親了。」她說完氣話，彷彿一肚子的氣洩光了，頹喪無力地說：「我都三十好幾了，家裡最近真的逼得好緊，一直叫我嫁人，隨便什麼人都好。」

「妳不是已經嫁我了嗎？」我半開玩笑。

「我才不要像徐姐一樣被她老爸斷絕父女關係咧，妳看她沒事就菸一根根地抽，她心裡一定很煩躁不安的。」美琪抬頭望著亮晃晃的璀璨的美術燈悵然道：「我們的未來在哪裡啊？我們以後會怎麼樣呢？」

我闔上眼覺得好累：「現在好就好了，誰還管得了以後？」

美琪拽著我的手臂半拖半拉進房間：「妳別又在沙發上睡著了，妳最近怎麼搞的？倦鳥歸巢啊？都不去BAR玩啊？玩膩了？還是良心發現？」

「不知道，壓力大吧！」最近徐姐內舉不避親地大力推薦我做副理，工作量大增壓力也大，我常常覺得累，心悸冒冷汗，隱隱約約覺得有什麼不對，鴕鳥心態又讓我不願去多想，我收斂很多，不再過荒唐的日子，開始努力存錢，為美琪為自己或許也為未來，在我們這個圈子裡，陸續聽聞有些人結婚生子去了，面對家庭社會眼光的壓力，能堅持到底的又有幾多人？堅持下去所寄望的又是什麼呢？社會公平對待嗎？還是一份至死不渝的情愛？

有什麼細微聲響在客廳裡響著。

「這麼晚了誰還在客廳打電話？」我問。
「仲薇啦！她在美國的父母最近一直催她回去。」
「去美國做什麼？那徐姐呢？」
「做什麼？跟我一樣回去相親啦！仲薇三十五歲了，她媽也怕她再拖就要嫁不出去，她家就她一個寶貝女兒，她不願意告訴她父母真相，就這麼拖著，也不知道能瞞多久，現在想想像徐姐這樣倒好，跟家裡掀牌，就算家人不接受但總是無後顧之憂。」
「沒有後顧之憂？親情這種東西不是說斷能斷的，家裡人不理她，妳真當她能無所謂？」
美琦看看我：「妳說妳自己啊？」
「我們家是不一樣的，他們不理我，我才樂得輕鬆呢。」我笑笑，卻心虛地趕快點支菸，猛地吸進去，讓煙霧填進空靈靈的肺和心臟，奇怪，我說謊的毛病就是很難徹底改掉。
客廳裡有徐姐和仲薇的爭執聲，「我出去看一下。」
一出房間，客廳裡煙霧裊繞，徐姐不曉得抽了多少菸，不知是菸令人窒息還是氣氛太凝滯，仲薇坐在沙發一角側著頭不知道想些什麼。
徐姐抬頭看看我：「把妳吵醒啦？」
「沒有，我還沒睡呢，怎麼了？鬧彆扭啊？我還以為只有我和美琦會吵而已呢。」我想把氣氛搞輕鬆點兒，但很難，我實在不是個輕鬆的人。

徐姐搭著我的肩嘆道：「我快沒老婆了，我婆要回美國去了。」

仲薇白她一眼：「我又不是不回來，我不能不回去，妳知道我多久沒回家了。」

「但妳媽這次是要妳回去相親啊，和那個華僑，妳父母在美國住那麼久了，觀念應該比較開通，妳可以老實告訴他們的嘛！」

仲薇低著頭不吭聲，美琦也到客廳來：「說出來要氣死父母是不是？那麼容易開口的事還不早就開口了？妳不要逼仲薇了好不好？她的心情我了解，尤其她家就她一個女兒，妳要她怎麼辦？她不像妳耶，妳家五個女兒，少了一個還有四個。」

美琦快人快語說中了徐姐的痛處，徐姐猛吸一大口菸像要將半截菸一次燃化成灰，但沒那麼大肺活量，頹然放下菸緩緩將煙吐出，然後狠狠將菸灰彈掉：「仲薇，我不是為了自己，妳想想看為了討父母歡心跟一個不喜歡的人過一輩子，還是自己的幸福快樂重要？妳想清楚了再回去，我不是不讓妳回去看父母，而是不讓妳回去做糊塗事。」

我想開口說些什麼，卻又覺得無話可說，我們對現在無力，對未來無望，難道要談過去嗎？而所走過的過去對我們這群Lesbian來說又是怎樣的無助艱難啊？我拉起徐姐：「去老K那兒喝一杯吧？」

徐姐站起身來：「好吧！去喝點酒，輕鬆一下。」

美琪撇著嘴說：「逃避問題，一點責任感都沒有，跟妳們這兩個老公，倒楣死了！」

今晚的BAR也不似往常熱絡，老K閒著沒事坐在我們這桌講述圈內的軼事，東家長西家短的，又是結了婚的婆和T BOY跑了，被老公抓回去，又是誰和誰分分合合的事，徐姐點支菸道：「說點好聽的來聽，好不好？」

老K哼道：「好聽的？我看最幸福的就妳們這兩對啦，尤其妳和Angela在一起幾年啦？八年十年了吧？Angel有事沒事地到處打野食，我以為她和Maggie要散了，結果現在還是在一起。幸福？對我們這種人來說，難哦！」

徐姐突然一把拉住我：「走吧！回去了！」

老K問道：「這麼快就走？屁股還沒坐熱呢。」

我知道徐姐想通了，一路飛車回家，我們推門進客廳的時候，美琪和仲薇都還在沙發上談事情，看我們回來愣了一下：「這麼快？」

徐姐望著仲薇輕輕地說：「仲薇我不留妳，但是請妳記得我在臺灣等妳，不要忘了，我們在聖彼得教堂發過誓的。」

仲薇兩行清淚：「我不會忘記，我一定會回來，再遠我都要回來，妳一定要等我！」

美琪在一旁跟著哭得唏哩嘩啦，我把她拉進房間：「她們需要兩人獨處。」

美琪點點頭對我說：「我們也需要！」

那一夜，我們再度有了激情，美琦的身體重新陌生起來，激起我探索的熱情，我爬起來開燈，美琦瞇眼問：「幹什麼？」

「我想看清楚妳。」我說，美琦臉上的雀斑在燈光下像一顆顆雀躍的星光，小小的鼻頭和唇瓣無一不美，我突然了解彼此擁有是一種幸福，相互熟悉才是歸屬，我童年失去的關懷，能在美琦身上找回來，我希望我覺醒得不要太晚，如果上帝對我夠仁慈的話。

仲薇走了，徐姐倒沒顯得多落寞，沒事還是到老K的BAR去鬧鬧，當然也探探有沒合意的婆，不過她強調：純粹是炮友，不是有感情的lover。

美琦的家裡頭催她更緊，她倒找了個奇特的藉口，她對家裡說她要把她的雀斑治好才要回去相親，不然她有自卑感相親相得很痛苦，她的家人竟然相信，寄來各種治療黑斑雀斑的秘方，她笑著說：「我從小最痛恨的東西，竟然還會有點用處，萬物生來，原都是有它的好處的。」

唯獨我家的問題是個無藥可治的爛瘡，不碰它痛，碰它更痛，發出的腐腥無處可躲，它長在心頭上，病毒在血脈中竄流，惡臭在周遭彌漫，媽不斷地掀掮，要它整個將我們籠罩腐蝕了才甘心，她的信件持續不斷地寄出，大陸臺灣都有，內容扭曲得不但荒誕而且齷齪，爸的朋友將信拿給爸看，爸打電話告訴我，他決定不再回去，寧可餓死在外面，他問我：妳母親腦袋裡究竟在想些什麼？我不知道，也許媽自己也不知道。

我更努力地存錢，我要拿給老爸回鄉蓋房子定居。

天厚結婚後，媽安分沒多久，又開始日日夜夜地打電話，到處打，我的，爸的朋友的，大家都不勝其擾，有的不顧情面電話裡三字經都出來。

媽媽哭哭啼啼地對天厚說，爸唆使人家打電話來罵她，讓她不得安寧。

我下定決心再將電話號碼換了：「反正每天聽她罵我，問題還是一樣存在，乾脆相應不理算了。」

美琦笑著用懷疑的眼光盯著我看：「妳要敢真的不理她，早就快活了，還會拖到現在？妳有膽子乾脆直接告訴她，妳把老爸藏起來就是不讓她知道，看妳媽能怎樣？換號碼？那倒不必了，反正妳還不是又會告訴她。」

我一直恐嚇老爸不能和媽聯絡，不然媽知道了他的住處，吵鬧過去，他又得到處搬家。

我冷冷地笑著，我還進行著一個更大的陰謀沒告訴任何人，我一想到爸不聲不響地回鄉定居，媽知道再見不到他的那刻會怎樣暴怒？如何哀痛？這一切一切還是出自我的精心策劃呢，媽會尖叫吧？會號啕吧？還是氣得無法言語？思及此我竟因恐懼與興奮，而情不自禁地顫抖起來。

美琦自顧自地說：「也許妳媽就看中妳這個狠不下心的弱點，才整天來煩妳，她怎麼不去吵妳弟弟？她怎麼不去吵妳哥哥？哪有這樣的媽媽，鬧得妳看，妳多久沒和妳大哥講話？

妳弟弟來找妳還要偷偷摸摸地來，就算妳老爸真的抛妻棄子另結新歡好了，她來吵女兒有什麼意思？那是上一代的事情啊！更何況是她把妳爸轟出來的吔，她趕盡殺絕還四處喊救命，簡直是——哎！想不出形容詞啦，天下根本沒發生過這種事，所以也沒人發明這種成語。」

是的，美琦說得沒錯，那麼，我這樣做也沒錯，我一再如此安慰自己，藉此寬心，因為一直有什麼無形的東西，緊緊地抓著我不放，像魑魅一樣如影隨形地跟著我，逼著我。

門鈴響起來，美琦去應門，一個長相普通衣著平凡，全身上下找不出絲毫特點的那種望一眼絕不會有特別記憶的女人，她要找我，她說她是天厚的老婆。

「喔！大嫂啊！」這是我第一次見她的面，有關她的事我都還是從媽和天明那兒聽來的，媽說她懶，說她心機多，說她整天只會對天厚撒嬌，說為了天厚她所隱忍的一切委屈的悲哀……說那一大堆，讓我跟眼前這個靦腆笑著的平淡女人聯想不起來，還是天明的說法透徹點，我問他大嫂人品怎樣？天明偏著頭想了半晌才說：「奇怪我怎麼沒什麼特別印象？反正，是個女人就對了。」

大嫂端坐著雙手擺好在雙腿上，無事不登三寶殿，我等著她開口，她等著我問她，空氣僵持著，彷彿只美琦端來的熱茶所冒出的煙裊裊飄移是活的，在凝滯的空氣裂縫中鑽動，意圖為凍結的氣氛緩解。

我明白她此行的目的，我早預見了天厚婚姻的悲劇，只是沒料到這麼快，我以為媽會為了愛屋及烏而稍作忍耐。

大嫂轉著眼珠兒想開場白，我示意美琦迴避，美琦故意端坐不動，臉上的表情擺明了她是有權利也具義務參與我家的事。

「大嫂有什麼事妳直說吧，我是直來直往的人，沒什麼好客套的，美琦是——自己人沒關係的。」美琦欣慰地笑了笑，在一起這麼久了，在我家人前「正名」對她意義非凡。

「既然妳這麼說我就不拐彎抹角了，妳媽——我的意思是說媽媽，我覺得——她每天情緒都不太穩定，我當她媳婦的人看了都覺得難過——」大嫂停了下來想著下句話該怎麼接，媳婦對小姑講婆婆的事，措詞自然要小心謹慎，我盯著她笑，鼓勵她把話說下去。

「我的意思是說，你們要常常回去看媽，不能光把她丟給天厚一個人，她是你們三兄妹的母親啊！天厚每天下班回來，妳媽都跟他說一些傷心往事，說妳爸爸怎樣對待她，她被凌虐了一輩子後被無情地拋棄，她每次都說得聲淚俱下，弄得天厚情緒也很低劣，甚至假日，媽媽哪兒也不去，光躲在家裡垂淚，我和天厚也不敢出門，我們幾乎沒有生活樂趣可言，連心情輕鬆的時刻都很難得，她也是你們的媽媽，妳和天明要常回去看她，安慰她，紓解她的心情啊！」

美琦悄悄在我耳邊問：「要不要把妳老爸的實情告訴她？」

我搖搖頭，不想增加無謂的衝突，我想了想問道：「我媽對妳好不好？」

大嫂想了一下才說道：「也無所謂好不好，她不常跟我交談，大部分都是和天厚說話。不過——我想妳畢竟是她女兒按理該跟她比較親，很多話應該由妳來講比較適合，但是她說你們都受到爸的唆使不跟她講話，動不動就罵她掛她電話，甚至連電話都不接，結果她只好整天拖著天厚講那些不愉快的事情。這樣下去的話我想天厚壓力太大——妳知道天厚他很孝順的——我想我的婚姻會完蛋的。」大嫂深深吁了口氣——終於把最後重點說出來了。

天厚？對他的不滿逐漸轉為同情，我乍然發覺他並沒能得天獨厚，他得的是母親全部的、自私的、他消化不了的愛，那不是厚愛，是他生命中不能承受無法擺脫的重責。

「很多事情不是單純地只有妳看到的那一面，這件事我不能說誰對誰錯，不過我會跟我媽提提別整天提些老掉牙的舊事。」我頓了頓問道：「妳覺得——我爸真的是像我媽講的那種人嗎？」

大嫂想了想問道：「妳家過去的事我不清楚，不過天厚是對他父親很厭惡我倒是很清楚，如果不是，我想一個人不會那麼強烈地排斥自己父親吧？」

媽達到她的目的了，只是她又得到什麼了呢？

我淡淡地說：「這也正是我想問他的問題，對了！妳知不知道那些信的事情？」

「信？什麼信？」

「沒什麼！妳慢走，我不送了。」

大嫂臨走時特別多看了看美琦幾眼，我從她的眼神讀出了什麼，希望她不是個多嘴饒舌的人，即便我現在已不在意家人如何看我。

美琦在大嫂走後挽著我胳臂半開玩笑地問我：「妳大嫂說的媽和每天打電話來詛咒妳的媽是同一個人嗎？」

我不知道該笑還是該哭，嘆口氣道：「如果可能的話，我希望兩個都不是。」

下班後我打了通電話給老媽，我只喂了一聲，媽聽出是我的聲音劈頭便罵：「妳不是死了嗎？妳不是不接電話？妳這不肖死囡仔！我一世人辛辛苦苦養的女兒，被個不要臉的男人挑撥兩句就不接我電話……」

我不耐煩地把媽話打斷：「媽！天厚是不是不在？」

「妳管他在不在！怎麼？妳想挑撥他也來不理我是不是？我告訴妳天厚不像妳那麼狼心狗肺，他雖然現在娶了那女人，不像從前跟我那麼親，可是他有良心不比你們兩個，他看重我，他關心我，他不像那個死老賊……」

「媽！媽──」我大聲把她的話打斷，我真的覺得好煩，好齷齪，不知是對老媽還是對自己，她那種涎著臉討好天厚的嘴臉，在他面前傷心斷魂得垂淚博得同情的矯作，直穿過話筒上的孔洞一個個襲向我，「就是天厚不在，妳才會亂罵亂叫，要天厚在妳動不動就哭哭啼啼，好像我罵妳一樣，妳當他是妳什麼人呀？」

「我咧幹妳娘臭××！我生妳這個破××專門來忤逆我的是不是？我傷心流淚我的女兒笑我在演戲，想挑撥我唯一孝順的兒子來和我反目，我的命噢！世上哪有人像我這麼歹命的……啊——天哪！天哪！——」

媽歇斯底里哭叫起來，也許我不該講那些話的，但天厚畢竟是我的哥哥，我不要他的婚姻也是齣悲劇，我低聲下氣地說：「媽！媽——媽！我拜託妳不要吵了好不好？妳靜下來聽我說，媽！」我大吼一聲喉嚨差點喊破，媽終於安靜下來，「媽，如果妳真的疼天厚的話，妳就讓他們夫妻過快樂一點的日子，過去的事誰對誰錯妳不要再計較好不好？妳這樣下去沒有人的日子好過，問題也沒有解決。」

「我被害得這麼淒慘，人家現在和年輕的孫女快樂似神仙，妳叫我不要計較？我幾十年的青春和血汗都沒有了，妳這樣三兩句話叫我不要計較就算了？妳這個——」

媽聲調一拉高我知道她將哭罵出來，我趕緊把話接上省得一哭到後來我都忘了我打電話的目的是什麼了：「媽！妳自己知道妳講的話是不是事實，天厚他們夫妻——」

媽把我的話打斷：「什麼不是事實？我的話哪一句不是事實？妳沒良心的跟著挑撥是非，是不是要逼死我啊？逼死我如果妳覺得高興的話，我馬上死給妳看！」

「媽！」我完全不想再繼續講下去，只好放棄婉轉的方式直接告訴她答案：「媽！不要再這樣鬧下去，妳已經把天厚他們夫妻的生活搞得淒風苦雨，妳這樣下去會害人家婚姻破裂的，妳既然那麼疼天厚，不會不替他想吧？」

兩個人一直在搶話講的聽筒突然了無聲息，突來的靜默比媽喧囂的暴怒聲更讓我心驚，靜得連彼此的呼吸聲都能透過話筒傳過來，更添幾分詭譎，媽正怒不可遏說不出話來嗎？還是在思索我的話？

好久好久，媽的聲音冷冽冽地充滿著一種壓抑已久而行將爆發的力量，透過話筒將我壓得喘不過氣來，那是一種比詈罵更來勢洶洶的口氣：「是天厚還是那女人，叫妳來跟我說這些話的？」

我有點心虛忍不住結巴起來：「沒……沒有啊！」

「妳多久沒回來了？怎麼可能跟他們見過面說過話？」媽頓了頓，又尖銳地問道：「天厚不會說這樣的話，是那女人說的吧？她去找妳說這些挑撥我們母子的話？是不是？」

「沒有啊！我多久沒回去妳也知道，天厚的婚禮我都沒去咧，她哪裡認識我！」我想將話題轉移到我身上來，但是沒成功，媽的心思全跑到大嫂身上去了。

媽喃喃地念著：「那女人這樣惡毒？她沒搞清楚天厚是為了孝順我才娶她的？她背地裡還跟天厚挑撥多少我的壞話？……」

我掛上電話，癱在沙發上好像經歷一場大戰，美琦和徐姐同時望著我：「怎麼樣了？」

我搖搖頭：「完了！我完了！我害死人了！我！」

後來的事情都是天明轉述給我聽的，出乎意料，媽是戰敗者，天厚和老婆搬出了老家，媽正式一個人獨居。

「我還以為天厚多孝順媽咧，原來還是以老婆為主。」我不屑地笑著。

天明道：「妳太不了解媽了，媽對天厚說媳婦不能接受苦命的婆婆，她要成全媳婦，是她要天厚搬出去的。媽這一招很高明，天厚搬是搬出去了，不過幾乎和大嫂吵得離婚，老媽在他心中留個委曲求全的完美形象，他沒事就回家看老媽，大嫂說例假日她都沒別的消遣，因為天厚只往家裡跑，妳說誰是贏家？」

媽是終於達到她的目的了。「呵！爸要會這招，天厚要站哪方還不知道呢。」

天明瞪我一眼道：「喂！妳知不知道輸家是妳啊？」

「什麼？」我愣道：「關我屁事？」

「天厚說妳造謠生事，撥弄是非，大逆不道，窩藏人犯，囂張跋扈五大罪狀，他說找機會他要修理妳。」

「他來啊！來試試看！」徐姐比了個大力水手的姿態：「他來我和天使聯手把他打回去！不明是非的傢伙！」

美琦鼓掌起鬨道：「嘩！英雄！」

天明也開心地笑著，他早知道我們彼此間的關係，長久以來，我們倆的關係在媽的絕對極權下逐漸疏遠，但是我們總能毫不嫌棄地包容對方的黑暗墮落，所以他不會拿異樣眼光看待我的朋友，而我亦明明知道他不務正業，卻一次又一次心甘情願地讓他把我的薪水騙走，兩人那種不明原因的愧疚與憐惜，大概是同樣失去美好無憂的童年的背景，讓我們學會把彼此缺憾歸罪成難堪往事的一種補償心理。

「我走了！」天明站起來：「妳送我下去。」

我看了天明一眼知道他有話要單獨對我說，拿了件外套跟著出去，美琦不高興地進房間，低低咕噥道：「又要借錢，都是有去無回的。」

下樓時我盯著天明的後腦勺一個長不出頭髮的小小十字疤痕，一蹬一蹬地拾級而下，那個疤是鄰居的小孩子扔石頭扔的，那時候天明幾歲？七歲八歲？血從他後腦勺湧出來的時候，天明驚慌地哭叫，我彷彿背負著血海深仇追到那個嚇呆了的小子在大街小巷哭喊救命，怎樣的一種急怒啊讓我誓死逮住小男生將他毒打一陣？在追他不著的時候我甚至想過要將他剝皮抽筋碎屍萬段，怎麼追到了，沒想到一股氣全洩了，只是押著他回去：「跟我弟弟說對不起！」很多很多過往的強烈激動，事後回想起來只是嘴角的一抹淡笑，拚命汲求的到後來只是一種莫須有的必要，也許還什麼都不是。人為什麼要在那麼多地方堅持？像老媽像天厚，是不是將得到更多？放別人也放自己幾馬，是不是得到的會減少？我想起報復老媽的計畫，我是不是太惡毒了？而且對待的是自己的母親。

我忍不住問：「天明你幾歲了？」

「小妳幾歲。」他沿著南京東路迎著烏煙瘴氣的冷空說。

那麼我是幾歲呢？幾歲有意義嗎？突然覺得這多年來我一直好難成長，老媽的那些話，那些眼淚，壓得我好像永遠沒辦法長大，「你覺不覺得我成熟一點了？」

「不知道啊！妳還不就一直那死德行。」天明想也沒想，像回答一個理所當然的問題。

「什麼死德行？是你還我啊！」從來沒想過我在家人眼中是怎樣一個人。

「就那可有可無不死不活的德行。」天明臉上沒什麼表情，不是褒也非貶。

「那是你吧？怎麼是我？」我笑了出來，想起汪啓漢說我是那種天塌下來也當被子蓋的個性，奇怪的是我從來不覺得我是那樣的人，只覺得自己多疑略帶多愁善感，是個敏感的易受傷的女子，也許，是我演技太好了，也許長期戴著面具，已經摘不下來，別人都認定那張面具就是我的臉，只有我自己才記得哪一張臉才是本來面目，也或許面具根本就是我的原貌，而原來的面貌，只是我對我自己的誤解。

天明踢了地下一個小石子：「……大嫂跟天厚說了……她說妳可能是個女homo，如果他知道了老媽就差不多知道了。」

「媽知道就知道了，反正她不會管那麼多，她想的還不就她自己，她每天都打電話來吵我，罵的內容聽了你會嚇一跳，什麼老爸找四、五個大人逼她，什麼老爸四處造謠說他們母子有姦情，她說爸把我迷得暈呼呼地說什麼我都相信，你說這種話傳出去會不會笑死人？那只有媽才想得出來，我看媽有被迫害妄想症。」

「她一個人無聊啊！妳不能怪她。」

「哼哼……！媽說她來我這兒，被我和徐姐聯手打出去，我什麼都沒做就被說成這樣，我還敢怪她，我找死啊我。」其實我是了解老媽的痛苦的，但我想盡量把媽的壞處都說出來，因為如此我的計畫才不會顯得那麼無情陰毒。

「天厚說了，他要斷絕兄妹關係，他沒有這種傷風敗俗的妹妹。」

我笑道：「他要不要把我登報作廢？斷就斷啊！我從來沒覺得我還有個哥哥呢，媽說要跟我斷絕母女關係我都無所謂了，還他？哼！不必了！你覺不覺得他跟媽很像。」

「我只覺得妳跟爸很像。」

天明的說法讓我嚇了一跳，忍不住反問一句：「有嗎？」

「你們對別人的強烈反應總能那樣漫不經心，妳知不知道那樣比激烈反擊更讓人無法忍受，尤其像媽和天厚那樣好強的人。」

我想起兒時，無數個躲在比深夜更暗的棉被窩裡暗泣的夜晚，淡淡地說道：「是嗎？」抬眼尋找被污染空氣遮蒙得只剩幾點的星光，微弱閃耀著只似在掙扎喘息。

「妳決定這樣一輩子下去嗎？」

「什麼？」我不懂天明問的是什麼。

「和徐姐、美琦什麼的攪和一輩子？妳不想結婚有一個家庭？」

「如果政府立法同性戀可以結婚的話。」我半開玩笑隨即正色道：「我一生出來就這樣子，以後一輩子也是這個樣子，它不是一時的迷失或精神疾病，它是一種自然的身體心理的反應，像男孩喜歡女孩一樣的意思。」

天明一知半解地說：「反正妳決定這樣子下去就對了。」

「這不是我的選擇但是我的宿命，如果我勉強照著別人的模式走，不但欺騙自己也違反自然法則。」

天明點點頭，攔了一輛計程車，上車前他再次問我：「妳真的不知道老爸的住所？」

我想了想，還是搖搖頭。

黃色的計程車在夜色中漸行漸遠，天明突然搖下車窗對我喊著：「妳不能把生活中全部的不滿都歸罪在媽一個人身上，就像媽歸罪在爸身上一樣！」

我沒有回答也來不及回答，車子已遠得只剩兩盞橙黃車燈在黑暗中堅持。

14

我的腹部每隔一段時間就要痛一次，每次發作常痛得我汗水淋漓，我從來就沒有看醫生的習慣，從小生病都是忍忍就過去，老媽也不會過問，但是要躲過美琦不容易，她注意到我最近食慾不振，也幾乎不到BAR流連，她問過我好幾次：「不舒服嗎？不舒服要去檢查喲。」

「沒事！」我告訴她，美琦的眼睛盯著我看好久，我知道她在想些什麼。

朱朱死了，那個曾經和我有過一腿當過應召女郎的可憐女人，圈內盛傳她死於愛滋，她在我頸上留下的齒印早不見痕跡，除了滄桑放浪的笑聲與眼底的孤獨無奈，她的長相我亦已不復記憶，但是每思及她被煙薰黃的牙齒張口在我頸上吮咬時，我頸項老不自覺地陣陣痙攣起來，彷彿愛滋的病毒在早已平復的疤痕下，正靜靜地狠狠地撕咬著我的血肉。

電視上正播著公益廣告，呼籲同性戀者作血液篩檢，美琦猛地按著遙控器上的按鍵，螢幕上跳到另一臺，一個瘦弱的年輕男子喘著氣雙手抱頭，汗濕的髮絡垂在額前遮住臨時演員不自然的臉部表情，旁白的女聲字正腔圓不帶感情地念著：……夜間盜汗、體力急速衰退、食慾不振……如果您有以上症狀，請立刻——美琦答的一聲，索性關上電視。

我不吭聲，美琦也不多說什麼，安安靜靜地只更細心地待我，假日裡我們就窩在家裡哪兒也不去，吃她親手弄的菜，看看不用大腦的綜藝節目，或就在附近小公園走走，我們有默契地以鴕鳥心態避談任何可能的敏感聯想，生活簡單卻反而充實起來，我的心不再像懸著似的擺擺盪盪地要找些什麼來把它定住。

徐姐搬走了，因為落單的她，見不得我和美琦感情突然融洽起來。

「好像故意表演給我看。」她半開玩笑如是說。

但我知道，她真正受不了的是老媽，老媽現在把徐姐也當作假想敵，說她一定倒貼老爸，不然為什麼要幫他？電話除了罵我也罵徐姐。

搬走了也好，大家住在一起，要不小心傳染了怎麼辦？我也不碰美琦，如果預感是真的，亡羊補牢希望還來得及；我的體力一天不如一天，有什麼從我體內大量流失，應該是不會錯的了，我想，我開始對生活關心注意，留意著居家的許多小細節，我怕碰觸別人的傷口，怕流血，怕任何一種可能傳染的途徑，認真生活後才驚訝著生活的意義，漫不經心的我竟過了三十年，我第一次體會到時光的寶貴就在於它不會為任何一個理由再重來一次。

美琦一直勸我把工作辭了。

「等我幫徐姐手上幾個case做完了再說。」

「她知不知道妳最近身體不好？」

我緩緩搖搖頭：「我會告訴她的。」

一個偷閒的下午，我和徐姐溜出去喝下午茶。

靠窗的位置，午後的陽光亮晃晃堂而皇之地跨進來，桌上擺飾著一個被陽光照得璀璨的水晶杯，我瞇著眼看著杯底浸的一朵蘭花，不知是水分太多還是日光太熾，軟綿綿地憔悴在杯裡像個筋疲力盡行將溺斃的女體，擱淺在恰好能淹沒頭臉的岸邊。

我拿起吸管，專心一意地將它從狹窄的杯口挑出來，而它似乎自甘墮落於死亡邊緣似的東閃西躲，總夠不著。

徐姐點支菸笑著問我：「妳最近和美琦感情太好是吧？晚上太勞累，瘦了好多。」

我笑笑，終於將它撈起晾在陽光下，我抬頭順便將放在一起的兩杯水分得開一點，怕徐姐不小心喝到我的那一杯，雖然專家說那樣不會傳染。

「我想，」我困難地開口：「我大概得了AIDS了。」

「什麼？妳開什麼玩笑？」徐姐叫了起來，之後就著強烈陽光，她大概清楚了我像地塹般凹陷下去的臉頰，急急地問道：「妳篩檢過了？」

「沒有，不過我想八九不離十了。」

「這種事不能用猜的，去檢查確定了再說，美琦知不知道？」

我點點頭：「她比我更先起疑。」

徐姐噴了一口煙嘆氣道：「碰到美琦其實是妳的運氣。」

「我知道，我媽沒教會我怎麼去愛？什麼是愛？我現在明白了健全的人，才能給健全的愛，不過，好像太晚了！」

「妳有沒有想過，得ＨＩＶ的管道？」

「得都得了，再管這些有什麼意思？合當也是我該受的，不過我不後悔，它讓我看清生活中很多盲點，徐姐，仲薇快回來了吧？快結束落寞的單身生涯了。」

「去看看醫生吧？天使！病情也許能控制住，聽說只要Ｔ細胞值維持……」

我搖搖頭：「反正是沒救的啦！早走晚走都是要走的，其實有時候我倒覺得當我們這種人挺好的，至少有個什麼萬一的時候沒兒沒女的少個牽絆。」

徐姐點了支菸，苦笑道：「那正是我們的缺憾，如果我們的性行為也有辦法繁衍後代的話，我們就不會被拒在核心價值之外。」

「我本不違世，而世與我殊。」我也順手點支菸。

「哈哈！我本不違世而世與我殊！得志與民遊之，不得志獨行其道，此乃大丈夫也！」

徐姐噴了口煙，和我的煙在空中繚繞終至糾纏在一起，成了一片煙霧，分不清那一股是誰噴出的，我們忽然起了股英雄惜英雄的蒼涼悲壯豪情，在我們這極少的一小群非我族類裡，又行將少一個人，回首這許多來時路，憂憂喜喜起起落落，快樂嗎？也許很多人都要猶豫好一陣子，然後給一個不置可否的答案；後悔嗎？我想很多人會肯定地說：不！

徐姐伸手拿了杯子喝水，舉到口邊時突然問了句：「這杯是我的沒錯吧？」

「對！那杯是妳的，我的是這杯。」

她的杯子在唇邊停留半晌，終究沒喝就放下，我趕忙說些無關緊要的話，化開突然凝結在空氣中的尷尬，杯裡的冰塊已化成薄薄的幾片在水面掙扎，除在杯外的滴滴水珠像淚，印了桌面一圈圈的淚痕。

氣氛變得不適合久坐，徐姐拿了帳單付帳，我低頭看見晾在桌面的蘭花，脫離水杯花瓣似乎都乾得起縐摺，更憔悴了，也許水晶杯不是它最好的歸宿，但或許它已經習慣那個環境，臨走前，我又將它投入水晶杯裡。

來收拾杯盤的waiter告訴我：「浸在杯子裡，它可以活好幾天才爛呢。」

「少掉慢慢凋謝的痛苦過程，直接腐爛，也不錯。」我對徐姐說。

「什麼？」

「沒什麼。」我說。

出了餐廳，陽光熱暖暖地罩下，一絲絲的寒意卻直打心底冒出，忍不住打起哆嗦，我想，其實我並沒有做好少掉慢慢老化的過程直接躍到活生生腐爛死亡的心理準備。

那次以後，徐姐便常來住處轉，即便她在公司天天都能見得到我，我一再對美琦說：「徐姐真是我最好的朋友。」可是她那天舉杯猶豫的神態，卻像躲在暗處的狙擊者偷偷地在我說這句話的時候，從心中猛地冒出來狠擊我一下。

天明又沒了訊息，他不但工作不停地換，住處也居無定所，我向來沒他的電話，只能用呼叫器跟他聯絡，老媽最近鬧得更兇了，她甚至把我留在家的畢業紀念冊按班上同學住址各寄了一封署名被丁天使棄之不顧的可憐母親的信，內容說我協助父親與大陸孫女通姦，藏匿大陸偷渡人口，喪心病狂逼親生老母親自殺，汪啓漢打電話問我的時候，我除了一笑置之外，不知還能多說些什麼。

徐姐說：「唯一的解釋是妳老媽精神狀況不良。」

老爸倒是沒辦法忍受這樣的侮辱，他來找我訴苦，我再一次告訴他把終身俸一次退了定居大陸。

「好吧！沒辦法！妳母親弄得我沒辦法在臺灣活下去，我回去好了！那有妳的姊姊，她說她要孝順我，不要我一分錢。」爸哭喪著臉說：「我不是被逼得沒辦法我不會去那邊住，我的家在這裡啊，我老婆小孩在臺灣啊！這裡是我的家啊。」

我趕快順水推舟：「爸！你安心地回大陸啦，我們家三個小孩都大了，不用你操心了。」我大概真的像老媽說的大不孝吧？臨死前還不忘狠狠捅老媽一刀。

「我最不放心妳啊！」爸邊說邊用柺杖重重地擊了一下地，顯然真為了我痛心疾首地傷透腦筋。

「我這麼大了，又有固定工作，不像天明一樣四處晃蕩有什麼好不放心的？」

「妳啊！女孩子家三十歲了還不嫁人，我眼睛怎麼安心閉咧？三十歲在我們老家，小孩都能下田幫忙囉，妳啊！我怎麼安心走咧？」

我看看美琦，她聽不太懂爸濃重的鄉音，但連貫起爸憂煩的表情也八九不離十，她安慰爸：「丁伯伯，天使要有了對象，一定帶到大陸去拜見公公。」

老爸笑道：「是丈人不是公公。」

我知道美琦是故意說錯的，她說過她想喊老爸公公的，我連哄帶騙地勸老爸趁早辦手續回大陸定居，還說我會去大陸找他，爸信以為真，認真地教我到了河南後怎麼從開封換幾天幾夜的車到他那鳥不拉屎雞不生蛋、在地圖上找不著位置的貧窮小農村去，那個地方的名字叫鴨扁嘴村，我和美琦聽了都想發噱，老爸專注而嚴肅地講解著：「到了鴨扁嘴村哪，妳們向人家問東土坡兒的丁家莊怎走，人家都知道的，要碰不上人問的話呢——」爸皺著眉認真思索著路線圖，我假裝專心地背那些拗口的地名，其實我心裡十分明白，也許爸也明白：我不可能會去那個遙遠而陌生的地方的，但我們都為那千分之一的渺茫盡所有的努力。

老爸決定了行程日期，我，又背叛了媽一次，這次是最大的背叛，計謀完成，寒意陣陣從腳底冒起，心臟怦怦地激烈跳起，我興奮地痛苦起來，卻沒了遂心願的輕鬆。病後，我越來越覺得其實我是一直真的了解母親的痛苦的，但是我假裝不明白，甚至有意縱容媽暴烈的言行，我們既是對手也是同謀，一起讓破敗的家走向不可挽回的毀滅深淵。

爸臨行前寄了封簽了名的離婚證書給老媽，信上沒有寄信人的地址，媽想當然耳地拿著信找上了我，她一進門將信往桌上一扔，冒著冷焰的深深小眼睛瞪著我問：「妳那心目中偉大的父親在哪裡？」

「我不知道啊！」

「笑話！」媽暴喝一聲食指直指到我鼻頭上來：「妳還敢當著我的面撒謊？妳這個該死不死破格逆子啊——！信上說妳也同意離婚這件事的啊！妳還這樣子演戲騙誰？我好欺負是不是？」

老爸害死我了，竟然在信上提這一筆，事到如今無可抵賴，我也乾脆把話撇明了講：「媽！反正你們兩個吵吵鬧鬧這麼多年了，不如離婚算了！」

「離婚?!」媽狠狠地就給我一巴掌，打得我眼冒金星：「我要知道妳出世就是來破壞我的家底的，妳一出生我就把妳掐死算了！離婚！這麼簡單？那他把終身俸一次退了，都給我啊！反正他拿了也是到大陸供那些不要臉的窮親戚。」

「媽！全部退了不過幾十萬，給他養老算了，妳又不是沒錢！」啪的一聲，我又挨了一巴掌，火辣辣的，臉上一凸一凸地痙攣起來，不知為什麼我卻希望媽再多打我幾下，打狠一點，打掉我最心底的那陣陣的不安與恐懼，那才是我真真最痛的地方，原本避在房間的美琦卻忽然跑出房間，擠到我和媽之間，像捍衛著什麼似的直挺挺站著。

「那死人要養老？他有妳這有父沒母的孝順女兒啊可以安心養老，我呢？我有什麼？我苦命啊我！餓死了都沒人管哪我！我有什麼啊——！」媽拉高了嗓子哭得震天價響，我以一貫的漠然應對，媽恨得咬牙切齒。

美琦冷冷地應道：「妳有孝順的大兒子丁天厚啊！妳有兩棟房子和一大筆定存啊！妳還有什麼沒有的？」

「美琦！」我把美琦喝住，卻又期望著她不要停，真的，不要停，替我把我想對媽講的話都講出來，全部講出來。

媽不可置信地瞪著我，半晌才哭問道：「是誰跟妳挑撥這些的？這點錢那兩棟爛房子，不是我拚死拚活做牛做馬能存得下來嗎？現在怎麼著？妳想要是嗎？還是那不要臉的死東西想弄到大陸去？你們想我流落街頭當乞丐是不是？是不是？」媽噴出怒焰的眼死盯著我，非要我回答是或不是。

答是與不是，都沒意義，只是讓老媽接下去有話可罵，不要單她一個人唱獨角戲而已，我耐性全失，什麼都不想分辯，我們好像不同國籍的兩個人，說著迥異的語言，永遠無法溝通，我坐下沙發隨手拿份報紙翻著，媽一把扯下報紙暴喝道：「怎麼不敢回答啦？妳狠得下心破壞我的婚姻，怎麼著不敢跟我講話？」

我不吭聲面無表情地由她叫罵，美琦在一旁插嘴道：「丁媽媽妳要講講理啊！」

媽冷眼上下掃過美琦哼道：「妳是什麼東西？來管我家的事？喔！妳就是天厚說的那個不結婚的變態女生，跟我們這不肖女搞什麼同性戀的是不是？」

美琦不知是怒是羞整個臉脹紅了說不出話來。

媽流著淚似受盡無數委屈的小媳婦，卻又說著劇毒的話：「就不要臉的人才做得出不要臉的事！就她爸爸敗德無恥生的女兒也不知廉恥，搞什麼同性戀，兩個女人也可以脫光衣服在床上抱，哼！笑死人！不要臉的人維護不要臉的人，聯手欺負我這可憐的苦命女人。」

媽連說帶比的叫囂，美琦只是睜著眼顫抖著難以置信這樣的話可以當著一個人的面這樣羞辱出來。

媽的惡毒字眼：下流、卑鄙……國臺語交雜著一句句敲打著我的耳膜，汗沿著額頭一滴滴流下，腹部開始痛起來，我知道它又發作了，這次來得比以往都要猛烈，美琦察覺我神色有異，對媽喊著：「求求妳閉嘴好不好？妳女兒生病了妳知不知道？」

媽一心只專注在她憤恨愁苦上，除此以外的訊息她接收不到，她咬著牙恨恨地說：「我一個孤苦老人在家，生病連倒杯水給我喝的人都沒有，她生病？年紀輕輕的生什麼病？喪心病狂啦！病？她是心裡有病，做了沒天良的事，得了失心瘋，早死早好……」

美琦哭喊著伸手推老媽：「妳給我出去！我們家不歡迎妳！妳給我出去……」

我無力阻止，劇痛讓我視線模糊，一口氣老覺得喘不過來，腦筋因缺氧而無法思考，眼前的一切，像無聲的黑白電影，一幕幕模糊不清地在我眼前快速晃過，最後那幕停格在美琦哭，媽也痛哭著詛咒：「……好！我到我女兒家被又打又罵地趕出來！丁天使妳給我記著！我做鬼也不會原諒妳！……」

我在醫院裡醒來，美琦和仲薇都在旁，徐姐趴在一旁的小桌睡著，四隻眼睛欣喜地盯著我：「妳醒來啦？」

「現在幾點啦？」空間時間我都覺得陌生，不由自主地就問這句沒意義的話。

「妳向來沒時間觀念，問什麼幾點啦？好好靜養吧！妳！」仲薇將我的頭部墊高，她還是出國前的她，一點都沒變，連頭髮的長度都是一直披在肩臂上，時間在我身邊似乎一直都走得慢。

「我可以出院了吧？」我坐起來。

仲薇把我按回床上：「檢查的報告還沒出來，如果是ＨＩＶ的話，也許我們大家都得檢查一下。」

「現在先別討論這些好嗎？」徐姐站起來，將仲薇輕輕推出門外：「天使，妳好好休息一下。」

病房裡剩美琦靜靜地望著我，我笑笑：「我沒事了！」

美琦也笑著卻帶著淚：「是啊！妳會沒事的，很多ＨＩＶ的帶原者，好多年來一直都好好活著沒發病，我聽說一個都九年了也沒什麼事，是不是？」

「是啊！」我堅持出院，美琦也順從我的意思，她堅持我會沒事，可以出院，逕自就去辦手續。

仲薇不解地問：「美琦怎麼這節骨眼兒反倒不懂事起來？」

徐姐說：「她不是不懂事，她是沒辦法接受事實。」

我闔著眼，徐姐和仲薇在門外說的話我聽得分明，可憐的美琦！她沒遇上我的話，一定能過得更好。

出院後，我瘦了好多，體力沒辦法再勝任工作，只好辭職，美琦也辭了。徐姐和仲薇不顧我的反對硬是搬回來和我們同住，她們說人多好照應，我知道她們搬回來是要替我們分攤掉房租和生活費用的負擔。爸已經去了大陸，我沒告訴他我的身體狀況，我不想擔心別人，一如我不願別人擔心我，走了的好，既然這裡不如意的話。我突然覺得老爸其實還滿幸運的，他有地方跑，沒處去的像老媽，被自己的個性禁錮了一輩子。

天厚來了幾通電話，都被美琦擋掉，天厚說我聯合美琦打媽罵媽將她趕出大門外不讓她進來，天厚放話說要來揍人，美琦想跟他說實情都被我阻止：「要說我早說了，就讓他那樣認為吧！我媽已經沒我這個女兒了，我不想她再沒了這個寶貝兒子。」

醫院來了電話要我去聽報告，順便帶換洗衣物，我心裡有數，也許這一住進去再沒出來的機會，美琦幫我收拾的時候卻一再叨念著：「幾件就好了！幾件就夠了嘛！沒要住多久的嘛！對不對？」徐姐和仲薇都不敢應她的話，低著頭裝作幫忙收拾衣物，她要別人怎麼相信連自己都不相信的說詞？

醫生宣布答案的時候，讓我著實吃了一驚，但只花了三秒鐘便接受了事實，既然結局相同，用什麼方式完成不會有太大的差異。

美琦卻完全不能接受，她這一陣子到處詢問、翻雜誌、上圖書館找書所求得的一點有關AIDS的訊息：什麼T細胞值，什麼ＡＺＴ的新藥，一下子全派不上用場，她的希望，她的心血在瞬間完全破滅，她像孩子般跺著腳哭鬧著：「怎麼會是肝癌末期？怎麼會只有三個月？怎麼會這樣？不會啊——不是這樣的！」

仲薇抓住她的肩用力晃著：「美琦！美琦！妳這樣要天使怎麼安心？現在是妳要照顧天

使啊！」

徐姐皺著眉：「Angela把她帶出去，讓我們安靜一下！」美琦沒主意地被仲薇半拖半抱出去，病房頓時沉靜下來顯得空空洞洞的會回音似的，我反而覺得不踏實，美琦的哭聲，讓我意識到尚在人間，還有聲息，人世還有人牽絆住我，我第一次這樣強烈地想念起美琦，也許該說是對人世的眷戀。

徐姐沉思著該怎麼開口：「……妳有沒有想要通知誰，讓他們知道妳的境況？妳哥哥或是弟弟？或是妳媽媽？爸爸？」

我搖搖頭，突然想起老媽那天說的那句話，媽大概做夢也沒想到到死也沒原諒她的，是她的女兒吧？我又陣陣不安起來，那個無形的東西又緊緊揪住我的心，讓我呼吸困難起來。

「怎麼？不舒服嗎？」

我再次搖頭，固執地說：「我想見的人，就都在我眼前了。」說完這兩句話，疲憊不已，再一次覺得時間對我來說太慢，我已經走了太長的路，是該歇息的時候了。

美琦紅著眼進來，看著我忍不住淚又沿著臉頰緩緩而下，仲薇咬緊嘴唇不讓淚滴出眼眶，徐姐燃著一支菸：「要不要來一口？」

美琦突然失去理智一把抓起那支菸，狠狠地摔在地上，喀地一腳上去猛力踩熄，恨恨地對徐姐吼道：「她就是跟妳學會抽菸的，現在落得如此，為什麼？為什麼？為什麼得病的不是別人？為什麼？」

「美琦……」

徐姐對我揮揮手：「我諒解她的心情。」

四個人無語，空氣驀然靜止，空調輕輕的隆隆聲突然清晰起來，不安的感覺漸漸強大，我請她們全部出去讓我靜一下；時間靜靜從身邊流過，死亡似乎也隨著逐漸貼近過來，我幾乎能看清死神的容貌，感覺祂冷颼颼的呼吸，也許我並不像外表那麼安然甘心，然而我也並不恐懼，那麼，到底是什麼讓我不安？連死都不怕，到底讓我日日夜夜難安的是什麼？我闔上眼，不再逃避地正面迎上，細細體會那恐懼的感覺，是什麼呢？那樣熟悉，好像已跟了我一輩子一樣。

雪白的被褥溫柔得像天使的羽翼，輕輕地環攬住我，床單也白但漿得有些硬，有點像已著地有段時間的積雪，躺在沒寒意的雪地用溫暖的白翼覆著，只感到熟悉的恐懼環伺，卻還是看不清它的原貌，我放棄了，迷迷糊糊地睡著。

天明推門進來的時候我愣了一下：「你怎麼知道我這兒？」

他只問我：「怎麼會這樣？瘦成這樣生的什麼病啊？」

怎麼這樣？我也很想知道怎麼會這樣？由不得人的事，知道為何又能如何？

兩個人靜默，原本就遲緩的時間好像停止，癱瘓掉的沉默壓住兩人的思緒，隨著氣氛的凝結，很容易感受到彼此對打破僵持的努力。

天明還是一動不動。

我躺著，像睡前的夢魘般無法動彈，半天我才能說出話來。

「你要不要用錢？我銀行裡還有點存款……」

「妳自己不用嗎？妳生病要用錢的。」

「我有勞保……」我邊說邊從皮包裡翻出那本存摺，遞給他。天明正遲疑著，美琦正好推門進來，看見這一幕臉色都變了。

她顫著聲道：「我們通知你來是要你看看自己生病的姊姊，不是……不是叫你來分遺產的，求求你們，求求你媽，不要再想從她身上刮下些什麼，她已經被你們榨乾了。」

我望向美琦要她住嘴，我知道他來不是為了錢，媽吵也不是為了錢本身，她只是要用錢來證明她在我們心目中的地位，因此我被她訓練成用錢來表示我對家人的愛。

天明低頭沉默不語，氣氛詭異起來，三人相對無言，甚至不敢彼此正視，我突然覺得倦意全消，精神好起來時間更難捱。

護士進來打針，她職業性地對三人點頭笑笑，倒有幾分化解僵窒氣氛作用，我靜靜地看著針尖進入我的肌膚，像隻嗜血腥的銀鯊，驀然牠驚見了，一舉而上穿透血管，然後因為歡愉而陶醉地戰慄了幾下，之後安穩地享受鮮血的腥甜；護士小心翼翼地拔出針筒時，我感覺到牠還意猶未盡地在臨去前猛吸一口，以致我的毛細孔，在牠離去剎那冒出了一粒小血珠。

三個人全都盯著我手上的小紅點，以至於我不能將它抹掉，沒了它，眼光不知該擱向哪兒，氣氛會更讓人難堪。

我又迷迷糊糊地睡著，夢裡，時間過得比較快，護士推門進來，輕輕喚醒我，又該打針吃藥了，天明不知道什麼時候走的，這傢伙！老姊不知道還有多少日子，也許這是最後一次碰面，當老弟的卻連再見也沒說一聲。這一針，特別地痛，我覺得自己像一隻任人擺布實驗的白老鼠，這藥根本無法顯什麼神蹟，但美琦卻堅持能改善病情，為了取悅她，只好一針又一針地挨，手找不到地方打我腳，我幾乎要懷疑我的血管裡不是鮮紅的血，而是黃黃褐褐的藥水，我想起她以前曾氣得罵我：妳去死好了！

現在，真的要死了，她卻傷心得茶飯不思，人為什麼老說著言不由衷的話來彼此傷害呢？

天明又推門進來，手上拎著兩盒枇杷放在小櫃子上，「妳最愛吃的，枇杷。」

汗珠兒沿著雙頰晶瑩滑下，在下巴會合後再醞釀墜墮，這時分已是枇杷產季末期，不太看見店頭販售了，我知道他為了這，跑了很遠的路，但是他不會說，他向來靜默，我也不懂得說什麼感言，總是把該說的不該說的，都藏進心裡。

「你怎麼知道我愛吃這？我們家從來不買這種昂貴水果的。」

「小時候爸有一個朋友帶過一盒枇杷來，媽一人分給我們四個，妳自己四個吃完了，還搶了我兩個去，我大吵大叫，妳硬是不還我，媽把妳拖到門口，抽得屁股快開花。」

我笑起來，他怎麼記得那麼小的事情呢。

「每次有什麼好吃好玩的，妳都會把妳的份再分出來一半給我，那次例外，我特別深刻。」

「幫我剝吧！等會兒我想吃方便些。」

一瓣瓣豔黃的果皮隨勢而下，裹在裡面的橙黃仗著水分充足竟似寶石般的晶瑩剔透，已失去食慾味覺的我，也忍不住食指大動。

男孩子粗手粗腳的，將小小橙黃剝得鮮血淋漓，鮮豔的汁液染黃了整個指甲，天明在褲子揩了揩，又專注地剝起來，我注視著他倔強的嘴角，微皺的眉頭，從小到大很少看到他耐心地做完一件事，總東混西蕩與一群不入流的小壞蛋瞎搞。終於剝完了，天明兩手又在褲子上抹了好幾下，他的手早就乾淨了，剩下的指甲縫的暗黃，光擦是不可能擦得掉的。

我拿起一粒來，聞了聞，好香，但吃不下：「有女朋友沒？你想過結婚沒有？」

「結個屁！我頭殼壞去！」

我有點失望，像母親一樣在臨走前總希望見到孩子結婚生子，有個歸處。

「……老媽前幾天問我……」

「老媽又說我什麼？」

「還不就是那些老話。妳知道嗎？天厚的老婆在跟他鬧離婚呢。」

我淡淡地說道：「我知道。」

「妳怎麼曉得的？」

「因為悲劇是會遺傳的。」

「……其實，老媽也很可憐的，妳長那麼大，從沒給過她好好傾訴的機會吧？妳不是不耐煩地嗯嗯啊啊敷衍著，就是臭張臉什麼也不應，她才會採取那些激烈的方法，抓住妳的注意力吧？」

其實我是了解的，比天明、天厚甚至比老媽自己了解得更多更深，我嘆口氣。「你真的一點都不恨不氣媽嗎？」

他又一副無所謂的神氣。

「妳有老爸消息沒有？」

「不知道！」老爸是我報復媽的最後籌碼。

天明無言呆坐椅子上，說這幾句話，耗了我不少精神，眼皮又漸漸沉重起來，天明起身開門出去，在門關上的剎那，說了句：「我希望妳明白，她終究是妳的老媽。」

這句話像記悶棍，兜的一聲將我擊昏，我昏在沉痛裡，母親的影像在我面前不斷擴大逼近，她咬牙切齒地伸出手來尖叫著：還我青春！還我丈夫！還我家庭！還我女兒！還……我無路可逃，什麼也還不出，而我所失去的，也不知該向誰去討，我突然又想念起麗莎來，她的擁抱，她低沉沙啞蘊含憐愛的聲音：也是個可憐的孩子……

我閉上眼睛沉默地吶喊：我但願媽真的明白清楚，她是我的母親！我是她的親生女兒！門關上，我的淚也順頰滑落，脆弱於我來說是骯髒的羞恥，所以總讓淚是在孤獨中決堤氾濫。

對了，今天，似乎是母親節，怪不得呢，美琦不在，徐姐沒來，我可以安心地哭，童年無助的悲哀與孤獨的痛苦又排山倒海湧來，我找不到階梯從痛苦的谷底中爬出來，就算能爬出深壑，我又怎麼能從這龐巨的悲愁中復元呢？淚像一洩而崩似的不可收拾，我痛得忍不住哀嚎起來，胸中有什麼膨脹著似將迸裂，我伸手猛攥胸前的釦子，好似它緊緊地扣住我的心臟無法呼吸，衣襟啵地開了，露出兩個乳房皺巴巴地像洩掉氣的皮球，軟巴巴地垂在肋骨上，乳暈是醬色的，膚色是焦黃的，腹肚是塌陷的，筋骨崢嶸，一副戰敗傾頹的蒼廢荒涼，我受了驚嚇，驚得呆住而忘記啼哭，趕緊將前襟扣上，雙手抱在前胸，護住一個秘密，一個驚人的秘密，在床上呆坐一下午，真真完全地明白，我是貼近死亡的，而死亡是醜陋的。

天明來過那次後，再沒出現過，我卻開始不斷被噩夢困擾，夢中的我，永遠是個孩子，永遠倉皇地在逃躲著什麼，而夢醒時，那種恐懼的感覺依舊延續，那個無形的東西，緊緊地揪住我的心，從夢裡跟出來逼迫我，絕不會放過我的，它說。

我再一次冷汗涔涔地在噩夢中驚醒，美琦輕聲問我：「又做噩夢了？」

我點點頭：「這個夢不太一樣，我在學校裡，全校同學都穿著夾克外套，怎麼就我一個人忘了換季，穿著男生的短袖短褲，全校的同學老師幾千隻眼睛都盯著我看，我緊張地不知該躲往哪裡，所有的人都張著嘴笑一直笑……我就這樣被嚇醒了，手腳都是汗呢！」

美琦攬住我笑著：「那只是一個夢而已，妳早就離開學校了，不用再為穿錯制服擔心！」

「……美琦！妳記不記得妳有一次跟我吵架，妳氣我為什麼花那麼多錢去買那些進口歐洲內衣，妳問我要穿給誰看？妳記不記得？」

「是啊！怎麼？跟我翻舊帳啊？我在這裡跟妳賠不是好不好？」

「我小時候老穿哥哥的舊衣服，連內衣內褲也是，一直到小學六年級，我裙子裡的內褲都還是小男生穿的那種中間開條縫讓小雞雞噓噓的那種，我好怕裙子哪天不小心被風掀了，讓同學知道這個秘密，我總是小心地注意著我那過短的舊裙子，結果有一次我導師說要量淨重，要我們把裙子制服脫了在保健室量，女生先量換男生，同學一個個把裙子脫了，我看見她們的小內褲有印小碎花的，有粉紅車蕾絲邊的，我羨慕得眼睛都突出來了，我不敢脫裙子，我怕被別人笑死，就騙老師說我感冒不能脫衣服，結果老師說沒關係一下子就好，讓我第一個量可以馬上穿衣服，就這樣每一個人都看見我穿的那條男用小舊內褲，很多女生都捂著嘴偷笑，連導師也撇開臉偷偷憋著笑，我的心真的整個痛得碎了，那個導師一直都是我最尊敬最喜歡的，量完後不曉得哪個女生把消息透露給那些頑皮的小男生，他們下課後來掀我裙子，說我心理變態……」我用最大的力氣才能讓淚不湧出眼眶，看著窗外遠遠的樹影不使聲音變了調。

我已經好久好久都不曾再想過那些事，我以為我已經忘了，不再在乎，原來它一直都在，躲在那癒合的傷痕下的陰暗裡偷偷地孕育滋生著，慢慢地長成一種恨意，流竄在血液裡，讓恨掌握我的人生，我從來都不明白那些生活的小事對我的影響原來這樣的大這樣的深鉅：「……我回家後要我媽給我買一條女生的小內褲，我媽說我爸做工，薪水很低，家裡沒錢不能浪費，可是我媽讓天厚補習一期好幾千塊，而我媽在銀行裡有一大筆的定存……」

美琦將我一把抱住哽咽著說：「都過去了！那些事都過去了！噢！我的小天使！」美琦吻著我日漸稀疏的頭髮，溫溫的淚水滴在禿了的頭皮上：「那些都是過去了！永遠都過去了！不要再想了！」

回想這些，並不是件愉快的事，而我不能不想，不得不想，病榻上我老是喋喋不休地談著這些兒時的斑斑痕痕。

美琦總是安靜地聽了又聽，有一次她突然冒出一句：「妳很恨妳媽媽噢？」

我愣了一下不假思索地說：「不恨啊！」半晌我又叫了句：「雖然對她那套不太耐煩。」

「那妳原諒她了嗎？」

我猶豫起來，不能確定答案。

「我想——妳不讓她知道妳病了，對她來說是一種很嚴厲的懲罰，妳如果心中沒恨就不會這樣子，其實妳心裡不忍心這樣重罰她，畢竟她沒有像有的媽媽將女兒推入火坑之類的那種大錯對不對？所以妳就不斷地提起妳隱藏在心中的各種不滿，讓自己相信妳這樣對待她是不違背人常的，是不是？」

「……」我覺得不是，但是什麼卻又說不上來。

美琦握著我的手輕聲地說：「天使！我希望妳這一生不要留下什麼憾恨。」

我知道我的日子不多，我輕輕拍著美琦的手：「美琦！認識妳！我這一輩子就沒什麼好憾恨的！」

「……」一滴滴晶瑩在我枯槁的手背上滾動：「認識妳這麼多年來，這是最甜蜜的一句話。」

徐姐推門進來：「美琦！換班了！回去休息一下吧！」

「我在這兒趴著睡一下就好了。」美琦拉著我的手兀自不忍放開。

「美琦！回去睡一下吧！妳最近瘦了好多。」

「我趴在這裡睡就好。」美琦堅持，我由她去，反正，在這兒受苦的日子也不多了。

我等美琦發出輕微的鼾息時對徐姐說：「我想出去一下，妳送我去好不好？」

「妳現在——？妳要去哪兒？」徐姐面露難色。

「我想回家，看看我老媽，算是——最後一面吧！」

「……」徐姐輕輕將我抱起，我現在瘦得只剩一把骨頭連走路的力氣都沒有了，輪椅推到走廊時，美琦突然驚慌失措地衝了出來：「去哪兒？妳們要去哪兒？」由於地滑美琦碰一聲重重地摔了一跤，兀自掙扎著爬起來：「去哪兒？我也要去！」美琦哭著一拐拐一跳跳著挨近輪椅：「嚇死我了！我以為——他們把妳帶走了！」

「我不是好端端地坐在這兒嗎？」我笑著安慰美琦，一方面也憂心起來，這麼一天其實不久了，美琦該做好這樣準備。

美琦一邊抹淚一邊笑著：「呵——嚇我一大跳！」用手按著心臟顯然還心有餘悸。

徐姐和美琦將我抱上車，美琦將我的座椅姿勢調了又調：「這樣好不好？」

我點點頭，不忍心告訴她其實我全身都痛，在車上吐了好幾次，我早就沒食慾，吐的都是白泡泡的唾液和黃苦苦的膽汁，徐姐好幾次要將車子掉頭回去醫院，美琦也一再地哀求我：「我們回去好不好？回醫院去嘛！好不好？我們下次再去？」

我疲憊地搖頭，下次？也許有，也許沒有。

徐姐握著方向盤：「接下來該怎麼走？這裡路況都差不多好難認。」

我睜開眼睛，快到家了。我多久沒回來？垃圾平原像魔幻般已變成高樓大廈，早就荒棄了的小碼頭倒在紅豔的關渡大橋下，就像當年在我腳下已預見死亡的苟延殘喘的小螃蟹，紅樹林呢？白鷺鷥呢？一切都變了，無法回復，不變的只那血紅落日的光芒和淡水河上那股腐屍的氣味，還有，感覺是不會變的。「前面左轉，直走第二條巷子右轉。」

車子右轉直走後，我的心赫然怦怦慌亂地跳起來，遠遠地，早就收攤的「天厚商店」的破舊招牌還在，寫著「煙．酒／公賣局」的鏽了的圓鐵牌在暮色中荒涼地擺盪，在車內我彷彿也能聽到它吱吱吱吱地悲嘆風光不再。

「停停吧！停——停在這兒就好！」我焦急地叫著，因為用力，不得不喘著。

「怎麼了？」徐姐整個人探過來：「不舒服嗎？痛是吧？要吐嗎？」

「不是，沒什麼！只是——我想——我這個樣子，我媽怕不認得了。」我真的好怕，怕她看了我的病弱會流淚痛哭，更怕她冷淡地說，這就是妳不孝的報應。

「……既然到了，就下去一趟吧？」徐姐用徵詢的眼神望著我。

美琦撫著我的背柔聲道：「全看妳的意思，要妳不想下去也沒關係，就當開車兜兜風吧，好久沒到這種郊區來了。」

「……」我看看窗外：「妳開慢點我們從門口繞一下吧！」

車子開始慢慢地滑動，「這種速度可以吧？可以吧——」徐姐回頭看我，再順著我的眼光望出去，媽，一個老婦人坐在門口曬著黃昏老弱無力的太陽，她不過五十多歲吧？背怎麼有點駝了？頭髮也已經花白，她也病了嗎？為什麼多久沒見老得這麼快？還是我從沒用心注意過她？春日下的媽臉上的黯淡，是皺紋與黑斑嗎？還是她長年累積的鬱鬱寡歡的顏色？她還是穿那些好多年前的舊衣服，我在百貨公司買給她的好衣料好像從沒見她穿過，我給她的錢，只讓她定存的數目增加外別無他用，家裡頭還是那些二十年前的破家具，連那臺小時候我們爭著要騎的舊腳踏車都沒丟，我有股衝動想下車去求媽，求她對自己好一點，求她能過得快樂一些，求她放開心胸來，讓我也好過一點，求——求很多很多我從來不敢跟她講的要求。

車隔著條馬路停在家對門口，隔著幾公尺遠我靜靜地看著媽孤獨的背影在落日餘暉中一動不動，我的眼淚忍不住靜靜淌下，媽沒想到她的女兒就在對面車內看她吧？更不會料到她大逆不道的女兒為她流淚吧？是什麼讓我們母女在這僅剩的短暫時光裡還這樣固執堅持？母女！母女！母與女不是應該最親的嗎？

「下去吧？」美琦問。

我點點頭，伸手去拉車門把，門很緊還是我已使不上力，美琦握握我的手，憐惜地說：

「我來吧！」

「噯！妳一個人在那曬日頭喲！」是阿柑嬸，是這舊社區裡幾個碩果僅存的老鄰居。

「是呀！吃老一個人歹命啊！我那個天厚要禮拜才有時間回來看我。」媽嘆著氣。

「不是離了嗎？怎麼不回來和妳鬥陣住？」

「離是離了，那女人死纏住不放，天厚當初也是為了孝順我才娶她進門，誰知她不侍奉我，光吵光鬧，要死要活的，天厚也不敢說走就走。」

不知為什麼，一種熟悉的齷齪感覺又陰鷙地掩了上來。

「妳尪甘有影娶那個十八歲的孫女，放妳一個人在這裡拖屎漣？」

「講到那個死外省豬仔喲，那個人不會好死啦！妳們不知道噢，他聯合我那個女兒兩人將我踩在腳底下欺負，那個下流不要臉的才生得出來那種禽獸豬狗不如的女兒……」媽哭哭罵罵地念著，又一個路過的歐吉桑加入聽講行列，「未見未笑喲！和一群女妖精住一起亂搞，見笑死人！還聯合那些女妖壓逼我這個老母……」

「走吧！」我按住美琦的手，仰躺在座椅上，覺得好累好累……

徐姐將手按在排檔上再一次問：「真的要走了？那走囉？」

我點點頭，這次沒有猶豫，車子再次滑動，我的心也跟著蠢動，我卻不能回首，回頭看太痛苦！

我抬眼前望，又看到那個血紅的落日，紅得異常弔詭，像預徵著不祥的兆頭，暮色已是強弩之末，要不了多久它就會沉沒在海角，沉沒在我的視線，我的記憶，我的生命。

而我還能再看幾回落日？

我終於回頭，想再次看看媽的身影，再次記憶她的容顏，圍觀的人群阻攔了我最後一瞥，車子漸行漸遠……雜貨店的招牌從模糊而終至成一個黑點。

時間的利刃霎時劃開我圍裹全身的保護層，我睜開眼第一次正視我全身上下大大小小的裂口，裡面正化著膿，原來它們從未痊癒過，只是我已習慣了生活在持續不斷的痛苦中，在苦海裡自以為是地泗游自樂。

我於是終於明白了，為什麼我還要再回來，那一直緊緊抓住我的是什麼。是那些從小媽對我不斷的冷戰，那些不自覺泛起的齷齪感受，以及那種被遺棄的孤獨無助與憂傷悲涼。

原來根本上我是一個絕對戀家的人，因為太愛它，它的傷害更讓我心碎，我終於絕望地離開家，卻始終沒能擺脫掉它的陰霾，而我這麼些年來沒能離得開美琦，是因為她也是讓我認同的家人，美琦其實不笨，她營造布置了個家來死死拴住我的心，玩累了，受挫了，我終歸是要回家的。

回程時我一直感到喉嚨被痰塞滿，喉嚨很自然地一抽動，就有什麼腥甜的液體湧在嘴裡，我以為是痰，吐在衛生紙上，才知道是一大塊一大塊黏黏稠稠的血塊，我嫌惡地將它揉成一團，偷偷丟在袋子裡不讓美琦看見，心裡知道我不會再有機會回來了，但我並不後悔剛剛沒有下車，我告訴自己母愛的偉大就在於它無私與不求回報，如果它的出發點是要以孝順或忠誠作回饋的話，那母愛就貶值了，要代價的母愛不是貨真價實的真愛，只是母愛的贗品，一個人，即便是母親，也不能利用孝順作幌子，一再地吝於給予，卻永遠執著地要。

霎時我才明白，我一直想對媽說卻不知要說的話是什麼，原來我要向她索求一份她忽略了該給我的東西，每個孩子不須付出就該擁有的禮物，一種我誤以為我漸漸成長便不再需要的情感——愛，那種無私的真誠的母愛，但兒時不能再回，傷痕烙印在流逝光陰裡是永不可磨滅與彌補的虧欠，兒時的痛，再一次展現它的力量來重傷我，太痛了！逼得我像受傷的野獸般嗥號反擊，將媽給予我的痛苦加諸到她身上；然而如此並不能減輕我的痛苦，我只是更痛——我和媽一樣，都選擇了錯誤的方式。

回到醫院的幾天，我更睡不安穩，不知是痛還是心神不寧，美琦不只一次問我：「想不想見誰？要不要通知妳媽媽？」

我雖然搖頭，但已經不是那麼肯定。

漸漸地除了痛之外，我沒任何感覺，止痛針已經對我失去藥效，肝膽俱裂的痛擴延在每一個細胞囂叫，讓我原本虛弱的身體苟延殘喘地一點一滴地耗盡，美琦和徐姐商量，要想辦法弄嗎啡讓我止痛，我堅持拒絕，我過不下的日子，她們還要過，而過日子非錢不可，用在我身上是毫無意義的浪費。

我再一次自劇痛中甦醒，這一次與痛肉搏耗盡我殘存的體力，我虛脫地勉強張開雙眼，朦朧中有個嬌弱的身影在我床邊。

「清清？」我低低地叫出。

「什麼？妳要什麼嗎？」床邊的女子挨近來，我看清了臉上的雀斑，是美琦。

「沒有，我以為——妳是個我以前的老朋友。」

「妳還想見誰嗎？」美琦忍痛在我耳邊說。

很多話要說，但太疲憊，「我一直很喜歡一句話，德瑞莎修女的肺腑真言——真愛，是愛到痛為止的！很可惜……我一直沒學好怎樣去愛人，我總是反覆地經歷周而復始的創傷，無法由錯誤中學習，讓童年的傷害持續不斷地污染主導我的生命……苦了妳啦！」

「天使……」美琦的淚一滴滴熱熱地在我枯槁的手背上滾動，我想抓住些什麼，冷冽卻似在指端凜凜寒起，迫我掣手。

我闔上眼，很想好好地睡上一覺，這麼多年來緊緊揪住我的心的那個東西，似乎終於鬆了鬆手，讓我能夠安穩地入夢，我聽見美琦放聲痛哭，我知道生命中許多美好的可能都將和我失之交臂，那篇小說帶給我詭異的齷齪感漸漸從我心中撤去，因為我寧願相信我被遺傳了悲劇的因子，我是多麼熱愛我所痛恨的親人，而齷齪的，不是雜貨店不是老媽不是其他，是，是我自己！

我該睡了，我得睡了，因為好累。所有的驚恐，一切的不安，長年的孤寂，永遠的矛盾，難滌的齷齪，請隨我的闔眼一塊隱去吧！

專文推薦——

無可逆轉之命運

張曼娟

年少時代，我以為世間最悲哀的是找不到「愛」。成年以後，發現人生最大的不幸，是沒有「家」。

《逆女》，是一個尋找「愛」和「家」的故事，也是一段充滿艱辛創痛的歷程。「悲劇，是會遺傳的疾病，當胚胎發育初期，就已是無法擺脫的宿命。」全篇的主旨在此，一直貫穿到最後。然而在宿命之中，還有性格與環境與際遇等等因素，交織成一張綿密的網，將小說中的人物籠罩其中，不可自拔，沉淪到底。

外省老兵與本省婦人結褵，組成家庭，生育子女，是時代的典型。然而，在經濟與性愛的權力轉移之後，明顯區隔出強勢和弱勢。氣焰逼人，其實充滿怨懟的母親；沉默委瑣，內心隱藏愧疚的父親，完全操縱著三個兒女的情感與命運。大兒子選擇了支持了解母親，二女兒無可選擇的站在父親那邊，小兒子只好採取不相聞問的淡漠態度。

女兒的名字叫做天使，她在卑微的父親身上，其實也看見母親的悲哀，在一連串並不劇烈的抗爭中，她興起逃走的念頭。逃出這個家，逃出女兒的身分，逃出女人的位置，逃出命運的枷鎖。

天使有過純真深刻的戀愛，是與一個叫做清清的女孩，即使在歡愛的時刻，她仍恐懼不能長久，仍被悲傷擄獲。而她的感覺是正確的，戀情被撞破，清清殉情而死，留下天使，再一次向命運臣服。

天使終於面對自己是同性戀的事實，並且展開不斷的追逐，追逐愛與家的歸屬感。她在美琦身邊暫時安定下來，「我突然了解彼此擁有是一種幸福，相互熟悉才是歸屬，我童年失去的愛和關懷，能在美琦身上找回來。」同時，周圍還有徐姐、仲薇，相互依靠，彼此了解，竟然也建立起另一種形式的「家」。

生養她的那個家，因為母親幾近瘋狂的作為，已經七零八落了。而來自那個家的摧折和磨難，從不曾間斷。彼此折磨，至死方休，原來也是家的一種內涵。

天使病重將死，仍要回家去看看，看那生她養她卻宛若仇讎的母親。

這也是全篇最震撼的地方。

依然被惡毒占據的母親，形銷骨毀氣若游絲的女兒，擦身而過，到底沒有相認。

或許她們從沒有相認過。

「原來根本上我是一個絕對戀家的人，因為太愛它，它的傷害更讓我心碎，我終於絕望地離開家，卻始終沒能擺脫掉它的陰霾。」

因為作者的描寫能力如此準確，使人幾乎有讀紀實一般的心驚；又因為作者處理結局時的寬容理解，使讀者的心靈在悲劇中獲得洗滌，柔軟光華。

丁天使不是逆女，只是遭逢了無可逆轉的命運。

而她努力過。

這努力是蒼涼的，卻也美麗。

專文推薦

母親是女兒觸不到的戀人

盧郁佳

女星上節目表示，疫情讓她失去一個兒子。讀者大驚，兒子是死後確診嗎？結果她是整天和十八歲的兒子待在家沒話聊，提示：「你可以跟媽媽說說話啊。」兒子挖空心思，試著問：「妳今天還好嗎？」她認為得不到兒子關心，覺得自己很可悲，當場哽咽：「我就坐在你旁邊一整天，你竟然問我還好嗎？我結婚幹什麼？老公在國外，小孩也不跟我說話，一個人坐在大客廳，晚景淒涼。」兒子解釋不擅長開話題，希望媽媽主動說，很願意陪她說話。她落淚：「媽媽已經老了，我不是女強人，我也需要你的照顧。」

她這番嘆息，精采表現了矛盾依附，既討厭親近、又害怕分離。她覺得兒子針對她，覺得自己可悲，婚姻是一場錯誤……都不是事實。是表達她害怕分離。

她不是要解決問題，是要兒子安慰她。但一親近，她就會憤怒指責對方。焦灼的寂寞像一道鋼索懸在地獄火焰上，而她在鋼索上跳舞。

在杜修蘭才華橫溢的經典《逆女》中，母親的怨懟同樣令人進退兩難。丁天使贊助老父返鄉探親後，母親天天打電話罵女兒破壞她的家庭，讓她淒慘落魄、家破人亡。說「家破人亡」，也是「失去一個兒子」的誇飾法，實際上父親整天坐在母親身邊。丁天使問：「爸不是回來了嗎？」老媽吼道：「誰要他回來？他的心都在大陸，我要一個沒靈魂的屍體做什麼？」

所以她要什麼？丁天使頓悟：媽沒什麼特別目的，她單只是為了吵鬧而吵，而不是要吵出個什麼結果。

＊

《逆女》是有聲書。紙頁上傳來母親句句轟炸後的硝煙和耳鳴嗡響：

「是誰教妳要住校的？是誰教妳說這些話的？」

「妳意思說，我天天折磨妳一大堆事，讓妳沒時間念書？」

「妳明明是這樣的意思還不敢承認？我整天做牛做馬一樣累，有沒有人體諒過我？功課跟不上就不要念好了。」

「妳以為這樣說我就怕妳了？」

「我就這樣！你怎麼樣？離婚好了，你給我滾出去！」

女星在兒子身邊，還是怕兒子不要她；丁母也怕女兒住校要拋棄她。母親習慣把外界大小事個人化，往自己身上解釋，證明丈夫、女兒要拋棄她。對方否認，她咬定對方撒謊，而且有人挑唆。女兒想住校，必是丈夫陰謀策動。丈夫逃家，必是女兒幕後指使。其實沒這回事，但父女的逃避，總陷她於分離焦慮，深信有個聲音在罵她折磨女兒，深信是女兒在罵她。別人都聽不見，但這不知感激的醜惡聲音糾纏她不放。

母親總對自己一點就著的怒火措手不及，被灼得尖叫跳腳，甩手反擊這個殘忍傷害她的世界。而這個世界，就等於女兒。夫妻經營雜貨店，母女合抬一箱箱汽水啤酒，女兒手指被壓痛抽回，媽罵：「粗手粗腳一點忙都幫不了我，我一個人辛辛苦苦為這個家……」

對丁母而言，女兒為滿足我而生，順我者昌，逆我者亡。所以對依附母親生存的丁天使而言，我並不存在。

＊

結果丁天使會戀愛，都因向母親索愛不遂，而女孩卻主動滿足她：

國中時，她腳底爛瘡痛得沒法穿鞋，母親不問一聲。她再討拍，母親就罵：「這是你不孝的報應。」同學喬夢翎卻關心她：「噢，很痛吧？好可憐啊！」

高中時，她抬雜貨店汽水箱壓傷手，母親罵她粗手粗腳。學姐詹清清主動發現她指甲裂在肉裡：「很痛吧？」說著輕輕吸吮丁的手指。

丁天使只覺天旋地轉高潮。初見凝視形同交媾，分離便渴望她的肌膚和乳暈……女友心疼的關懷，像丁天使渴望的好媽媽；丁天使的依戀，像嬰兒依戀媽媽。

和父母的相處教導人們如何愛，丁天使對愛饑渴狂野，但也顯露冷漠依附的一面。女友詹清清想降級陪丁天使考同校同系，丁天使都否決，以為相愛哪可能永遠。同學排斥同志，女友每見面都像提分手：「少點見面好不好？」「我們不應該再見面了。」丁天使總說好，以為「我還能說不嗎」，「只要她高興我無所謂」。

其實女友提分手，是要丁天使挽留。而丁天使嫌女友憂愁沉重，直接提分手，卻是真的分手。純真熱烈與森冷無情的反差，令人毛骨悚然。

＊

詹清清的美麗與哀愁吸引了丁天使，日後總在女人身上尋找這份哀愁，女友都表現強烈的焦慮依附。她愛上憂鬱的莊美琦，卻夜夜劈腿。莊美琦大吵，哭泣，冷戰。丁天使覺得美琦像母親，小學時父母吵架分房睡，丁天使袒護父親，母親就對她冷戰近一年，「她要爸低三下四地去求她的寬恕，但她不明說，只整天吵吵鬧鬧地說老爸有了大陸親人的消息，就想甩掉她，媽想要什麼從來不說明白，她要我們自己去猜……」

儘管這對情侶互相折磨，羈絆卻牢不可破。就像丁天使說的「我媽不會放棄她認為屬於她的東西」，莊美琦無論多痛苦都不會分手。

每當丁天使落難危急，莊美琦應付壓力的方式就是找碴。就像丁天使抬汽水箱壓傷手，母親罵她，說自己辛苦養家有多委屈。

為何丁天使迷戀這哀愁呢，是父親的，或是她自己的？書中沒寫過母親的長相，我想那是她的哀愁。在無數疼惜她的年長戀人身上，丁天使一輩子追尋的，是母親。

弟弟說，母親吃穿都揀便宜的買，其實床墊藏了好多金條。那筆財富像丁天使對她的愛。就在那裡，但永遠封印不可觸。丁天使陪在母親身旁，母親發脾氣。但不在母親身邊，恐怕母親一刻也難安。

既然丁天使從小被家暴，應該很想一個人住吧？但她離家就直接同居。被女友冷戰，應該很想一個人住吧？但她不分手，反而每晚從女人床上溜回同居公寓。她看似冷漠逃避，但應該也怕寂寞。小說憑犀利的觀察，一路催起火山熔岩流一樣濃稠滾燙的描寫，只為托出爆發後遍地狼煙，惡地形蒼白不毛的無言時刻。

＊

丁天使對母親的看法不變，只是自信隨著成年增加。覺醒來自報復母親，感受到自己有力量改變困境。所有人勸她找母親和解、懺悔，其實這些人可以回家找自己母親和解滿足幻想。這些人再天真，也不指望丁母主動和解，更不會向她母親勸降，說明他們欺善怕惡、為虎作倀。

《逆女》舉戈拍馬，無畏勇闖普魯斯特《歡樂時光》、太宰治《維榮之妻》等浪蕩兒子成群盤據的道德險境，為他們踩在腳下那不受寵的無名妹妹立傳。浪子偷了錢也不當一回事，就讓太太、情婦去還錢。《逆女》丁天使讓朋友還錢，而她仍要按月攤還給朋友，處處洩漏她命格的端正澄樸、心向光明。在浪子頹唐嬉戲的犯罪深淵前，丁天使只是在人性之惡的淺灘踩踩水而已。她不是被當偶像寵溺的浪子，也不會真的變成母親的翻版；而是作為心靈與道德的守護者，以二次大戰殉難者銅像的姿態，矗立在淺灘日落逆光的地平線上，告誡世人悲劇的重量。

國家圖書館出版品預行編目資料

逆女/杜修蘭著. -- 二版. -- 臺北市：皇冠文化出版有限公司, 2021.10
面； 公分. -- (皇冠叢書；第4975種)(Joy；230)

ISBN 978-957-33-3796-6(平裝)

863.57 110015079

皇冠叢書第4975種
JOY 230
逆女
【25週年銘刻熾愛紀念版】

作　　者—杜修蘭
發 行 人—平雲
出版發行—皇冠文化出版有限公司
台北市敦化北路120巷50號
電話◎02-2716-8888
郵撥帳號◎15261516號
皇冠出版社(香港)有限公司
香港銅鑼灣道180號百樂商業中心
19字樓1903室
電話◎2529-1778　傳真◎2527-0904
總 編 輯—許婷婷
責任編輯—陳怡蓁
美術設計—嚴昱琳
著作完成日期—1996年
二版一刷日期—2021年10月

法律顧問—王惠光律師

讀者服務傳真專線◎02-27150507
電腦編號◎406230
ISBN◎978-957-33-3796-6
Printed in Taiwan
本書定價◎新台幣360元　港幣120元